光文社文庫

展望塔のラプンツェル

宇佐美まこと

光 文 社

目次

展望塔のラプンツェル　7

解説　円堂《えんどう》都司《とし》昭《あき》　400

まじょが　なかに　はいろうとするときは、とうのしたに　たって、こうよぶのでした。

「ラプンツェル、ラプンツェル、
おまえの　かみをさげとくれ！」

ラプンツェルは、こがねをたくみに　つむいだような、うつくしい　かみのけを　ながなが
と　のばしていました。よびごえをきくと、そのあんだかみをといて、まどのかぎに　まきつ
け、15メートルほど　さげおろしますから、まじょは　それをよじのぼってくるのでした。

「ながいかみのラプンツェル」グリム童話
訳　瀬田　貞二
福音館書店

呼び鈴を何度押しても返事がなかった。呼び鈴が鳴っているのかどうかもわからない。人の気配も感じられない。

「石井《いしい》さん、石井さーん」

前園志穂《まえぞのしほ》は、玄関の引き戸をドンドンと叩いた。引き戸のガラスにヒビが入り、テープで補修してある。あまり乱暴にすると、そこがはずれそうだった。

「いらっしゃらないのかな」

背後に立つ松本悠一《まつもとゆういち》に語りかけるでもなく、ぼそりと呟《つぶや》く。

二人は少し下がって、家の様子を観察した。平屋建ての小さな家だ。玄関前には、使い古された三輪車やキックスクーター、子供用自転車などが乱雑に置かれている。庭は比較的広いが、そこも荒れ放題だ。物干し竿には、家族の洗濯物がずらりと干されていた。子供の衣服が多い。この家には、七歳を筆頭に四人の男の子がいるのだ。

「どうします？」

今度はちゃんと悠一の方を向いて志穂が尋ねた。

「しばらく待ってみますか。帰って来られるかもしれないから」

「そうですね」

二人は乗ってきた車の方に戻った。悠一が運転してきた児童相談所の車だ。志穂が助手席側のドアを開けた時、悠一のスマホが鳴った。

「すみません」

悠一は志穂に断って、少し離れたところで電話に出た。かけてきたのは、児童相談所が委託している弁護士だった。虐待を受けて一時保護した十歳と八歳の姉妹を養護施設に入所させたいのだが、親が承知しないケースのことを相談していた。親が入所に同意しなくても、児童福祉法二十八条に基づいて家庭裁判所に申し立てて認められれば、入所は可能だ。病気療養中の父親が家にいて子供の面倒をみているというが、体中に痣《あざ》ができるほどの虐待を繰り返すので、とても家庭での養育は不可能だと判断した。申し立ての手続きを、弁護士と打ち合わせている最中なのだ。

弁護士との通話を終えた途端、またスマホが鳴る。今度は児相からだった。保健所での三歳児検診で、ひどい虫歯の子がいた。あまり親から手をかけられていないようだとの通報があったが、保健所へ向かえないかとのことだった。もうその親子は家に帰ったらしいので、後で保健所に回って詳しい情報を得てくると返事をした。

「お忙しいんでしょう？」

運転席に腰を下ろすと、志穂が言った。

「ええ、まあ」

「いつものことですね」察した志穂が後を続けた。

「一時間だけ待ってみます。それで戻って来られなかったら、今日は諦めましょう」

「わかりました。その時は、お手紙を郵便受けに入れておきます」

志穂は市の「こども家庭支援センター」の職員だ。平成十六年に改正された児童福祉法では、地方分権の一環として、児童福祉に関わる相談業務の第一義的な窓口を都道府県から市町村に改めた。これにより都道府県の所管の児童相談所は、市町村の窓口と連携して子供の福祉に関わっていくこととなった。

今日は「こども家庭支援センター」との同行訪問ということになっている。石井家に関しては、今までに数回、心配な通報がなされている。親の怒鳴り声と子供の泣き声がひどい、子供たちだけで留守番をしているようだ、幼い子が薄着の上、裸足で外を歩いている、などだ。その都度、児相や市の支援センターの職員が訪問したが、父親か母親が出てきて、対応はする。子供が多いので、イライラしてつい大声を出してしまう。時には手を上げることもあるのだと正直に話すので、市の「見守りサポート」の対象になっている。

今回、また「こども家庭支援センター」へ通報があった。匿名で、「石井家の子供のうち、二番目の男の子を最近見かけない」というものだった。担当している前園志穂からの要請で、悠一が同行したというわけだ。

「二番目のお子さんというと、五歳の子だった？」

運転席に座りながら、悠一は尋ねた。

「そうです。石井壮太《そうた》君」

志穂はすらすらと答えた。担当の家庭のことは、全部頭に入っているというふうだ。

「保育園に問い合わせてみましたが、ここ三日は登園していないとのことでした」

石井家では、二番目と三番目の子供は保育園に通っている。

「ふうん。その理由は？」

「何とも連絡はないそうです。でも、もともとこの家の子は休みがちなので、保育園ではあまり気にかけていないというか――」

夫婦ともにだらしない性格なのか、父親は仕事が続かないし、母親も朝起きられなくて子供をきちんと保育園に送り出すということができないようだ。

「とにかく、壮太君の確認をすることが第一だね」

「はい」

それきり黙って、二人はフロントガラスを見詰めた。

こういう場合、不用意に近所に聞いて回るということもできない。児相や市の係が関わっていると知れたら、それだけで色眼鏡で見られることもある。「あの家は子供を虐待しているらしい」などというあらぬ噂が立ったりして、家族を追い詰めることにもなりかねない。

住宅街の向こうに、にょっきりと白い塔が立っている。展望塔だ。ここ、神奈川県多摩《たま》川《がわ》市出身の事業家が、地元の観光の目玉にと建てたものだ。海のそばに立っていることから正式名は「ベイビュータワー」というらしいが、地元民は、「ラーメンタワー」と呼んでいる。事業家は、もともと多摩川市でラーメン店を経営していて、それを全国チェーンにまで育て上げて財を成したのだ。

「松本さん、あそこに上ったことあります？」

悠一の視線をたどった志穂が訊いた。

「うん？　まあ、一回だけね」

「そうですか。私は上ったことないんですよ。どうでしたか？　景色、よかったですか？」

「うん、そこそこね」

「富士山、見えました？」

「いや、その時は見えなかったな」

会話は弾まない。悠一は、道を隔てた向こう側に建つマンションに目を移した。三階のベランダに一人の女性が出てきて、こちらを見下ろしている。干した洗濯物を取り込むでもなく、手すりに手を置いて立っている。遠くてよくわからないが、石井家の様子を窺っているようにも見える。

「石井さん、また仕事やめたらしいんですよね」

志穂がぽつりと言った。

「そうなんだ。よく、気をつけてくれているんだね、前園さん」

志穂は弱々しい笑みを浮かべて続けた。

「ここ三か月ほど収入がないらしいんです。それでもなんとかやっていけるのは、この家が持ち家だからでしょう。石井さんのご両親から受け継いだらしいけど」

持ち家があること、働き手である父親がいることで、彼らは生活保護を受けられない。

悠一はもう一回家の様子を観察した。コンクリート瓦で葺《ふ》いた屋根。雨どいはところどころ壊れて用をなさない。モルタルの外壁は汚れ、小さく剥がれ落ちた部分も修繕した跡はない。庭に面した縁側は腐って、大半が崩れ落ちている。曇った窓に吊られたカーテンは色褪せ、和室の障子は無残に破れたままだ。洗濯物がなければ、廃屋と思われるかもしれないほどの荒れようだった。築三十年は経っているだろう。

「収入がないのは苦しいね」

「そうなんですよ。過去には水道やガスを止められてたこともあったみたいで。保育園にかかる費用も払えなくなってくるんじゃないかって心配しているところなんです。市で支援できることはないか考えてはいるんですけど」

前園志穂は、多摩川市の職員として福祉課や生活保護係へ配属されていたせいで、意識が高い。「こども家庭支援センター」へは、希望して転属になったと聞いた。

その時、一台の黒いワンボックスカーが滑り込んできた。

「あ、帰ってきました。石井さんです」

ドアを開けようとする志穂の腕を、悠一は押さえた。

「ちょっとここから見てみよう」

ワンボックスカーはまだそれほど古いものではない。手入れもいい。家の様子とは大違いだ。きっと車は大事にしているのだろう。

背は高くないが、がっちりした体格の父親が降りてきた。助手席からは母親が降りる。二人は同時に後ろのスライドドアを引いた。母親がチャイルドシートから赤ん坊を抱き上げた。父親側のドアからは、小さな男の子が二人、飛び出してきた。

「やっぱり一人いませんね」

両親がスライドドアを閉めた途端、志穂は囁《ささや》くように言った。家族が家に入る前に声をかけなければならない。急いで二人で外に出た。

「石井さん」

悠一の声に、のしのし歩いていた石井が振り返った。

「こんにちは。児童相談所の松本です」

「こども家庭支援センターの前園です」

名乗った途端に、石井は不快な表情を浮かべた。母親は赤ん坊を抱いたまま、玄関の引き戸を開けて中に入ってしまった。入る前にちらりとこちらを見た。まだ三十そこそこの年齢なのに、ひどく老《ふ》けて見えた。生活に疲れ果てているといった感じだ。

「すみません。突然、お邪魔して」

「何？　何の用？」

石井はイライラして言った。

「あの、お子さん、三人だけお連れでしたね？　壮太君はどこに？」

そう問い質《ただ》したのは、志穂だ。一瞬、石井の目が泳いだように見えた。

「壮太は、家内の実家に預けてある」しかし、答えた声は落ち着いていた。「家内の体調が悪いもんでね」

「そうですか。すみませんが、ご実家の住所を教えてもらえませんかね」

悠一の問いに、石井は眉根を寄せた。素早く手帳を取り出し、書き取る用意をした志穂を睨みつける。

「そんなこと、あんたらに関係ないだろう」

「念のため確認をしておきたいんです。それが仕事ですから」

「あんたらの仕事なんか知るか！」

石井の顔が怒りでどす黒く染まった。立ち止まって、父親と来訪者のやり取りを聞いていた二人の男の子は、開け放たれたままの玄関に消えた。玄関土間に脱ぎ散らかされたたくさんの靴が見えた。母親が中で何かを言い、引き戸がぴしゃりと閉じられた。

「壮太は一番聞き分けがないんだよ。だから家内も手を焼いて、それで祖父母に預かってもらった。家内の体調がよくなれば連れて帰る。それでいいだろ？」

「でも、そのこと、保育園には伝えていませんよね」

志穂はしつこく食い下がった。石井は喉の奥で小さく唸《うな》った。

「明日、電話しとく」

「このところ、壮太君の姿が見えないようだと知らせてくださった方がいらっしゃるので、こちらとしては、壮太君に会って確認しないと――」

「誰だ！　そんな余計なことを通報したのは！　近所の奴か」

悠一の言葉に被せるように、石井の怒声が飛んできた。

「きっとお子さんのことが気になる方がいらっしゃるんでしょう。それで私どもに――」

「大きなお世話だ。だいたいあんたらは、人の家のことに口出しし過ぎる。こっちはこっちでやることはやってるんだ」

「それじゃあ、とにかく、壮太君の居場所を教えてくれませんか？　お父さん、お母さんには迷惑かけませんから」

紅潮し、ぽっと赤らんだ顔の志穂の声もだんだん大きくなる。

「それが迷惑だって言うんだよ。もう放っておいてくれ！」

「そういうわけにはいきません！　壮太君に会わせてください」

悲壮な表情を浮かべた志穂は、石井の腕に取りすがった。それを押しのけるようにして、石井は玄関まで行き、引き戸を開けた。

「いいか。これ以上うちに関わるな。今度来たらただじゃ済まんからな」

目の前で大きな音を立てて引き戸が閉まった。中から鍵を掛ける音が響いた。

「石井さん！」諦めない志穂は、その引き戸をまた叩いた。

「開けてください、石井さん！」

悠一は志穂の肩に手をやり、戸口から引き離した。

「前園さん、今日は帰りましょう」

「何でですか？　壮太君の安全は確認できていませんよ」

「とにかく――」

悠一は引きずるようにして志穂を車まで連れて来た。助手席に押し込み、自分も運転席に座る。志穂はしぶしぶシートベルトを着けた。エンジンを掛けた。向かいのマンションのベランダにいた女性が、部屋に入る後ろ姿が見えた。

「松本さん、こんなんでいいんですか？」

車が走り出してからも、志穂は憤懣《ふんまん》やるかたない様子で悠一に嚙みついた。

「絶対おかしいですよ。本当に祖父母のところに預けたんなら、住所を言うはずでしょ？」

悠一は答えずハンドルを切った。目の前の展望塔が視界から消えた。

「石井さん夫婦は、どうも壮太君に一番辛く当たっているみたいなんです。食べ物も充分に与えていないかもしれない。あの子の体重、平均よりだいぶ下回っていますから。そのことは保育園で確かめました」

「そうですか」

「壮太君を職権保護すべきではありませんか？」

赤信号で停まった時、悠一は首を回《めぐ》らせて志穂を見た。

「それはまだ早計ですね」

「そんな悠長なことを言っていていいんですか？　今、壮太君の身に何か起きているとしたら？」

「四日前までは保育園に通って来ていたんでしょう？　もう少し情報を集める必要があり

ますね。児相に帰って、ケース会議にかけます」

「情報収集に会議！　そんなことやってる間に、子供が危険にさらされるんじゃないんですか」

信号が青に変わり、悠一はアクセルを踏み込んだ。憮然《ぶぜん》と黙り込んだ志穂は、真っすぐ前を向いたきりだった。


志穂を市役所で降ろし、保健所に寄って、通報をしてきた保健所の職員から聴き取りをして悠一が児相に戻って来たのは、夕方六時前のことだった。

「ああ、松本さんが戻って来た。これで今日の出勤者は全員揃ったね」

所長が笑顔で松本を迎えた。全員が席から立って、所長の周囲に集まった。

「諏訪《すわ》さんは今日で最後です。今までご苦労さん。よく頑張ってくれました。次の職場でも力を発揮してください」

一番若い女性職員が、大きな花束を抱えてきた。

「諏訪さん、お疲れさまでした。ありがとうございました」

諏訪博子《ひろこ》が花束を受け取った途端、皆が拍手をした。

「ありがとうございます。ほんと、すみません」諏訪は深々と頭を下げた。拍手を受けながら複雑な表情を浮かべる。「こんなふうに辞めてしまって……忙しいのに」

言葉を詰まらせる。

「気にしなくていいのよ、そんなこと。あなたはあなたの人生を歩んでくださいね」

「そうよ、後のことはまかせて。何も心配することないからね」

声を掛けられると、諏訪はますます身を縮こまらせた。

「さあ、もうお帰りなさい。ご主人が待っておられるだろうから」

所長が、ぽんと諏訪の肩を叩いた。諏訪はハンカチで涙を拭きながら、何度も頭を下げて出ていった。三日前に送別会は済ませていた。

諏訪の姿が消えると、全員がまた自席に戻った。誰もがまだ仕事が残っているようだった。カタカタとパソコンを打つ音が部屋の中に満ちた。誰かが深くため息をついた。

児童相談所に所属している児童福祉司は、たくさんの仕事を抱えて疲弊している。諏訪のように辞めていく者も多い。子供を取り巻く環境が悪化していくに連れ、一人当たりの担当ケースは増える一方だ。社会の目も厳しくなってきている。子供の虐待死が起きれば、児相の職員の怠慢のように非難される。虐待や非行など、子供への対応だけではない。保護者との関係も難しい。子供を保護しに行って、親から刃物を向けられたりすることすらある。一日に何度もクレームの電話をかけてくる親もいる。丁寧に話を聞くだけで、どんどん時間は取られ、他の仕事が山積する。

高い志と使命感を持って当たっていたケースワーカーたちも、次第に消耗していくのだ。ノイローゼになって休職や退職を強いられる人も少なくない。

諏訪博子も、児童福祉司として子供のために駆け回っていたのだが、結婚して妊娠したのを機に職場を去ることを決意した。夫と何度も話し合った結果だというが、本人は悔しい気持ちがあるのだろう。奮闘する同僚たちを残して去っていくうしろめたさもある。それがさっきの表情に表れていた。彼女の気持ちは、同僚たちもわかっている。自分もいつまで踏ん張れるだろうかと考えているかもしれない。特に女性はそうだろう。

家庭を持っても児童福祉司を続けている女性の一人は『うちの家がネグレクト状態です』と自嘲気味に言う。今日も退庁時間は過ぎているのに、誰も帰ろうとはしない。

悠一が上着を椅子の背に掛けた途端、課長の合田美加《ごうだみか》に呼ばれた。

「どうだった?」

「石井壮太君の姿は確認できませんでした。父親は、祖父母に預けてあると言っています」

「居場所を訊いた?」

「祖父母の住所を訊きましたが、教えてくれません」

合田は「ふうむ」と考え込んだ。四十代の彼女は、初期対応チームのリーダーだ。初期対応チームとは、通報があった事案を、最初に調査する係のことだ。

「保育園での様子は？」

「保健師はどう言ってるの？」

「予防接種は受けているの？」

矢継ぎ早に質問が飛んできて、悠一はそれに答えた。市の「こども家庭支援センター」で大方のことは把握している。熱心な志穂は、さっさと情報を集めていた。石井壮太は、痩せてはいるが、体に虐待されたような目立った痕《あと》はない。石井家は、子供を虐待するというよりもネグレクト傾向のある家のようである。壮太は家でかまわれないので、ふらふら出歩く癖がある。

「母親の様子はどう？」

「今日はちらっと見ただけですが、かなり育児に疲れているようですね。おとなしいというか、あまり人とは関わりたくないように見受けられました」

「そっちの支援も必要かもしれないわね。子供を一時的に預かって、お母さんに休んでもらうとか」

「そうですね。その提案もしてみますが、どうでしょうか。父親が承知しない気がします」

「他の子はどうだった？」

「生育は普通でした。特に傷つけられているようではありません。一番下の子もふっくらとしていて、問題はないようでした」

「それじゃあ当面は、壮太君の安全確認をすることを第一に考えましょう」

「前園さんが、住民基本台帳から何かわからないか調べてみると言っていました」

「地区の民生委員さんにも当たってみて。その辺の情報が集まれば、明日にでもケース検討会議を開きましょう。前園さんにも参加してもらって」

「わかりました」

それで話は終わった。立て続けに電話が鳴って、担当者が会話を始めた。

それ以外の職員は、パソコンに向かったままだ。すべての事案は報告書にまとめることになっている。電話のやり取りも全部、記録に残しておくのが決まりだ。こうした煩雑な事務処理も、ワーカーの仕事量を増やしている。

悠一も席に座って、パソコンを開いた。隣の席の小林弘和《こばやしひろかず》がすっと顔を寄せてきた。

「前園さん、熱いだろ？」

「まあ、ね」

気のない返事をする悠一の肩を軽く小突く。

「俺も一緒に家庭訪問したことがあるんだ。とんでもない家でさ。家の中はゴミだらけ。夏だったから、鼻がひん曲がるくらいひどい臭いがしてた。猫を五、六匹飼ってて、そこら中毛玉と糞が落ちてるんだ。ゴキブリやハエもいるしさ。母親はその中で酒を食らってた」

小林は大仰に顔をしかめた。彼は、悠一と同じ一般行政職で去年の春、児相に異動してきた。三十八歳で悠一と年が近いせいかいつも親し気に話しかけてくる。

「男の俺だって、二の足を踏むような家だったけど、彼女は平気な顔をして上がり込んでさ、猫の糞もウジの湧いた残飯もどんどん踏んづけていくんだぜ。参ったよ、あれには」

悠一は顔をパソコンのディスプレイに向けたまま、耳だけを小林の話に傾けた。

「前園さんがゴミを掻《か》き分けたと思ったら、なんと赤ん坊を抱き上げたんだ。泣く元気もなくしてた。かわいそうに。紙おむつからうんちがはみ出してたよ。前園さん、その子を俺に抱かせて、母親の手から酒の瓶を取り上げたね。そしてこう言ったんだ。『お母さん、お酒を買うお金があったら、この子にミルクを買ってやって。それができないなら、私が連れていきますから』。それでも母親はどろんとした目でこっちを見上げてるだけだったね」

前園の武勇伝を面白おかしく伝えるつもりが、最後はしんみりした口調になった。小林のところにも赤ちゃんが生まれたばかりなのだ。

その家庭の赤ん坊は、今は乳児院で暮らしている。母親が飲酒の問題を解決しない限り、赤ん坊を引き取ることはできないだろう。カウンセリングを受けているとはいうが、先は長い。夫とはまだ戸籍上は夫婦のようだ。夫は妻に愛想をつかして実家で暮らしている。

民生委員の話では、夫の浮気が原因で、妻が酒浸りになったとのことだった。

「ひどいとこだよなあ、多摩川市ってとこはさ。学校だって荒れて手のつけられないワルがうじゃうじゃいるっていうじゃないか」

児相の担当区域である多摩川市のことを、小林は愚痴った。

多摩川市はその名の通り、多摩川を境に東京都と接している。京浜工業地帯の一角にあり、特に臨海部はそこで働く人々の生活の場だった。JR多摩川駅近くは多摩川市行政の中心地で、そこに市役所や多摩川児童相談所もある。しかし、歓楽街、風俗街と隣り合うという立地でもある。京浜工業地帯が巨大化するにつれ、多摩川駅から海に向けての南部地域は、労働者相手の娯楽の街としても急発展したのだ。

戦後復興を目的とした競馬場や競輪場といった公営ギャンブル場ができたことが、この街の特色を決めたのかもしれない。高度成長期には、集団就職者がこの地に集まり、庶民の街として活気づいた。そのまま昭和を生き抜いてきた多摩川市には、工業地帯の煙突と公害被害、それとネオン街を仕切るヤクザやチンピラといった負のイメージから、「危ない」「怖い」「汚い」というイメージが定着した。

一人の成功者が思いつきで展望塔を建てたところで、一度ついた色は払拭《ふっしょく》できなかった。ベイビュータワーを「ラーメンタワー」と呼ぶような土地柄は変わらなかった。

ところが、再開発という名の魔法がかかった。多摩川駅周辺には、複合商業施設、シネコン、ファッションビルが次々とできた。ここ十五年ほどで駅周辺はすっかり変わった。地元民以外は近寄りがたかった多摩川駅近くに、よそから多くの人がやって来て、遊んで帰るようになった。

それでもこの街に染みついた昭和の匂い、退廃的な色はまだ健在だ。駅近くのデパートやブティックが並ぶ通りから一歩奥に入ると、キャバクラや風俗店、外国人パブのネオン看板が明滅しているし、立ち飲み屋では、昼間でも初老の客がくだを巻いている。彼らが帰っていくのは、簡易宿泊所が並んでいるドヤ街か、古めかしいアパートや木造の平屋だ。ここにも再開発の手が延びていて、唐突に大型マンションが建っていたりする。新住人は、酔ってふらふら歩く老人など、目に入らないふりをして暮らしている。

海沿いには、廃業した工場、倉庫群が立ち並んでいて、駅周辺を追い出されたホームレスの寝床となり、不良少年たちが酒盛りしたりスケボーをしたりする場所となっている。猥雑で混沌とした街、それが多摩川市南部地域だ。

ここには問題を抱えた家庭も多い。貧困、荒廃、暴力。行きつく先は家庭崩壊だ。児童相談所は休む暇もない。

「負の連鎖なんだよ、結局。親がどうでもいい育てられ方をしているから、子供をきちんと養育しようなんて、これっぽっちも考えない。子供はどんどん悪くなって、そこらでつるんで遊んでる。そんな奴らがまた親になるって寸法だ」

小林はぶつぶつと呟いた。それきり黙るが、その先にある「早く他の部署に移りたい」という声なき声を、悠一は聞き取る。児相に来てまだ一年に満たない小林は、実際、何度かそういうことを口にしている。

「何で松本さんは、こんなとこに十年以上もいるの？」

児童福祉司でもない悠一が異動願を出さず、児相に居続けているのが不思議で仕方がないというふうに首を傾げた。初めて二人で飲みに行った時のことだ。

「さあね。次々と目の前に来る仕事を片付けてるうちに、こんなに時間が経ってしまったってとこかな」

何度か同じ質問を投げかけられたことがある悠一は、特に考えることなく、すらすらと答えた。小林は不可解極まりないという顔をして見返してきたものだ。

児童福祉業務を担う職員の専門性が重視される一方で、実情はというと、資格を持った職員ばかりがここにいるわけではない。一般の行政事務から突然の異動でやって来て、三年から四年のローテーションで去っていくという職員も多いのだ。専門性の確保とは相矛盾している。しかし児童福祉司として職務についていても、辞めていく人が多い実態を鑑《かんが》みると、そうやって頭数を揃えないと、児童相談所の業務は成り立たない。

「ま、松本さんは所長のお気に入りだからね」

妙な結論づけで、その時の議論を小林は打ち切ったのだった。

電話が鳴った。ベテランケースワーカーの鵜久森《うぐもり》が、保護者と話を始めた。他の職員は、早く事務処理を終えようと、黙々とパソコンに向かっている。午後七時を越えると、一人二人と退庁していく。鵜久森のところにかかってきた電話は終わらない。

「一時保護したことに納得できないのでしたら、不服の申し立てをしてください」

いくぶん強い口調で言うと、彼は電話を切った。児相が決定した一時保護に対しての抗議の電話だったようだ。一時保護については、行政不服審査法に基づいて親が不服の申し立てをすることができる。そのことを伝えたのだ。

「じゃ、お先」

小林も疲れた顔をして席を立った。ここにいる間は、家で待つ家族のことを考える暇もない。生まれたばかりの我が子のところに、やっと戻れることにほっとした表情を浮かべている。

「お疲れ様です」

軽く頭を下げる。独身の悠一は、特に急ぐこともない。緊急の事態にもたいてい応じる。

「便利に使われているんだよ、松本さんは。嫌だって顔しないんだもの」親しくなってから、小林はそう言った。「松本さんがいなくなったら困るから、所長が離さないんだ」

「そうかなあ。まあ、それでもいいんだけどね」

曖昧に笑ってそんなふうに言うと、小林も釣られて笑った。

「不思議な人だなあ、松本さん。仕事に熱心なのか、投げやりなのかわかんないよな」

きっと今もそんなふうに思っているだろう。ぷっくりと丸い小林の後ろ姿がドアの向こうに消えた。


石井壮太のケース検討会議は、翌日の午前十時から児相の会議室で行われた。課長の合田と担当の悠一、児童心理司の楠《くすのき》香奈子《かなこ》、それに多摩川市のこども家庭支援センターの前園志穂が顔を揃えた。鵜久森も加わる予定だったのだが、急に用ができて外出した。産婦人科から通報がきたのだ。病院の事務員が言うには、昨晩飛び込み出産があったらしい。

「母親は十代で、妊婦検診を一度も受けておらず、生まれた子を育てる気がないようです」

それだけを聞いて、鵜久森はすぐさま飛び出していったのだった。

「それじゃあ、早速検討会議を始めましょう」

一分一秒が惜しいというふうに、合田が口を開いた。

「あの……」志穂がとまどいながら発言した。「今朝、保育園から連絡がありました。壮太君、今日は登園したそうです」

合田が資料から顔を上げた。無言で先を促す。

「で、ここへ来る前に保育園に寄ってきました」

「どんな様子だった？」

合田の厳しい口調に、若い志穂はやや怯んだ。

「特に変りはありませんでした」

「それじゃあよくわからないわね。具体的に」

「体に傷などはなく、怯えている様子もありません。ただ着ているものはくたびれていて、清潔とは言えないですね」

「保育園に来ない間は何をしていたって？」

「それが――」志穂は言い淀んだ。悠一の方にちらりと視線をよこした挙句、決心したように先を続けた。「壮太君は、あまり言葉を発しません」

「あまりってどの程度なの？」

合田は容赦がない。

「保育士の話では、ぽつぽつ単語はしゃべるようです。それをつなぎ合わせて会話にするということがないようです。その単語にしても、必要に迫られたら口にするというくらいで――」

保育士は、単に無口なのか、言語能力が劣っているのか判断するのが難しいという見解を伝えたらしい。

「どう思います？」

合田は児童心理司の楠に問いかけた。

「五歳児で極端に言葉が少ないというのは、心配ですね。検査を受けさせるべきだと思います」

「両親が承知するかしら」

その問いは悠一に向けられた。

「難しいかもしれませんね」

あっさり答えた悠一を、志穂が睨んだ。

「説得してみないとわかりません。私がなんとかします」

「無理強いはしないで。ご両親との関係が悪化したら、壮太君のためにもよくないから」

合田はそう釘を刺した。まだ不満そうな志穂を、やや柔らかな表情で見返した。

「とにかく、壮太君の無事は確認できたわけだから、今はそれでよしとしましょう。で、保育園には誰が連れて来たの？」

「母親です。祖父母のところから連れ戻したって保育士さんには言ったみたいですが、それ、怪しいと思います」

「どういうこと？」

「どうやら壮太君、ふらふらと一人で出歩いているようなんです。家でかまわれないからじゃないかしら。親も壮太君がいなくなっても探そうとしないみたいで」

「その根拠は？」

「一人で街をうろついている壮太君を見かけたっていう他の子の保護者が何人かいるみたいで」

「それ、直接お話を伺ったの？」

「いえ、これも保育士さんから聞いただけで」

志穂の口調はだんだん尻すぼまりになった。

「親和町《しんわちょう》保育園でしょう。あそこは、日本人だけでなく、様々な国の子供たちが預けられていますからね。中には日本語が一切しゃべれない親もいるようです。日本人でも、僕らのような福祉関係の職員を嫌う人もいるし」

悠一が助け舟を出した。親和町には、戦前戦後に大陸からやって来た人たちの、平屋のバラックのような住居が密集していた。コリアンタウンを形成していた地区は、今も名残をとどめている。近くの商店街には、焼き肉店や韓国料理店、韓国の食材店が軒を連ねている。

そういった背景から、外国人が集まって来やすい土地柄になった。家賃が安いせいもあり、在日コリアンだけでなく、八〇年代頃からは東南アジアの人々がどっと流入してきた。駅周辺のパブで働くために来たフィリピン人の女性たちが、その最たるものだった。その後、中東や南米の人たちもやって来て住みついた。今、若い工場労働者は、そういった多国籍の人々が占めている。国別のコミュニティーも複数存在する。日本各地から工場の仕事を目当てに集まってきた人々もいる。雑多で熱気に満ち、それでいて閉鎖的な雰囲気を漂わせている。

背景に近代的なビルを控えさせながらも、低層の木造家屋やプレハブ小屋がひしめき合い、海岸端に建った白いベイビュータワーがそれらを睥睨《へいげい》するといった一種独特な風景が見られる地域だ。駅前の明るい通りから散策してきて、うっかりこの地区やもっと海に近い廃倉庫群に足を踏み入れた人たちは、さぞ戸惑うことだろう。

志穂は、多摩川市の北部出身と聞いた。静かな住宅街で、東京への通勤者が多い北部地区は、臨海部とは関わりを持たずにきた住人が多い。市役所に就職して、南部の荒んだ様子に触発されて福祉の仕事を希望した彼女ではあるが、どう関わっていったらいいか、悩むところだろう。

「つまり前園さんの推測では、壮太君は勝手にふらっと外に出て、街の中を徘徊している。そして、親もそれを放置しているってこと？」

「そうです」

合田が念を押し、ほっとしたように志穂が答えた。そして身を乗り出し、「これも虐待の一種ではないでしょうか」と続けた。

小林がここにいたら、ほらな、というふうに悠一に目配せしたことだろう。

「言葉が遅れている子が、怖がりもしないで親から離れてあちこち歩き回るなんて、ちょっとおかしいわね」

合田が考え込んだ。

「発達障害ということも考えられます。やっぱり検査を受けさせるのが最良の方法だと思います」

楠の発言に、場を沈鬱な空気が占めた。最近、児相でも発達障害という言葉がよく聞かれるようになった。子供が成長・発達していく過程で、理解や行動に問題が出る発達障害は、生まれつきの特性だと言われているが、養育環境、学校や保育園での集団生活との関係、また突発的な体験などが影響することもあると考えられるようになった。

ひどい生育環境の下で、ただ「躾《しつけ》ができていない」と言われ続けてきた状態が、広く研究されるようになってきた。児相職員もこういう知識を持つことが求められるのだ。

しかし検査を受けさせるとなると、どうしても親の了解を取り付けないといけない。合田の下した判断は、悠一と志穂とで保育園に出向き、壮太と接触して発達の状態を観察し、その上でもう一度家庭訪問をして親を説得するというものだった。

会議室を出た二人は、駐車場に向かって歩いた。悠一は、建物から外に出るなり、ぶるっと身を震わせた。

「冷えるね。今朝は氷点下まで下がったんだって」

悠一ののんびりした物言いを、志穂は完全に無視した。

「これはもう立派な育児放棄でしょ？　この寒空の下、五歳の子があちこち出歩くのを止めもしないなんて。しかもあの地域で。不登校の年長者らがたまり場でつるんでるような場所ですよ」志穂は早口でまくしたてた。「いずれああいう不良のグループに引っ張り込まれるに決まってますよ」

悠一が何も答えないでいると、今度は悠一にまで嚙みついた。

「松本さんは、それでいいんですか？　合田課長のやり方で。あの親を説得する時間があったら、まず壮太君を一時保護して、その上で検査を受けさせた方が早いと思いませんか？」

「うん、そうだなあ」

「子供の安全が最優先されるべきだと思いますけど」

悠一はポケットから車のキイを取り出して、チャリチャリと手の中で弄《もてあそ》んだ。

「あのね、前園さんは簡単に保護っていうけど、親子が分離されるっていうのは、両方にとって大きなダメージになると思うんだ」

「でも——」悠一に向けた志穂の顔がぽっと上気した。「あんな親にひどい扱いを受けるより、ずっとましでしょ？」

「ひどい親でも親は親なんだよなあ。子供は親と引き離されただけでなく、全く違った環境に放り込まれて混乱し、傷つくんじゃないかな。課長の考えは、なるべく在宅のまま環境を整えるってことだと思う。一時保護は最後の手段てことで」

児相は、家での養育が困難な子供を一時保護する権限を有する。親の同意を得て一時保護することもあれば、子供が危険な状況だと判断した時には、親の同意がなくても強制的に子供を保護する職権保護というケースもある。

「そんなことを言っているから、子供の命が危険にさらされるんじゃないんですか？」

「ほんとに不思議なんだけど、子供って親のそばにいたいもんなんだよ。暴力を振るわれても、嘘をついて親を庇《かば》おうとする子もいるくらいで。家庭ってもんは力があるよなあ」

「だからこそ――」切迫感の全くない悠一の言いように、志穂は苛立った様子だった。彼女の靴の下で、小石がじゃりっと音を立てた。「だからこそ、私たちがいるんじゃないんですか？　子供に嘘をつかせる親から救い出すために」

「まあ――そうなんだけど」

言い込められて鼻の横を掻く悠一を、志穂はちらりと見やり、口を閉ざした。もうそれ以上、言い合っても無駄だと感じたようだ。

車のそばまで来た時、また悠一のスマホの呼び出し音が鳴った。

「松本さん」さっき別れたばかりの合田からだった。「悪いけど、石井壮太君の件は後回しにして」切羽詰まった声だった。

「すぐに向かって欲しいところがあるの。緊急の通報があって――」

「わかりました」

志穂が不安そうな視線を投げかけている。

「福寿町《ふくじゅまち》で夫婦喧嘩。近所の人から通報があった。生後三か月の赤ん坊を奪い合っているらしいの。このままでは赤ん坊に危害が加えられそうだって」

「すぐに行きます」

悠一は、手帳に住所を書き取った。

「太田《おおた》さんがちょうど近くにいたから向かってもらったけど、応援が必要でしょうから」

太田聖子《せいこ》は、保育士の資格も持っているが、非常勤の職員だ。まだ児相に雇われてから日が浅い。彼女一人では無理な現場のようだ。スマホを切って顔を上げると、志穂と目が合った。

「前園さん……」

「親和町保育園には、私一人で行きます。また連絡入れますから」

すべてを悟ったらしい志穂は、きびきびと言った。こういう場面は、前にも何度もあった。緊急の事案が起こって、予定がキャンセルになることは珍しいことではない。親との面談、弁護士との打ち合わせ、会議、事務処理――後回しにされた仕事が職員を日々圧迫する。

踵《きびす》を返して自分の車の方に歩き始めた志穂が、ふと振り返った。

「ねえ、松本さん」

「え？」

「なんでこの地域には、そぐわない町名が多いんですかね？　親和町に福寿町、それから子宝町《こだからまち》っていう町もありますね」

自分の言にふっと笑うと、志穂は今度こそ背を向けて歩き去った。


悠一が急行した先には、児相の軽四が既に停まっていた。太田聖子は、家の中にいるようだ。外からでも、中がどんな様子なのかは窺い知れた。いかにも昭和的なバラック建ての平屋が軒を接するように建て込んだ地域だ。派手な色のペンキで壁や屋根のトタンが塗られているのが、浮いて見える。

悠一は車を降りて、空を突きさすように建っている展望塔をちらりと見上げた。ここは、塔のすぐ足下という場所だ。海風を感じた。

途端に家の中から大きな怒声が響いてきた。急いで家に寄っていった。玄関の戸は開けっ放しになっていて、近所の住人らしき三、四人が中を覗き込んでいた。

「お邪魔します」

彼らを押しのけ、靴を脱いで上がり込む。外から丸見えの居間で、夫婦が向かい合って罵《のの》り合っていた。日本語ではない。おそらくポルトガル語。彫りの深い顔からしても、夫婦ともがブラジル人だと知れた。二人の間に立っている太田が、悠一を認めて、ほっとした表情を浮かべた。

太田聖子は、必死で母親の腕から赤ん坊を取り上げようとしているところだった。大柄な父親が母親に殴りかかり、母親も一方の手で応戦している。

「お母さん、その子を渡して！」

太田の言葉がなんとなく理解できるらしい母親が、子供を渡そうとすると、父親がいきり立った。意味不明の言葉を発して、太田にも手を出そうとする。悠一は、振り上げられた腕をつかんで自分の方に引き寄せた。振り向いた父親の目は血走っている。

「お父さん、落ち着いてください」

そんな悠長な言葉が通じるはずもない。今度は悠一に向かってきた。暴れ続ける父親を制するのは、至難の業だ。二人もつれて床に倒れ込んだ。座卓の足が折れ、ポットや食器が飛び散った。その隙に太田は、赤ん坊を取り上げるのに成功した。母親の背を押して、外に連れ出した。

その様子を目の隅でとらえた父親が、獣じみた咆哮《ほうこう》を上げて、悠一を突き飛ばした。悠一の体はいとも簡単にすっ飛んで、したたかに壁に打ち付けられた。そのまま蹴り上げられそうになり、両手で腹を庇った。外では、野次馬たちが口々に叫んでいる。日本語でもなく、ポルトガル語でもない異国の言葉が飛び交う。

「今、警察を呼びましたから！」

かろうじて、太田の声が聴き取れた。父親は悠一を置いて外に飛び出すと、母親と取っ組み合いを始めた。母親も負けていない。大声で夫に罵声を浴びせ、脱いだ靴で何度も殴りかかる。肩や顔に当たるたび、父親は唸り声を上げた。野次馬たちの興奮も最高潮になる。「やめろ」と言っているのか、「やれやれ！」とけしかけているのかさえもわからない。母親に向かっていた父親が、くるりと向きを変えた。太田が赤ん坊を抱き取っていることに気がついたのだ。

太田が「ヒッ！」と小さく叫び声を上げた。彼女に延ばされた腕に向かって、悠一は突進した。裸足で家から飛び出すと、父親の背中に跳びかかった。腕を首に回して引き倒そうとするが、うまくいかない。さっきまではやし立てていた人々は、そろりと輪を広げて距離を取った。肉厚の父親の体はびくとも動かなかったが、太田が逃げる暇は与えられた。

人々の間に彼女の姿が消えたのを見て、悠一はほっと力を抜いた。頬に痛みが走り、瞬間目の前が真っ白になった。男の拳で殴られたのだと理解するのに時間がかかった。

遠くでパトカーのサイレンが聞こえた。

「ひどい顔になったよな」

悠一の顔を見て、小林がため息をついた。深夜の児相の執務室。殴られた顔はしだいに熱を帯び、腫れてきた。熱を帯び、腫れてきた。口の片方の端が切れてしまい、治療を受けた病院で絆創膏を貼ってもらった。

結局父親は警察に逮捕された。妻と児相職員に対する傷害容疑だ。妻は、肋骨を骨折しており、入院した。もともとあった心臓疾患も悪化していて、入院は長引きそうだった。

赤ん坊は一時保護されることになった。が、乳児院はいっぱいで、受け入れを拒否された。保護された子供が乳児の場合は、児相に付設されている一時保護所では預かれない。乳児院がだめだとなると、行先がない。合田と鵜久森が八方手を尽くして、一時的に預かってくれるという養育里親を探し出してきた。

太田と楠が、養育里親の許《もと》に赤ん坊を送り届けた。しかし苦労して見つけた里親も、預かってくれるのは、二週間だ。その後は、また受け入れ先を見つけなければならない。ラテン系の睫毛《まつげ》の長い愛らしい顔をした女の子は、ミルクをもらってすやすやと眠っていた。あんな修羅場をくぐり抜けてきたとはにわかに信じられないほどの安らかな寝顔だった。

悠一は、病院で簡単な診察と治療を受けた後、警察署に赴いて事情聴取を受けた。それだけで短い冬の日は、とっぷりと暮れてしまった。児相に戻って、養育里親に預けられる前の赤ん坊に対面し、合田たちとこのケースの今後の検討を行った。合田は、だんだん腫れてくる悠一の痛々しい顔を見て、明日は一日休むようにと命じた。

石井壮太のこともあるし、休めないという悠一に、上司の命令だと強く告げた。

職員たちが帰った後、悠一はその日の報告書を作成するために残った。明日休みを取るのなら、それまでに片付けておかねばならない仕事だった。同情した小林が付き合って残ってくれた。

「なあ、松本さん、何でこんなとこに長くいるの？　そんな目に遭ってまで」

小林は、パソコンのキイを叩き続ける悠一にこの前と同じことを訊いた。

児童福祉司は、児童相談所で虐待や非行などの対応に当たる職位である。児童福祉法に基づくもので、社会福祉士や一定の実務経験があることなどが要件になっている。だが、全国の児相で、福祉の専門職として採用されている人は七割強。三割は一般行政職が就いている。つまり三割の職員は自らの希望ではなく、児童福祉司の職を命じられた人たちなのだ。

小林のように異動で他の部署へ変わりたいと願う行政職員は多い。子供の命に直結する児相での仕事があまりに過酷だからだ。

「なんか、よそに移っても、うまくいかない気がするんだよね。ここだともう要領がわかっているというか、自分に合ってる気がして――」

そう答えた悠一に、「何だよ、それ」と小林は笑った。

「女性は強し、だよな。母性が備わった生き物にはかなわないよ」

そして、松本さんも、ここの女性職員に首根っこを押さえられて身動き取れないって感じだな、と感想を言った。

「それにあの前園さん」思い出し笑いをしながら付け加える。「市のこども家庭支援センターの中でも、彼女、浮いた存在なんだろうね」

それを聞いて、悠一は石井壮太のことを思い出した。今日は志穂から何の連絡もなかった。もしかしたら、ブラジル人の夫婦喧嘩の一件が伝わって、巻き込まれた悠一に遠慮しているのかもしれない。一日休暇を取って、明けたらすぐに志穂と連絡をとってみようと思った。思った途端に口の端の切れた部分がズキンと痛んだ。


だが、休暇明けに連絡してきたのは、志穂の方からだった。八時前に児相に出勤してきた悠一を待ちかねたように電話が鳴った。

「松本さん」声の調子から、緊迫した状況を感じ取った。

「石井壮太君は、今日、保育園に来ていません」

「家にいるの？」

「いいえ！　あの子、またいなくなっちゃったんです」

廃屋の倉庫の外階段で、那希沙《なぎさ》は震えていた。その震えが海《かい》にも伝わってくる。海は双眼鏡を目に当てて、東の空を眺めていた。

「貸してよ」

那希沙は双眼鏡に手を延ばす。

「待てよ」

海は、すっと双眼鏡をずらす。

「ケチ」

「ええと、うお座とみずがめ座の間だろ?」

「知ってんの? カイ。そんな星座」

「知るか。でも調べたんだ。ちゃんと雑誌に出てた」

その科学雑誌を、海は昨日書店で万引きしたのだった。

「ああ、さぶ」

那希沙が海にぎゅっと体を寄せてきた。

二月下旬の朝五時半。信じられない時間だ。こんなに早起きしたのは、いつ以来だろう。

少しずつ白んでくる東の空に海はじっと目を凝らした。

「わかんねーな。ほら」

那希沙にぽいと双眼鏡を渡した。那希沙はいそいそと双眼鏡を目に当てた。

「うーん」

あちこちと双眼鏡を動かした挙句、那希沙はあらぬ方向を見ている。

「そっちじゃねえよ」

「わかってるよ。こんなチンケな双眼鏡じゃ、見えないんじゃないの？」

「そんなことあるか。三日前にカブが見たって言ってたぞ」

「嘘に決まってんじゃん。あいつ、嘘つくの得意だから」

那希沙はベイビュータワーの方に双眼鏡を向けた。

「ねえ、カイ。あそこに上ったことある？」

「ねえよ」

「え？　一回も？」

双眼鏡を顔からはずした那希沙がじっと見つめてくる。

「だって入場料がいるんだろ？　あんなとこ上ったって見えるもん決まってるし。お前、あるのかよ」

「あるよ。十年前にできてすぐに行った。小学校に上がったばっかで、ばあちゃんに連れていってもらった。海の先までずーっと見えたよ。いい眺めだった」

海はふんと鼻を鳴らしてそっぽを向いた。展望塔の白い外壁が朝日に輝き始めた。また那希沙は展望塔を眺め始めた。

「富士山のてっぺんも見えた。雲の向こうに。あんときは嬉しかったなあ。あれからばあちゃんが死んで――」

それから那希沙には、ろくなことがなかったのだ。十七になった今、こうして廃倉庫の階段で寒さに震えているのだから。

「あの展望塔むかつくんだよな。エラそうに高いとこから俺らを見下ろしているみたいでさ」

海の物言いに、那希沙はふふふっと笑った。

「あれ、建てた人は、この辺の生まれなんだよ」

「知ってるよ。成り金だろ、どうせ」

「ラーメン屋さんだよ。トン平《ぺい》ラーメン。多摩川駅の近くで一軒目を始めたんだって。それが今や全国チェーンだよ」

「まあ、ラーメンはうまいけどな。やっぱむかつくよな。成功して東京にでっかい本社ビル建てて、こっから出ていったんだろ？　あんな展望塔だけ建ててよ。俺らごみ溜めみたいなとこに住んでるもんを見下してんだ」

「あれ?」那希沙の双眼鏡がぴたりと止まった。「あの子……」

「何だよ」

「あんなとこにちっちゃな男の子がいる」

「どこ?」

那希沙から双眼鏡を奪い取って、海は目に当てた。那希沙が指さす方向へピントを合わせる。いくつかの寒々しい路地をなぞった後、倉庫の外壁の窪《くぼ》みにへばりつくように座り込んでいる子供の姿をとらえた。

「何やってんだろ、あいつ」

「迷子?」

「こんな夜明けに?」

あちこち周辺を見てみるが、大人の姿はない。

「行ってみるか」

「うん」

二人は錆びた階段を駆け下りた。この荒んだ地域は、海と那希沙にとっては、生まれた時からの庭のようなものだ。立ち並ぶ倉庫群を抜け、入り組んだ路地を走って、すぐに男の子のところにたどり着いた。

倉庫の壁がわずかにへこんだ場所で、冷たい海風を避けるように、五つか六つくらいの男の子が膝を抱えて座り込んでいた。

「おい」

海の声に、顔を上げる。汚れた顔にかかる髪の毛はぼさぼさで、ずい分散髪をしていないようだ。薄いジャンパーに短パン。足下は裸足にサンダル履きだった。頬も唇も血の気がない。細かく震えている。

「かわいそうに」

戸惑う海を尻目に、那希沙が自分の肩掛けで男の子をくるんでやった。

「何だ？　お前」気を取り直した海が声を掛ける。男の子は、黙ってされるままになっている。「何でこんなとこにいるんだ？」

答えはない。ただじっと二人を見上げるのみだ。

「お父さんかお母さんに叱られたの？」

やっぱり何も答えない。海と那希沙は顔を見合わせてため息をついた。

「一晩中、ここにいたのかなあ、この子」

海に向かって那希沙が問うた。

「知るかよ、そんなこと」

「こんなとこにいたら、凍えて死んでしまうよ」

「バカな奴だぜ」

「あっちに行こう。立てる？」

それには素直に立ち上がった。

「こっちの言うことはわかるんだな」

男の子を支えるようにして歩き出した那希沙の後を追いながら、海が言った。この辺りには、外国人も多い。在日韓国人やブラジル、東南アジアから出稼ぎに来た人たちが住みついているのだ。だから、日本語を解さない輩《やから》も結構いる。

海の母親もフィリピン人だ。多摩川駅の近くのフィリピンパブで働いている。父親はその店の客だった日本人らしいが、海は会ったことがない。

「ここならいいわ。こっち」

さっき二人が上っていた鉄階段がある廃倉庫に潜り込んだ。海が壊れた扉を押し開けた。段ボールで囲った一角に男の子を座らせた。両端に二人も腰を下ろした。

「どこから来たんだ？」

「見ない顔よね」

狭い範囲の子供の顔はだいたいわかる。だが、初めて見る顔だった。

「お前、名前は？」

どの質問にも答えない。

「口がきけないのかよ」

「耳は聞こえてるみたいなのに」

黙ってはいるが、怯えた様子はない。くっと真一文字に食いしばった口元に、意志の強さを感じさせられる。

「小さな家出少年だねえ」

那希沙がおかしそうに笑った。海は首を振った。他の地域なら、一人で出歩いている幼い子を見れば、大騒ぎになるだろうが、ここではたまに日にする光景だった。親は暴力団員、上の兄は暴走族かチンピラ、下の兄は中学に行かずに遊びふける非行少年などという家族構成は、多摩川市南部では珍しくない。一番下の子が小学校に通いつつも、非行少年の兄について回り、家に寄り付かないなどという実態もままあるのだ。

アウトローになる道筋は、すっかり出来上がっているというあんばいだ。むしろ、そんなハチャメチャな家庭から、まっとうな子が育つ方が驚く。やんちゃな少年たちは、あちこちでたむろしている。この子も、ワルの年長者たちについて回っているうちに、帰る道がわからなくなったのだろう。

「どうする？」

海はうんざりして那希沙を見た。早くもこんな子を拾ったことを後悔し始めていた。

「お巡りさんに家を探してもらうか？」

自分のジョークに、笑いがこみ上げてきた。そんな海を、那希沙は無視する。

「あんた、痩せてるねえ」肩掛けの上からぎゅっと抱きしめてそんなことを言う。「ご飯、食べさせてもらってんの？」

満足に食事がもらえない子も、やはりここでは珍しくない。海は「チェッ」と舌を鳴らした。パブから朝帰りする母親を、飢えて待っていた頃のことを思い出したのだ。保育園や小学校では、日本人と違う風貌ゆえにいじめられ、早々に登校拒否を決め込んだ。ただ彫りが深くて浅黒い顔は、ここで役に立った。多摩川市南部地域では、ギチギチの上下関係ができていて、そこからあぶれて生きていくことは難しい。中学生になると、道を踏み外した者は、「カンパ」という名の上納金を徴収されるようになる。先輩たちからの「カンパ」の要求はひっきりなしにあり、下の者は、金を稼ぐために必死になる。

親の金に手を付けるなどというかわいらしいことでは賄えない額なのだ。もっとも親も貧しくて、財布の中身も知れていた。彼らは引ったくりや賽銭泥棒を繰り返す。やがて恐喝や空き巣にまで手を延ばして警察に逮捕された。海はフィリピーノと呼ばれて仲間外れにされることに甘んじた。虚勢を張って、どこかのグループに属し、上下関係に組み込まれる奴らの方が愚か者だと早い時期に悟っていた。

学校には行かないけれど、奴らがたまり場にしているゲーセンやカラオケ店には近寄らず、海岸端でスケボーに興じる健全な不良を押し通した。黙々と練習して難度の高い技を習得するスケーターは、ここでは一目置かれていて、ヤンキーのグループに取り込まれないという暗黙の規律があった。

その頃、母親がヤクザと付き合っていたことも、たまにフィリピンに里帰りして、数か月この土地から消えることも、功を奏したのかもしれない。高校へは進学したが、すぐに退学した。入学金を払ってくれた母親の恋人からはボコボコにされたが、平気だった。ヤクザに殴られて頬骨が折れたのに、スケボーをやっていたことが、却《かえ》って彼に箔《はく》をつけた。

今は時々、アルバイトで金を稼ぎながら、適当に生きている。母はヤクザに捨てられて、酒浸りになっている。ひどいところだが、ここは海にとっては馴染みの場所だった。

「お腹空いてんの？」

那希沙は飽きもせず男の子に話しかけている。震えの止まった男の子は、コクンと首を振った。

「ねえ、何か食べさせてやろうよ」

「何で？」

「かわいそうじゃん」

「何を食わせるってんだよ」

「ユンさんの店なら開いてるよ」

工場労働者向けに朝早くからやっている韓国料理店を指して言う。

「あそこのお粥なら、お腹いっぱい食べられるよ。おかわり自由だから」

「しょうがねえなあ。こんなガキの面倒みて、どうしようっての？」

「いいじゃん。行こう」那希沙はさっと立ち上がった。

海は男の子を見下ろした。

「お前、ほんとにしゃべらねえな。名前くらい言えよ」

それでも男の子は無表情でのろのろと立ち上がった。

「そんなら俺が名前をつけてやるよ。名前がないと、不便だもんな」

手に持ったままだった双眼鏡を、思い出したように目に当てて、空を眺めた。すっかり明るくなった青空が見渡せた。

「お前の名前は、ハレだ」

那希沙が「何？　それ。まんまじゃん」と言ってケラケラ笑った。

「漢字を当てたら『晴《はれ》』。晴れるの晴れ」

「この人はカイっていうの。海っていう字でカイ」

海が生まれた時、母親は簡単な漢字しか知らなかった。だから海にした。「カイ」なら、フィリピンでも通じるだろうという理由で。

「あたしはナギサ。砂浜の『渚』っていう字だったらよかったんだけど、しちめんどくさい漢字なの」

廃倉庫から出ながら、那希沙は「あっ」と声を上げた。

「晴れた海の渚。いいね。あたしたち、いいダチになれそうだね」

そう言って、那希沙は男の子の腕をぐいっと引いた。


海の家は、多摩川駅のすぐ近くにある。風俗店が立ち並ぶ歓楽街から一歩入ったところだ。一階はついこの間まで古本屋だったが、経営者の老人が死んだので、店は閉じられた。シャッターの脇に二階に上がる狭い階段がある。元は二間を間貸ししていた造りだったので、二階の廊下にドアが二つ並んでいる。その手前のドアを開けて入った。

「まあ、遠慮すんなよ」

セメント張りの玄関に立ち尽くしている晴に、上がるよう促した。

「ライザさんは？」

「お袋はまだ寝てるだろ」

早くて深夜、客とどこかでまた飲んだりしたら、未明に帰って来る母親を待つことはもうない。二つの部屋は中でつながっているが、母親側の部屋に長くいることはなくなった。自分の食い扶持は自分で稼ぐ。海は今の生活に満足していた。

那希沙が大きなあくびをした。

「今日は早起きしたから、眠くなっちゃった。ちょっと寝ていい？」

「いいよ」

「ハレ、おいで」

那希沙は奥の部屋に晴を連れていった。敷きっぱなしになっている布団に潜り込む。そばで立ち尽くしている晴に声をかけると、晴も素直に従って布団にくるまれた。やがて二人は静かな寝息をたて始めた。

ユンさんの店で、晴は食べ物を口に押し込んだ。まさにガツガツ食らうという感じだった。お粥にスンドゥブチゲだけでは足りず、豆もやしのクッパまで頼んだのだが、それらをきれいに平らげた。那希沙が呆れ顔で見とれていた。

「その子、どこの子?」

ユンさんに訊かれて、「親戚の子」とだけ答えた。ユンさんは深く追及することなく「ふうん、よく食べるね」と言って離れていった。

腹がふくれて眠くなったということか。一つの布団で寝入っている那希沙と晴を見ながら、どうしたものかと海は考えた。さっき冗談で言ったように、警察に連れていくというのは気が進まない。できれば、ああいう人種とは関わりたくない。同じ理由で市役所とかその類《たぐい》の施設にも足は向かない。

晴がしゃべるのなら、住んでいる場所まで連れていってやるのだが、それは望めそうもない。食べるだけ食べたら、強情な子はまただんまりを決め込んだ。どんなに話しかけても一切口を開かないのだ。どこかに置き去りにするか。あの倉庫のところまで来たのだから、放っておけば、自分で帰っていくかもしれない。

だが——那希沙の寝顔を見ながら海は考えた。この考えに那希沙が同調するとは思えなかった。サービスでユンさんが一個くれたホットクを、晴に食べさせてやる那希沙は、彼を自分の弟のように思っているようだった。

「かわいそうに」とか「きっと家に帰ってもろくに面倒もみてもらえないんだよ」としきりに言った。

「じゃあ、どうするんだよ」と水を向けても、いい案は浮かばないようだったが。

さっき階段を上がりながら、決心したように「ハレが帰りたくないんだったら、ちょっとだけあたしらが面倒みてやってもいいじゃん」と言った。海は聞こえないふりをした。

このまま、晴をいさせるわけにはいかないと思う。なんせ、まだ小学校にも上がっていないような幼児なのだ。いくら荒んだ地域でも、行方不明になった子を連れていたら、これは誘拐ってことになるんじゃないか？　それは立派な犯罪だ。幼馴染みの中には、少年鑑別所や少年院に送り込まれた奴らがいた。そこから出所してくれば、このちっぽけな社会で幅を利かせられると思い込んでいる脳みその足りない輩だ。

そんな価値観だけは、海は持ち合わせていなかった。いつか、ここから出ていきたいと思う。子供を虐げるか無関心でいる親もおらず、つまらない因縁をつけて年下の者に暴力を振るう先輩もおらず、刺青《いれずみ》を入れたヤクザもいない場所へ。そのためには、まっさらな体でいなければならない。

那希沙も一緒に連れていくのだ。彼女をこのごみ溜めのような場所から出してやりたかった。那希沙が寝返りを打って、小さく何かを呟いた。

海と那希沙は、ここで半同棲のような暮らしをしていた。母親は、そんな二人には全く無関心だ。そういう意味では、都合のいい母だった。気のいいフィリピーナは、「ナギサ、ナギサ」と呼んで息子の恋人をかわいがった。時には一緒にフィリピン料理を作ったり、買い物に行ったりもする。醬油とナンプラーで味付けしたフィリピン風の焼きそばは、今や那希沙の得意料理になった。彼女はここでの暮らしが気に入っているようだ。

那希沙は家には帰りたがらない。中学校の同級生だった海と二人でいることを心底楽しんでいる。

「あたしは今が一番幸せなんだ」と照れもしないで、真面目に言う。たった十七年しか生きていないくせに。

海はあまり学校に行かなかったが、那希沙は休むことなく律儀に学校に通っていた。それが彼女にとっては逃避だったことに気づくのは、二人が中三の時だった。那希沙には、三歳年上の兄がいた。海の遊び仲間の兄が（多摩川市臨海部では兄弟間の連携はことに重要）、那希沙の兄の尚也《なおや》ともめた。

仲間の兄は、暴走族グループの一つを率いるかなりヤバい男だった。尚也は多摩川の河川敷に呼び出されて、もうちょっとでリンチされるところだったという。その時に尚也は、妹を差し出すことで許されたのだ、と海の遊び仲間は言った。

「ナギサ、兄貴に好きなようにヤラレてるんだってさ」

傷だらけのスケートボードを前に置いて煙草をふかしながら、彼は笑った。

「小学校の時から」

「嘘だろ？」

「ほんとだって。初めは兄貴に無理やりヤラレて、そんで長いこと、兄貴の玩具《おもちゃ》だったんだ。だけど、今頃は兄貴の友だちにまで好きなように遊ばれてる。あのクソみたいな兄貴が、そうやって自分の尻ぬぐいの道具に差し出してるんだからどうしようもないだろ？」

海は那希沙の顔を思い浮かべた。かわいい顔をしているとは思った。だが教室ではいつも一人でいた。線が細く頼りなげで、クラスメートたちとは距離を置いているようだった。笑ったところなんか見たことがなかった。あの子は、そんな悲惨な家庭環境に置かれていたのか。

「で、お前の兄ちゃん、ヤッたのか？」

平静を装ってそう訊いた。相手は下卑《げび》た笑いで答えた。

「そりゃあ、そうだろ。あいつ、結構いい体してんじゃん」

仲間は、兄から聞いたという那希沙とのセックスを事細かに話した。

「もう馴れてんだ、あいつ。部屋に兄貴が入っていったら、すぐに服を脱いで足を開いたってよ。泣いたり喚《わめ》いたりすることもなかったんだって。ただ黙って好きなようにされてるだけで」

「ヤバいだろ？　それ。まだ中三だぜ」

「妹は絶対に誰にもしゃべらないから大丈夫だって、ナギサの兄貴は請け合ったらしいぜ。ちゃんと言い聞かせてあるからって。うちの兄貴にへこへこしてさ、抱きたい奴がいたら、いつでも言ってくれって。もうポン引きと娼婦だぜ、あの兄妹」

那希沙が嫌がったりしたら、兄が殴る蹴るの暴力を振るって黙らせるらしい。兄も今では彼女がいるのに、たまに気が向けば、性欲のはけ口に妹の体を使っていると付け加えた。

そんなことを、彼らの両親は知らない。父親はよそに女を作って出ていき、母親は借金を返すために夜昼なしに働いているから、子供のことには気が回らないのだ。

難しい顔をして黙り込んだ海の気持ちを、相手は誤解した。

「なに？　お前、ヤリてえの？　なら、うちの兄貴に話つけてもらおうか？」

はっと見返した海に、相手は愛想よく笑いかけた。きっとこいつも那希沙を弄んだに違いない。向こうは顔を寄せて囁いた。

「気にすることないぜ。あいつは妊娠なんかしないんだ」

性の玩具にされている間、那希沙は二度妊娠したらしい。その都度兄がモグリの医者に連れていって堕胎させたそうだ。最後に手術を受けた時、ヘタクソな医者が那希沙の子宮を傷つけたのだという。大量出血で危うく死にかけるところまでいき、ちゃんとした病院に担ぎ込まれて子宮の全摘手術を受けた。

「だからよ、そういうこと、気にすることないんだ。あの最中、死んだみたいに横たわってるだけで、つまんないんだけど、でもおっぱいでかいし、あそこもまあまあだ」

やっぱりこいつは、那希沙と寝たのだ、と確信した。

実の兄に犯されただけでなく、長い間、多くの男の性の奴隷にされてきた那希沙。逃げることもかなわず、大人に気がついてもらえず捨て置かれた少女。せっせと学校に通ってきたのは、地獄のような家から束の間逃れるためだった。

海の中で那希沙という影の薄いクラスメートの存在が、にわかに大きくなった。

次の日、海は久しぶりに登校した。教室の隅にじっと座っている那希沙に目を留めた。どうやったらこの子を救ってやれるだろう。学校の先生に訴えるなんて、この土地では何の解決策にもならない。それどころか、逆効果になりかねない。腐った地区の学校には、腐った教師しか配属されないのだ。何かを訴えても知らん顔を決め込むか、死ぬ気で伝えた内容が周囲に広まるか、ひどい時にはその秘密をネタに脅されるか。そんなところだ。海には、いい知恵が浮かばなかった。それでも遅刻や早退を繰り返しながらも、たいてい毎日登校した。そして那希沙を見張った。それだけしか自分にできることはないと思った。那希沙は、学校に来ると誰とも口をきかず、授業を受け、終業時間になるとどこにも寄らずに真っすぐ帰った。まるで自分というものの気配を消して、時間をやり過ごすような暮らしぶりだった。

教室の一番後ろに陣取って教科書も開かず、那希沙にだけ視線を送っている海のことが噂になった。日本人離れした容姿と、誰ともつるまない孤高さとで、中学に入ってからは、海は割と女子には人気があった。いつ海が那希沙にコクるのか、校内で注目されているのも知っていた。虚ろで孤独な那希沙とはお似合いだと言われたりもした。

それでも中学生の間は、つかず離れずの間を崩さなかった。那希沙も海の行動のことには気がついていたと思う。噂は広がって、一度那希沙の兄に呼び止められたこともあった。

「俺の妹につきまとうなよ」

ガムをくちゃくちゃ嚙みながら、にやついた顔で彼は忠告した。海は、完全に尚也を無視して立ち去った。

「おい！」

後ろから怒鳴られたが、脅威は感じなかった。尚也の方が、背が高く濃い顔立ちのハーフの少年に深入りすることを躊躇しているようだった。所詮、肝の小さな男なのだと知れた。妹の体を、他人に供物として差し出すような男だから。それでも中学を卒業するまでは、海は我慢した。臨海部の荒れた地域では、上下関係は絶対的なものだった。尚也にどんな後ろ盾があるかもしれなかった。そういう事柄から身を引いている海には、関係性が呑み込めなかった。

卒業式の帰りに、ようやく那希沙に声をかけた。海の親も那希沙の親も、卒業式には出席していなかった。そんな家庭はたくさんあった。改造制服を着た男子生徒が校庭で騒いでいるのを尻目に、さっさと下校する那希沙の後についていった。

「俺と付き合わねえか」

ぼそりとそれだけを言った。

「嫌だ」

那希沙の答えはシンプルそのものだった。そのまま、くるりと背を向けられた。海は諦めなかった。定時制高校に進んだ那希沙につきまとった。やがて尚也の知るところとなり、スケボーをしていた倉庫群の間でリンチに遭った。向こうは準備万端で、数人の仲間を引き連れてきていた。弱小な奴がやりそうな手口だった。血塗《まみ》れになって足を引きずり、家に戻った海を見て、母親が悲鳴を上げた。すぐさま、ヤクザの自分の男に連絡した。男は粋がって、誰にやられたんだと問い質した。

那希沙の兄とその仲間たちは、暴力団事務所に連れていかれて、ヤキを入れられた。それで話はついた。バカなヤクザは、よく事情を聞きもしないで、海が女のことで別の男たちともめたと思っていたのだ。

「女はカイによこせ。もう絶対に手を出すなよ」

男はそう言って釘を刺し、ボコボコにした十代の不良グループを解放した。海の計算通りにことが運んだわけだ。単純思考のヤクザは、すぐにかっとなって愚行に走ることはわかっていた。あの当時は、まだヤクザは海の母親に夢中だったのだ。

その数か月後には、海が勝手に高校を退学し、ヤクザにボコられるのだけれど。

兄に疫病神扱いされて、家から追い出された那希沙は、海のところに来た。ぶすっと黙り込んだままの那希沙は、ただ行くところがなかっただけだった。それでも常に誰かの所有物のように扱われていた家から解放されたことは、彼女を少しずつ変えていった。

初めは、海に体を開こうとした。自分の体がモノのようにやり取りされるものだと思い込んでいたのだ。

「いいよ、別に」

素っ気なく言って、那希沙を抱こうとしなかった海に、逆に那希沙の方が興味を持った。

「じゃあさ、何であたしを助けたわけ?」

「別に助けたわけじゃない」

「あたしが欲しかったんでしょう?」

「そんなことない」

噛み合わない会話が繰り返されて、やがて那希沙は、体を介さずに、人とつながることを憶えた。

この地域には、民生委員や児童委員もいるが、問題のある家庭が多すぎて手が回らないというのが現状だ。那希沙は兄たちの性的虐待に耐えかねて、一度地区の児童委員に訴えたことがあるらしい。ずっと後になって海にだけ打ち明けた。こんな家にはいたくない。養護施設に入れて欲しいと。児童相談所に話が通じて、多摩川市役所の近くの児童相談所に呼ばれた。面談で児童福祉司という人と向かい合ったが、相手は男性で、とてもじゃないけど自分がされていることを口にできなかったという。

言葉に詰まり、それでも大泣きしながら、自分を保護してくれと訴えた。ワーカーは困った顔をして、「ご両親とよく相談してみて」とか「あなたのような人はたくさんいる。頑張りなさい」と言うだけだった。

那希沙が児童相談所に行ったことが兄にばれた。数日後の日曜日、家に尚也の友だち五人ほどが集まった。那希沙は彼らによってシメられた。全裸にされて、恥ずかしいポーズを取らされた。恥毛にライターで火をつけられた。膣に異物を入れられた。昼間から酒を飲み、煙草を吸いながら、彼らは存分に那希沙をいたぶった。

十何時間にも及ぶ凄絶なリンチを、兄たちは笑いながら行った。彼らにとっては、退屈をまぎらわす格好のイベントだったのだろう。那希沙はただ心を殺して、時間が過ぎるのを待つしかなかった。夜になって、男たちに輪姦《まわ》された。その時ポラロイドカメラで撮られた写真は、彼らが一枚ずつ持っているのだと那希沙は言った。

だから、海も那希沙も公共の機関というものを信じない。職員は多摩川市の荒んだ現状に顔をしかめながら、担当区域を回り、流れ作業のように仕事をこなす。臨海部の本当の悲劇からは上手に目を逸らす。そして、おそらくは気持ちのいい北部のベッドタウンにある自宅に帰っていくのだ。

ここで生きる者は、何も当てにしてはならない。自分のことは自分でどうにかしなくてはならない。それが海と那希沙の学んだことだった。遠い国から来て、たくましく生きているフィリピーナの母は、一つのお手本でもある。

あっけらかんと陽気な海の母親、ライザとも那希沙は馴染んだ。

「ナギサ、今日何が食べたい？」

「ナギサ、これ、クリーニングに出すね。わかった？」

「風邪ひいたみたいから、風邪薬買ってきて。ついでに八百屋でマンゴー買ってきて。安いのはダメよ」

ライザの指示に、那希沙は嬉々として従った。時折、自分の家に帰って母親と過ごすこともあるが、海の家に入り浸っていた。そのうち、定時制高校も辞めてしまった。那希沙の母親は何も言わなかった。


昼頃、那希沙と晴は起き出してきた。同じタイミングで、隣部屋とつながったドアが開いた。下着の上にカーディガンを羽織ったライザが顔を覗かせた。

「カイ、ナギサ、こっちにおいで。お客さんにもらった寿司があるよ」

「ほんと？」やったぁ」

那希沙は栗色に染めた髪を後ろで一つにくくりながら言った。

「あれ？　その子、誰？」

「親戚の子」

那希沙は澄まして答えた。

「そう。じゃ、その子も連れておいで」

ライザもしごく普通に答えた。日本の社会規範を持ちあわさず、大勢で暮らすフィリピンの家族制度に馴染んだ海の母親には、どうってことのないあり様だった。

「あ、カイ、ラーメンとるか？」

「うん」

海は家の前のラーメン屋まで行って、ラーメンを三つ頼んできた。もとはトン平ラーメンに勤めていたという亭主は、威勢よく「はいよ！」と答えた。

晴は、また底なしの食欲を見せた。

「もう一つラーメンとってもよかったね」

ライザが笑いながら言った。那希沙は、ほとんど自分のラーメンを晴に与えてにこにこしていた。

「ハレ、これも食べなよ」

ライザは自分の寿司を幼児の方に押しやった。晴という変わった名前もすんなり受け入れた。握り寿司を大きな口を開けて詰め込んで、晴は目を白黒させた。

「慌てるの、ダメよ。誰も取らないから、ゆっくり食べな」

ライザは晴の背中を叩いた。おおらかな東南アジア系の性格は、大いに有難かった。細かいことに拘泥せず、つまらないことも詮索しなかった。これで酒の量を減らしたらいいのだが、店に出ると、たいていライザは飲み過ぎた。時には店に出る前から一杯引っかけていく。フィリピンパブには、次々と若い子が入ってきて、年増《としま》のライザの居場所がなくなってきている。ヤクザの男と別れてからは、決まった恋人もいない。

「今日はバイト、ないの？」

ライザの部屋から戻ってくると、那希沙が訊いた。

海は、友だちの親父が経営する土建屋でアルバイトをしている。始めはただの単純作業要員だったけど、左官の親方に「筋がいい」と見込まれて、左官専門のバイトに入っている。海を小さい頃から知っている友人の親父は、このまま職人になれと言う。

「ここでまああの生活をやっていくには、ヤクザかギャンブラーか職人になるしかない」

きっぱりと親父さんは言った。

「お前は職人になって稼げ。それが一番堅い」

もっともなアドバイスだ。それは「ここで生きる」ための賢明な選択だ。多摩川市の臨海部でやんちゃをやってる奴らは、実際は驚くほど世界が狭い。多摩川駅の北側にさえ滅多に足を踏み入れないほどだ。大人になっても、生活範囲はそれほど広がらない。外の世界があるのは、もちろん知っている。だがここが居心地がいいのだ。ごみ溜めだ、スラム街だと言いながら、よそへ行くのを怖がっている。多摩川市南部の流儀が通用しない場所では、自分は何の価値もない人間に成り下がると知っているのだ。

でも――と海は思う。それは袋小路なんだ。自分の人生をそこへ押し込んで、それで終わっていいのか。

左官職人の仕事は、多摩川市全域に広がっているのみならず、時には隣の横浜市や、多摩川を越えて東京まで足を延ばすこともある。世の中の景気がよくなって、なんでも合理的なものがもてはやされている。地道な職人の数が減ってきて、却って重宝される。この世界で腕を磨き、今の親方くらいあちこち飛び回って仕事をこなしていけば楽しいだろう。那希沙をここから連れ出すこともできるだろう。子供は生まれないけど、那希沙と幸せに暮らせると思う。それでいいのか？　と自分に問う。わからない。この街の地域性を考えると、上出来の人生だ。でも、それが自分の望む未来なのだろうか。

「ないよ。今日は休み。わかってってだろ？　仕事がある日は、朝早くから出かけてるよ」

「そだね」

「お前は？」

「あたしは今日は五時から」

那希沙は、居酒屋で皿洗いのバイトをしている。顔がいいから、ホール係をやってと店長に言われるらしいけど、断っているんだという。人目につく仕事は嫌なのだ。いつ兄やその仲間に連れ戻されるかもしれないからと怯えている。

二人の視線は、ゆっくりと晴の上に注がれた。

「どうすんだ？　こいつ」とうとう海が言った。「このままここに置いとくわけにはいかない」

「何でよ？」

「親が探してるだろ？　普通」

「そんなのわかんないよ」

「とにかく、ここには置いとけない。交番に連れていくか……」

突然、晴が声を上げた。意味をなさない、唸り声のようなものだった。ぎょっとして、海は幼い男の子を見返した。

「グギャー！」というふうな声だった。同時に激しくかぶりを振る。那希沙がすっ飛んでいって、晴を抱きしめた。

「大丈夫だよ、ハレ。どこにもやらないよ。だから――」

晴の両目から、ボロボロと涙がこぼれ落ちた。

「クー、クー」と悲愴なすすり泣きに変わった。

「何だよ、こいつ」

「わかるんだよ、自分がどこかにやられようとしていることが」

那希沙は、晴の頰を両手で挟んで、「ね？　ハレはここにいたいんだよね？」と言い募った。

「わけわかんねえ。お前の子でもないのに」

那希沙がくるっと振り返って海を睨んだ。茶髪がきれいに弧を描いた。海は一瞬首をすくめたが、言葉は止まらなかった。

「よく考えろよ。そんな小さな子を連れてたら、俺らが疑われるだろ？　こいつは口がきけない。自分でここに来たなんて言えないんだぜ」

「だって嫌がってないじゃん。そんなの見たらわかるでしょ」

海は大仰にため息をついた。

「知らねえぞ、俺は」

「いいよ、あたしが面倒をみる」

ここは俺の家なんだぞ、とはもう言えなかった。

晴の体形と格好を見れば、この子がどんな家の子かぐらいは想像がついた。どうせ親はろくな奴じゃない。あの飢えっぷりをみれば、食べ物すら満足に与えられていないと推測できた。鎖骨が飛び出すほど痩せているし、着ているものも貧相だ。第一、しゃべらないとはどういうことだ？ 知的に遅れがあるのか？ そんなふうには見えないけれど。こっちの言うことはよく理解しているようだし、自分の意思も態度で表す。ただ言葉が出ないだけか。それはどんな理由なんだろう。

あれこれ考えているうち、那希沙が財布をつかんで立ち上がった。

「ちょっと行って来る」

海と晴を残して部屋を出ていった。晴は、燃えるような目で海を見た。こいつ、頭の出来はなかなかだ。放りだそうとした俺を憎んでいるんだから。

考えるのが面倒になって、腕を頭の後ろに回して壁にもたれた。晴もぷいと横を向いた。

那希沙が戻ってきたのは、小一時間ほど経った後だった。

「ハレ、こっちに来てごらん」

提げてきたビニールバッグを押し開く。古着屋で子供服を買ってきたのだ。海はもう何も言う気がしなくなった。晴は黙って裸になり、那希沙に着替えさせられた。温かそうなセーターと長ズボン。カーキ色のダウンジャケットまである。ソックスは新品だった。

「あー、ちょっとぶかかったね」

セーターの袖を折ってやりながら那希沙は笑った。晴もにこりとした。

「いいじゃん！　ねえ見てよ、カイ」

「ナギサの着せ替え人形だな」

那希沙はぷっと頬を膨らませた。

「ハレは逃げてきたんだよ、きっと」

「かもな」

海がたいして反論しなかったので、那希沙は肩すかしを食らって黙った。

海たちの世界が、臨海部の狭い地域だとしたら、晴の世界はもっと小さいのかもしれない。彼の足では、そう遠くから来たとは思えない。ひどい親からちょっとだけ離れるということが、こいつには、大きな冒険だったのかもしれないな。

「お前の好きなようにしろよ」

いくぶん、優しく言ってみる。

「うん」

晴と変わらないくらい幼い笑顔で那希沙が答えた。

四時になると、那希沙は支度をしてバイトに行った。しばらくしたら、隣の部屋からライザが出勤していく音がした。引きずるような重い足音がした。母親の上に、澱《おり》のように積み重なった異国での日々と疲れを思った。日本で稼ぐために興行ビザで来て、ビザが切れれば一度帰国する。そうやってもう二十年になるはずだ。フィリピンの両親に仕送りをするために。数回行ったことのあるフィリピンで会った祖父母にも、大勢の親戚にも海は親近感を抱けなかった。

自分は日本人だと強く思った。だが、こっちに帰ってきたら、やっぱりフィリピーノと呼ばれ、弾き出されたり珍しがられたりする。もう母親自身もよくわからなくなっているのではないか。祖父母も亡くなって、こっちで稼ぐ意味もなくなったのに、日本に居座っているのは、どういうことなのだろう。

いつか、母親がフィリピンに帰ると言い出すのが怖かった。ついてはいけないと思った。そうしたら、自分はたった一人で日本で生きていかねばならない。那希沙に出会えてよかった。

晴がぼんやりと部屋の中に座っている。海はアメリカのスケボービデオを見始めた。釣られて晴もテレビ画面に目をやった。テンポのいい音楽に乗って、ガーッ、ガーッ、とスケートボーダーが滑っていく。

「かっこいいだろ？」

答えはないが、晴に話しかけた。

「あれはオーリー。それから、あれはヒールフリップ」

いちいちスケボーの技を解説してやった。俺もどうかしている。外はどんどん暗くなっていった。

目が覚めたら、ビデオをつけっぱなしで、うとうとしてしまった。

晴の姿はどこにもなかった。家の前まで出てみたが、見当たらない。

「うちに帰ったんだな」

誰もいない路地に向けて独りごちた。見慣れない服を着た子を見て、親はどう思うだろうと考えた。それから、晩飯を食わせてやったらよかったな、と思った。


夜更けに帰って来た那希沙は、晴がいなくなったことを聞いても、気落ちすることはなかった。そういうこともあると予想していたのかもしれない。諦めることは、那希沙の身に着いた特技だった。

「ちゃんと帰れたかな？」

ぽつりとそれだけ言った。

「そうだな」

バッグを床に置いて安物のコートを脱ぐと、海の隣に腰を下ろした。海の胸に顔を押し付けてくる。海は手を延ばして、那希沙の肩を抱いた。

「ねえ、カイ」

「うん？」

「あたしたち、どうなるかな？」

海は答えず、那希沙の髪の毛をまさぐった。

「たとえば、十年後」

「十年後？」

「そう。あたしたちはどうしてる？　一緒にいる？」

「一緒にいるさ」

「ほんとに？」

「うん。そしてここから出ていってる」

「出ていって、どこにいる？」

「それは――わからねえけど」

那希沙はクスクスッと小さく笑った。

「いいよ、どこでも。カイと一緒なら」

俺たちはこのちっぽけな場所から出ていくのに、バカみたいな労力を使わなければならないんだ。こんなクソみたいな土地なのに。さっさと尻をまくって出ていくってことができない。

海と那希沙は、捨てられた子犬みたいに身を寄せ合っていた。

窓の向こうに明るい光が見える。ライトアップされたベイビュータワーだ。トン平ラーメンでひと財産作った老人は、どんな気持ちであれを建てたんだろう。

東京の一等地に家を建てて、そこでぬくぬくと暮らしながら、自分が建てた展望塔が故郷の街を見下ろしている様を想像するのは、楽しいのだろうか。それとも据わりの悪い思いをしているのだろうか。

前の道を、酔っぱらいが数人、大声でしゃべりながら通っていった。

診察室から出てきた郁美《いくみ》は、待合室のソファに浅く腰を下ろした。クリーム色の壁紙、静かに流れるクラシック音楽、壁際の観葉植物の鉢。どこを取っても落ち着いた雰囲気で、感覚を刺激するものはない。それがまた、逆に気になる。ここに来る人たちには、特別の配慮が必要なのだと訴えているような気がするのだ。

一人だけ、ソファで待っている女性がいた。ここは完全予約制なので、次に呼ばれるのを待つ人しか目にすることはない。

「落合《おちあい》さん」

受付カウンターで名前を呼ばれた。返事をすることなく、立っていって支払いを済ませた。しゃれたデザインの制服を着た受付係は、次の来院日時を確認する。予約票をもらって、小さく折り畳み、バッグにしまった。待っていた女性が呼ばれて診察室に向かって歩いていった。

あの人はいくつぐらいなのだろう。まだ若そうに見えるけれど、三十歳は超えているのだろう。いつも通りのことを考える。考えまいとしても、習慣のように思考が働く。どれくらいの期間ここに通っているのだろう。今、どの段階の治療を受けているのだろう。やめようと思っても、不毛な思考は続いていく。

診察室に入った女性の後ろで、パタンとドアが閉まった。

「落合さん？」

「はい」

我に返って正面を向いた。

「では、来週またおいでください。処方箋を出しておきますから、お薬を忘れず服《の》んでくださいね」

「わかりました」

受付係の女性は、品のいい笑みを浮かべた。きれいな人だが、中年といっていい年齢に差しかかっている。思わず、「あなたにはお子さんがいるの？」と話しかけそうになる。いや、そんなことは決してしないとわかっているのだが、妄想の中では、言葉が口からこぼれ落ちている。

「お大事に」

「ありがとうございました」

透明なファイルに挟まれた処方箋をゆっくりとつまみ上げると、出口に向かった。駐車場を突っ切って薬局に向かう時、ついうつむいてしまう。この病院から出てくる女性は、受診目的がはっきりしているからだ。

不妊治療専門外来――。

歩道を歩く人も、道路の向こうのガソリンスタンドから出てくる車の運転手も、こちらに注意を払っているようではない。それでも、いつもうつむいてしまうのだ。前に通っていた総合病院では、そんな気遣いは無用だった。大勢の患者が出入りしているから、どこを受診したのかなんてわからなかった。

だが、あそこは不妊外来のすぐ隣が産婦人科だった。それが苦痛だった。お腹の大きな女性や、待合室に設けられたプレイスペースで遊ぶ小さな子らが、否応《いやおう》なしに目に入ってきたから。病院をこっちに変えて、ほっとしていたのに、またつまらない引っ掛かりを覚えている。

駐車場の入り口にある薬局まで、足早に歩いた。ここも空いていて、すぐに薬を出してくれた。もう何度も聞いた服用に関する注意に、熱心に耳を傾けているふりをする。排卵誘発剤だ。これを月経五日目から五日間内服するのだ。そして来週、超音波で卵胞の大きさを確認する。必要なら卵胞刺激ホルモン製剤を皮下注射する。三日後にまた超音波検査をして、排卵日を予測する。排卵を促す筋肉注射をし、卵胞ホルモンの測定をする。

それからの三日間に夫婦生活を行わなければならない。これらはタイミング療法というもので、何度も繰り返している郁美には、もう流れが全部頭に入っていた。バス停まで歩いていって時刻表を見てみる。バスは出たばかりで次の便が来るのには、まだ三十分もあった。吹きさらしのベンチで待つ気がせず、道路を渡ったところにあるスーパーに入った。夕飯は何にしよう。カートを押しながら売り場を歩くが、何も思いつかない。仕事をしていた時は、買い物に行ってもぱっぱと商品を手にして、献立がすぐに浮かんできた。なのに、専業主婦になった今は、ぼんやりしている時間が長くなった。物事に対する集中力もなくなった。

結局、バナナと乾燥わかめとほうれん草を一束だけ買って、外に出た。十五分待ってバスに乗った。バスの中も空いていた。まだお昼にもなっていない。これから家に帰って何をしたらいいだろう。窓の外をぼうっと眺めていたら、どこかの保育園が園児を散歩させているのが見えた。保母さんが、三歳から四歳くらいの幼児を連れて一列になって歩いている。お天気がいいから公園にでも行くのだろうか。最後尾には、一歳前後の子を数人乗せた箱型のベビーカーを押して歩く保母さんがいた。

バスは、その一団をさっと追い抜いていく。後方に流れていく光景の残像が、郁美の目にいつまでも映し出されている。前に向き直って、目を閉じた。

多摩川駅前で降りた。そこからも自宅方面行きのバスは出ているのだが、歩くことにした。そう長い距離ではない。適度な運動も必要だと、極力歩くことを心掛けている。駅前広場は整備され、ロータリーを車やバスが流れていく。中央にはペガサスのブロンズ像があり、周囲を花壇が取り囲んでいる。駅前付近はおしゃれで洗練された街の様相だが、少

いようだ。昭和の匂いのする商店街が残っていて、東京下町出身の夫、圭吾《けいご》には馴染み深
　圭吾は品川に職場があるから、通勤の便のいいこの土地に越してきた。夫婦二人とも多摩川市に地縁はない。

　バブルが弾けた後、マンションの値が急激に下がった。特に多摩川を越えたこの地域の中古マンションは都内よりもだいぶ安く、郁美たち夫婦にも手が届いたのだった。

「あっちの方はガラが悪いんじゃないの？」

　圭吾の親はそう言って心配したが、もともとそういうことにこだわらない圭吾は取り合わなかった。

「それは昔のこと。今は駅前からどんどん変わってるよ」

　住んでみれば、それは実感できた。海の近くの工場や倉庫、それに狭小住宅が立ち並ぶ地域は、バブルの恩恵を受けられなかった低所得者層が多く住み、学校も荒れていると聞くが、そういった場所に郁美が足を踏み入れることはない。

　それに——子供の学校のことで頭を悩ますことは、今のところないし、将来もないかもしれない。都内へ通勤する圭吾は、この場所はただ寝に帰るところという認識だ。これからは工場の閉鎖や移転も多くなるだろうから、街の姿は流動的だ。

　郁美たちが住むマンションは、駅から歩いて二十分くらいのところにある。多摩川に近

い場所だ。警察署や市役所の建物がある通りの裏手にソープ街があったり、近場に競馬場や競輪場があったりする。雑多でまとまりのない区域を抜けていく。それでも全国チェーンのコーヒーショップやファミレス、コンビニが並ぶ、日本中どこにでもある風景だ。

犬の散歩をする主婦や杖をついてゆっくり歩く老人、宅配便の配達員が行き交う。日本の都市部は、どこもかしこも特徴のない同じ表情になってしまった。ただ、この街を象徴するものといえば、それは海の近くに建つベイビュータワーだろう。あれは、多摩川市南部のどこからでも見ることができる。多摩川市の貧しい家に生まれた男が、裸一貫から事業を起こし、ラーメンチェーン店から不動産業にまで手を延ばして莫大な財を成した。そして故郷に錦を飾るという意味であの展望塔を建てたのだという。

郁美もこの地に来た時、圭吾と二人で上ってみた。できた当初は、エレベーター前に列ができるほどの混みようだったらしいが、今はそれほどでもない。らせん階段で上がることもできるらしく、地元の高校生が息をきらして上がってきて騒いでいた。彼らの会話から、展望塔が「ラーメンタワー」という別の呼称で言い慣らされていることを知った。

圭吾と二人で笑ったものだ。

「いいとこ突いてるなあ。でも何のためにこんなでかい建造物を作ったんだろうな。自分の偉業を世に知らしめるため？　いかにも昭和育ちの成り金が考えそうなことだよな」

古くなって壊す時が大変だろうな、と建築事務所に勤める圭吾は感想を言った。

あの頃は郁美も都内で仕事を持っていた。結婚して二年と八か月が経った頃だった。あれからさらに三年が経った。不妊治療を始めたのは、ちょうど一年前。郁美は今年三十六歳になる。年とともにだんだん妊娠しにくくなってくる。これが最後のチャンスかもしれない。

ベイビュータワーを見ながら、緩い坂を上った。突き当りに建つのが、郁美たちが買ったマンション「ヴィラ・カンパネラII」だ。「ヴィラ・カンパネラI」も背中合わせに建っている。いたって普通の3LDKのマンションなのに、しゃれ過ぎているネーミングに戸惑ったものだ。購入してからリフォームした。築年数からすれば仕方がないことだが、相当に手をいれなければならなかった。仕事柄、専門知識も伝手《つて》もあったから、内装には相当凝った。購入資金を抑えた分だけ、そちらに注ぎ込むことができた。

しかし、子供が生まれたら子供部屋にする予定だった部屋は、今では納戸のようになっている。

エントランスに入る前、道路の反対側を見た。道路を挟んだ向こうは、昔からの住宅地だ。東京のベッドタウン化した今は、もうあまり特徴がなくなったけれど、工場で働く人々が多く住んでいた一角だ。古くて狭い住宅がごちゃごちゃと並んでいる。かつての工場労働者は高齢化し、働きに出ることなく、昼間から公園にたむろしてカップ酒を飲んだり、競馬や競輪の新聞を熱心に読んでいたりする。しかし、まあ住宅地は住宅地だ。少なくとも風俗街やドヤ街ではない。

エレベーターで三階へ上る。三〇三号室のドアを開けて、中に入った。

郁美は何だか疲れてしまって、ダイニングテーブルの前にどっかと腰を下ろした。リビングの掃き出し窓から見える景色にも、端っこにベイビュータワーがある。おそらく八階からでも、そう眺めは変わらないだろうと思う。「ヴィラ・カンパネラ」は二棟とも八階建てだが、下層の方が販売価格が安かった。

ここらに住む者は、常にあの展望塔を拝むようにできている。買い物袋を足下に置いたまま、その景色をぼんやり見ていた。動かないでいると、時間はどんどん過ぎていく。

食欲はないが、薬を服むために何かを腹に入れなければならない。のろのろと立ち上がって着替えてきた。パスタを茹で、ほうれん草とベーコンを炒めた。皿に盛ろうとした途端、ベランダの方から、激しい子供の泣き声が聞こえてきた。続けて低い大人の声。なだめる口調ではない。苛立っていて、早口で、感情的だ。

フライパンを持った手を止めて、つい耳をそばだててしまう。

「お前が――そんなことを――」

「何だよ、その目つき――また！」

「誰に向かって――」

途切れ途切れに聞こえる男の声は、刺々《とげとげ》しい。何かが壊れる音に被さるように子供が泣き喚く声。郁美はとうとう我慢できなくなって、ベランダに出てみた。向かいの家が見下ろせた。平屋の一軒家。草ぼうぼうの庭に子供の遊び道具が転がっている。

ここには若い夫婦が、何人かの幼い子供と一緒に住んでいる。父親の方がよく子供を叱り飛ばしている。その声が時折郁美の部屋まで届く。平日の日中もその声が聞こえるから、父親は仕事をしていないんじゃないかと思う。母親も働いている様子はない。まだ乳飲み子がいるらしく、いつも抱っこ紐で体の前で抱いている。

またガシャンという物音がしたかと思うと、小さな男の子が入り口ドアを押し開いて飛び出してきた。そして脱兎のごとく道路に飛び出した。

「危ない！」

危うく車に轢《ひ》かれるところだった。郁美の叫びが聞こえたのか、男の子はちらりとマンションのベランダを見上げた。だが、足を緩めることはなかった。背後のドアが開いたからだ。

「出ていけ！　もう戻って来るなよ！」

頭だけ突き出した父親が怒鳴った。酔っている様子だ。ふらついて、ドアにもたれかかる。玄関前のステップに唾を吐いたかと思うと、大きな音をたててドアを閉めた。男の子は、坂を駆け下りていってしまった。

心臓がどきどきして立っていられなくなる。部屋に戻って、またダイニングテーブルの前に座った。あそこはどういう家庭なのだろう。昼間から酔っぱらって子供を追い出すような家の内情が想像できなかった。郁美も圭吾もごくごく一般的な家庭の出だったから。だが、あの家では子供がひどい扱いを受けている。それだけは確かだ。

仕事をしている時には気がつかなかった。昼間いないのだから当然だ。今はあの家のことが気になって仕方がない。このマンションに専業主婦は自分だけなのだろうか。誰もあれが気にならないのか。親の怒鳴り声や子供の泣き声に？　気候のいい時分は窓を開け放っているので、罵声はもっとひどかった。

かと思うと、子供だけで留守番をさせて何時間も親が外出していることもあった。さっきの子かどうかわからないが（年の似通った子が何人かいるので）、庭に出されるというお仕置きを受けていることもあった。どうやら食事も抜きにされているようだった。誰もおかしいと思わないのだろうか。この辺では、ありふれた光景なのだろうか。

圭吾に話しても、「人の家のことに首を突っ込んで面倒を起こすことないだろ」と言われた。夫の言う通りなのかもしれない。自分たちはただマンションを買って移り住んできただけなのだ。多摩川市には何の縁もないし、思い入れもない。ここでは他人と関わりたくないとすら思っている。つまらない行動を起こして、他人にうるさがられるようなことはしたくない。万一、あの子に助けが必要なのだとしても、それは自分の役目ではないだろう。あっち側の住宅地の隣近所、子供が通う学校とか保育園、地域の福祉サービスだってある。そういう周りの大人がしかるべき処置をすべきなのだ。

半分だけ皿に盛ったパスタは、すっかり冷えてしまっていた。レンジで温め直し、一人でテーブルに向かうが、食欲はさらになくなっていた。ようやく半分ほどを水で飲み下すようにして食べた。排卵誘発剤を袋から取り出して服んだ。薬が自分の卵巣に働きかけ、成熟した卵子が排出される様を思い描いた。それは想像だけのこと。本当は排卵など起こっていないのかもしれない。女性なら、誰でも当たり前に起こる体の営みなのに。

結婚したら、自然な形で子供に恵まれるものと思っていた。これほど苦労や努力をしなければならないとは思っていなかった。立っていって、残したパスタをゴミ箱に捨てた。

「ああ！」

誰に言うでもなく、声が出た。汚れた皿をシンクに置いて、蛇口をひねった。こだわって選んだ浄水器内蔵の水栓から、水が大量に流れ出してきた。流し台に手をついて、また呻き声を上げる。

わかっていた。向かいの家のことが気になるのは、このせいなのだ。自分にはどうやっても子供が授からない。なのに、あの家にはたくさんの子供がいて、しかもその子を虐待している。そうだ。あれは虐待だ。そうとしか考えられない。子を持った親の義務である養育をきちんと為していない。それどころか、食べるものすら充分に与えていない様子だ。気分次第で我が子を怒鳴りつけ、年端もいかない子供が外を出歩くように仕向けて平気でいる。病気をしたってほったらかして、必要な看病や治療もしていないに違いない。向かいの家で親が声を荒らげたり、子供が庭で泣いて許しを乞うようなことがあると、郁美は心の中で叫んでしまう。

——そんなにその子が憎いなら——、

血を吐く思いでそう訴える。

——私にその子をちょうだい。

ベッドに腰かけて、ファッション雑誌をめくる。まったく内容が頭に入ってこない。だが、さりげなくページを繰《く》る。「春を先取り。明るい色の重ね着」「若返りメイクレッスン」。タイトルが横滑りしていく。午後十一時。まだ圭吾は寝室に来ない。夕飯の時、向かい合った夫に「今日だから」とだけ言った。

圭吾は「うん」と答えた。もうそれだけで通じるようになった。排卵日であるという合図。タイミング療法の最も重要な日。子を得るためにセックスをする日。不妊治療を始めた当初は、「グッドタイミングが来たよ！」とおどけて伝えたものだった。

きっとうまくいくと信じていた。病院にかかったのだから、専門医が手を貸してくれるのだから、と楽観的に考えていた。まず郁美から検査を受けた。問診に始まって超音波検査で、卵巣の形状、子宮筋腫や嚢腫《のうしゅ》の有無などを確認した。卵胞がどれくらい育っているかを診て、いつ排卵するかの予測も超音波検査で行う。月経三日から五日後には、排卵を司るホルモンが適切に分泌されているかどうかを診る採血検査もした。子宮卵管造影検査、子宮鏡検査、腹腔鏡検査、ホルモン検査、フーナーテストまで律儀に受けた。フーナーテストとは、排卵日近くに夫婦生活を持ち、十二時間以内に頸管粘液内にきちんと精子が入っているかどうかを確認するものだ。

圭吾も協力的だった。郁美が説明する診察や検査の結果を聞き、決められた日にちの夫婦生活も、仕事を早めに切り上げて帰ってきて郁美を抱いた。女性の検査は、月経周期に応じたもので、日にちがきっちりと指定されるものがあるので、それをこなすために、郁美は仕事を辞めた。

その時だけ、圭吾は「辞めなくていいんじゃないか?」と言った。郁美はインテリアコーディネーターをしていた。仕事が縁で圭吾とも知り合った。勉強して資格を取って、勤務先のインテリアコーディネート事務所でも頼りにされるくらいに腕を磨いてきたのだった。同僚には既婚女性もいて、結婚しても子育てしながら働いていた。郁美の仕事への思い入れを知っている圭吾は「もったいない」と感じたようだった。

もちろん、郁美もずっと仕事を続けるつもりだった。でもそれは子供ができたらの話だった。まず子を持つこと、それが最優先だった。不妊治療を始めてみると、効果を期待し過ぎて気持ちに余裕がなくなってきた。次々に受ける検査で異常なしの判定が出ると、ほっとすると同時に「じゃあ、なぜ？」という気持ちが芽生えた。

圭吾も検査を受けた。問診、精液検査、超音波検査。採血検査では、血液中の亜鉛の量を調べた。亜鉛は精子形成や発育に関わっているのだそうだ。圭吾もすべての検査で異常がなかった。

「それじゃあ、タイミング療法から始めましょう」

医師はそう言った。半年間のうちに五回から六回続けるのが一般的だという。それで結果がでなければ、次のステップである人工授精に進むのだと医師は説明した。半年が経っても妊娠の兆候はなかった。郁美は総合病院に通うのをやめ、評判がいい今の不妊治療専門外来に移った。そこでも同じことが繰り返された。

タイミングを計って治療を受け、セックスをする。その繰り返し。こんどこそ、と期待するそばから月経が始まる。落胆し消沈した。自分の中の女性という性を否定されているような気がした。落ち込んでいる郁美を励まそうと、圭吾が一泊旅行に連れ出してくれたりもしたが、どこへ行っても子連れの夫婦が目について仕方がなかった。

不妊治療専門外来へ移ってから、腹腔内の洗浄や卵管の通水治療を受けた。そうすることで腹腔内の環境が整い、妊娠にいたるケースもあるとのことだった。その間はタイミング療法を中断した。時間だけが経っていった。小さなことが気になった。頸管粘液検査で、頸管粘液の量には問題がないけれども、圭吾の精子との相性がややよくないと言われた。

「でもまあ、精子の動きが少しだけ悪くなるという程度で、そんなに気にすることはないでしょう」

こともなげに言う医師にすがりつくように言った。

「でも、そこが問題なんでしょう？　だって他の検査では何も悪いところがないんだから。治療すればよくなるんですか？」

「いえ、ですから、気にしなくていいんですよ。精子が通過できないとかではないんですから」

落ち着いた調子で医師は言い、タイミング療法がうまくいかなければ人工授精という段階があるんだから安心してください、と告げた。

あれからもう四回のタイミング療法に失敗している。次のステップに進む段階に来ているのだと思う。だが、人工授精に圭吾は積極的ではない。そこまでしなくても自然妊娠を待つのでいいんじゃないか、と言う。自然妊娠はもう望み薄なのだ。どうしてそれがわからないのだろう。郁美は苛立った。どんどん自分は年を取っているのだ。自分の中の卵子も劣化していっている。

ここまできたら、人工授精でも体外受精でもして子供が欲しい。その気持ちが夫に伝わらないのがもどかしかった。リビングを歩き回る圭吾の足音がする。ようやく陣取っていたテレビの前から腰を上げたらしい。

不妊治療を始める前は、カレンダーの排卵日に郁美が丸をつけていた。基礎体温をつけて、自分で判断してそうしていた。すると、圭吾が「これ、やめてくれない？」と言ってきた。

「なんか、自分が種馬かなんかになった気がするんだ」と。

だから、印をつけるのはやめた。今は通院する郁美の様子や話で、だいたいのことはわかるようだ。必死になっている妻をやや醒めた目で見ながら、郁美が「今日だから」とぽつりと言うのを待っている。

寝室のドアが静かに開いて、圭吾が入ってきた。郁美は膝の上に広げた雑誌を閉じた。ベッドに潜り込むと同時に、圭吾が部屋の照明を消した。郁美の隣にそっと横たわる。しばらく二人で暗い天井を見上げていた。

夫婦間の密やかな愉しみが、いつの間にか重苦しい儀式のようになってしまった。それはお互いにわかっている。だが郁美にとっては、月に一度の大事な機会なのだ。圭吾は、また来月があると思っているのかもしれない。が、通院して医師のアドバイスに耳を傾け、薬を服用してきた郁美には、この夜の意味は重かった。

意を決したように圭吾が体を重ねてきた。郁美は目を閉じて、それに応じた。圭吾の手がパジャマの前ボタンを外す。首筋に圭吾の舌が当てられた。そうしながら、片手でパジャマを脱がせた。いつもの段取りに、郁美も体をくねらせて合わせた。自分でズボンも取ってしまう。圭吾の舌が首筋から這い下りてくる。その動きに合わせて吐息をついた。本当はまだそう感じているわけではなかったが。

舌が乳首をつんと突いた。おざなりな愛撫の後、圭吾の片手が一気に下着を引き下ろす。まだ準備の整わない秘所にぐいと指を当てられた。体を反らせて不満の意を表すが、相手はさっさと済ませてしまいたいとでもいうように急《せ》く。

腰骨の横に、圭吾の下腹部が押し当てられている。それが充分な硬さになっていることがわかる。もっと時間をかけて欲しい。こちらの準備が整っていないと、質のいい精子が迎え入れられない。気持ちだけが先走り、体がうまく反応しない。

いきなり圭吾が郁美の中に入ってこようとした。まだ潤わない部分は、夫に向けて開かない。それでも郁美は、圭吾の動きに合わせようと躍起になる。このチャンスを逃したら、また初めからやり直すか、圭吾を説得して人工授精に進むしかない。

圭吾は無理やりに肉を割りにかかる。

「くっ」と思わず声が漏れた。官能の声には程遠い、痛みをこらえる声。あるいは苛立ちの声。力まかせに体を動かす圭吾を、それでもぐっと引き寄せた。熱い塊が侵入してくる。もっと奥へ。膣の奥へ。

身構えた途端、圭吾が萎えた。急速に力を失い、熱も冷める。

「うそ」

ついそんなことを言ってしまった。夫が腰を引いた。萎縮したものも流れ出すように出ていった。慌てた。

「ねえ、もう一回」

圭吾が郁美の隣にバタンと体を横たえた。

「だめ──みたいだ」

失望、怒り、情けなさ。いろんな感情が渦巻く。だが、ぐっとこらえた。まだ二日ある。明日こそ──。

「なあ、郁美」

だいぶ経ってから圭吾が言った。

「何?」

諦めてパジャマを身に着けながら、答える。

「少し、休もう」

意味するところがわからなくて、黙り込んだ。

「治療にいき詰まった時は、思い切って休んでみることも一つの選択肢なんじゃないか?」

絶句した。こんなに努力しているのに、夫は何もわかっていない。郁美の気持ちに気がつかない圭吾は、言葉を継いだ。

「君は少し思い詰め過ぎてるよ。ストレスが溜まると、ホルモンバランスが崩れて、余計に妊娠しづらくなるんだって」

「そんなこと——」

「大学時代の友だちの小野寺《おのでら》が言ってた。ほら、テニスサークルで一緒だった奴。あいつも三年間子供が出来なくてさ、奥さんが不妊治療に通ってたんだけど、疲れちゃって通院をやめた途端に妊娠したんだって」

むらむらと怒りの感情が湧いてきた。

「一人目を授かったと思ったら、何もしないのに、二年後には二人目が——」

「他人のことなんて、どうだっていい！」

夫の言葉に被せる。圭吾は驚いて口をつぐんだ。

「私は、私の子供が欲しいの！　あなたと私の子が！」

「郁美……」

「ねえ、もう私は三十六よ。結婚してもうすぐ六年。このまま子供に恵まれずに終わるんじゃないかって、毎日毎日——」

涙が溢れてきて止まらない。言葉の合間にしゃくり上げた。

「悪かった」郁美の髪の毛を撫でながら、圭吾が言った。「君の気持ちを逆撫でするようなことを言って。でも——その——僕はそれほど子供にこだわっているわけじゃない。もし、郁美が僕のことを思って子供を産もうとしているんだったら——」

「子供が欲しくないってこと？」

「いや、そうじゃなくて——」圭吾は言葉を探すようにちょっと黙った。「不妊治療のために君は仕事も辞めて、それにかかりっきりになってる。四六時中、子供のことばっかり考えてる。僕はいいんだ、このまま二人きりの生活でも。そのことを伝えておこうと思って。いい機会だから」

「わかった」

自分でもぞっとするほど冷たい声だった。圭吾が隣でけっと身を硬くするのがわかった。

「あなたの気持ちはわかった。でも、私はこれでいいの。今できることをやってみる。でないと、きっと後悔すると思うから」

「わかった」今度は圭吾が言った。「郁美の好きなようにすればいい。僕もできることはやるよ」

「じゃあ——」郁美はむくりと半身を起こした。「じゃあ、人工授精をやりたい」

圭吾は小さく吐息をついた。次に妻がそれを言い出すことは予測していたのだろう。

「いいよ」

それだけ言って、背中を向けた。

郁美は暗闇の中でそっと息を吐いた。長くタイミング療法を続けてきたが、これは効果がなかった。名前の通り、排卵日を計算して最も妊娠しやすい時期を割り出して夫と交わるというものだった。排卵日の予想が当たらなかったのかもしれないし、医師の説明によると、毎月、妊娠に結びつくような質を持った卵子が排卵されるとは限らないらしい。それに何より、夫の気持ちがだんだん殺《そ》がれていくのがわかっていた。今日のようにうまくいかないことも近頃ではたまにあった。

さっきの告白でよくわかった。彼はそれほど子供を得ることに積極的ではないのだ。不妊治療だって、郁美の気持ちを尊重して付き合っているだけなのだ。

でも私は違う。郁美はぐっと歯を食いしばった。この手で自分の赤ん坊を抱くまでは、どんなことがあっても諦めない。隣から夫の寝息が聞こえ始めた。人工授精なら、夫は精液を提供してくれるだけでいい。嫌々セックスをする必要はない。その精液を洗浄濃縮した後、細いカテーテルを使って子宮腔内へ送り込むのだ。頸管粘液の相性なども関係ない。

きっとうまくいくに違いない。おそらく体外受精まで進むことはないだろう。いつかこうして子供を得るために苦労したことを、笑って話せる時が来る。そこまで考えると、郁美はようやく気持ちが落ち着いた。夫の背中に沿うように身を寄せると、目を閉じた。

郁美はテラス席に出た。日差しが暖かい。ほんの数日前は真冬に逆戻りしたような寒さだったのに、今日は肌を撫でる風が心地よい。大学時代からの友人、木谷瑤子《きたにようこ》と会うために渋谷まで出てきた。人工授精に踏み切るということを主治医に告げ、その段階に進む用意を始めることになった。心に余裕が生まれていた。

ここ最近、瑤子から誘われても、何やかやと理由をつけて断っていた。よく考えたら不妊治療を始めた一年前から、親友には会っていなかった。郁美の方から連絡すると、驚いた声を上げながらも喜んでくれた。

「どうしちゃったかと思ってたのよ。仕事も辞めたっていうし」

変わらず明るい声を出す瑤子に、心が凪いだ。いつの間にか、自分で自分を追い込んでいたのだと改めて思った。いつものように食事をして、おしゃべりをすれば気も晴れるだろう。今までそれを拒んできた自分を笑いたい気持ちだった。

圭吾も、久しぶりに都内まで足を延ばすという妻の言葉に、ほっとしたようだった。

「ゆっくりしてくればいいよ」朝、出がけにそう言った。

約束の時間よりも早く着いた。カフェに入った途端、瑤子から携帯電話に連絡が入った。

「ごめん、少し遅れる」

申し訳なさそうに告げる瑤子に「いいよ、待ってるから」と答えた。

瑤子は、荒川区町屋で佃煮を製造販売する店をやっている。四年ほど前までは、医療機器メーカーの営業をするばりばりのキャリアウーマンだったのに、両親とともに佃煮作りをしていた兄が癌で亡くなると、すっぱり仕事を辞めて家業を継いだ。その潔さには驚かされたし、瑤子らしいと感嘆したものだ。まだ独身の瑤子は、会うたびに「入り婿募集中」と言って笑わせた。今もまだ適当な入り婿は見つかっていない。

「すっかり醬油臭くなっちゃった」と言いつつも、熱心に家業に励んでいる。今日の遅刻理由も、ゴマ昆布がうまく煮あがらないというものだった。

テラス席のテーブルには、若い女性がたくさん座っていた。瑤子とはここで待ち合わせて、彼女お勧めのイタリア料理店に移動することになっていた。注文を取りにきたウェイトレスにブレンドコーヒーを頼んで、本を開いた。さっき通りかかった書店で買ったものだ。好きな作家の新刊本を見つけてつい手が延びたのだ。最近は本を読むということからも遠ざかっていた。学生時代からかなりの読書家だったのに。

背後の席に、四人ほどの女子高生が陣取って、おしゃべりに興じている。もう少しで三学期も終わりだ。こんな時間にここにいるということは、期末試験でもあったのだろうか。賑やかな声に気が散った。

「あー、来た来た！　こっちよ、ルナ」

もう一人やって来て、彼女たちは大声を上げた。店のガラスドアを開けて、同じ制服の女子高生がケラケラ笑いながら近づいてきた。郁美は、目を上げて若い子を見た。信じられないくらい短い丈のスカート。細い眉にストレートの茶髪。通学カバンにも手提げバッグにも、うっとうしいほどのストラップやら人形のアクセサリーやらがぶら下がっている。

遅れて来た子がテーブルに着くと、いっそう騒がしくなった。郁美はその席に座ったことを後悔した。だが他に空いている席はない。瑤子が早く来てくれることを願いつつ、本の内容に集中しようとした。

「ねえ、今晩も行く？」

「もち。早紀《さき》も行こうよ」

「うーん、どうしようかな。この前みたいな親父だったらめんどくさいじゃん」

「だからさ、まずカラオケ行って、そこでじっくり考えたらいいんだよ」

「エロいじじいでしょ？　どうせ。カラオケだけって言っといて、結局はあたしらとヤルことしか考えてないんだから」

「そこをうまくやるわけ。お小遣いだけもらってバイバイすんの」

郁美の耳は、否応なく背後の会話に向く。この子たちは、援助交際のことを話しているのだ。こんなかわいい顔をしているのに。

「あ、そんなこと言って。彩《あや》ちんは、ヤラせてるくせに」

「え？　うそ。ホテルまで行ったの？」

「そうだよ、ルナ、知らないの？　彩ちんも真央《まお》も相当稼いでんだから」

「うひゃー、お触りだけさせてるのかと思ってた」

「ないない。それでヴィトンやプラダのバッグなんか買えるわけないじゃん」

周囲をはばかることなく、あっけらかんと援交のことを話す女の子が信じられなかった。明るい春のカフェのテラス席で。

彼女たちは、いくらくらい稼いだとか、どういう相手が狙い目かなどとしゃべっている。まるで部活動の様子でも語るような口ぶりだ。途中で一人の子の携帯電話が鳴った。相手は出会い系で知り合った男性だったらしく、彼女は芝居がかった甘ったるい声で会話をし、じっくり焦らした後、冷たく切った。その話題でまた一段と場が盛り上がっている。まるでゲーム感覚だ。

援助交際はだいぶ前から社会問題になっているという認識はあったが、問題になったくらいだから、対策が取られたものと思っていた。女子高生の小遣い稼ぎとして未だに根強く残っているのか。

自分がいかに社会から乖離《かいり》してしまっていたか思い知らされた気がした。

「でもヘマはやらないよ」

「ヘマって？」

「妊娠するってこと」

ぎょっとして、顔が熱くなった。

げて笑っている。

「え？　彩ちん、妊娠したの？　エロ親父の子を？」

きゃあ、とけたたましい笑い声が上がる。目の端で、彩ちんと呼ばれた子が体を折り曲げて笑っている。

「ヤバいよ。そんなことあるわけないじゃん」

でもさ、と誰かが声を落とす。皆がテーブルの上で額を突き合わせる。飲みかけたソーダ水のコップが脇にやられる。

「四組の貝原沙保里《かいばらさおり》、あの子、もう何回も妊娠したんだって」

「えー!!」

くぐもった、だが熱を帯びた驚嘆の声。

「援交で？」

「そう」

「貝原が援交？　うちらと違って見た目、真面目じゃん。成績もいいし」

「それがそうでもないよ。そーとーヤッてるよ、あの子」

「なんでさ。カッコも派手じゃないし。先生にもマークされてないよね」

「でしょ？　でもさ、貝原には体で稼ぐ理由があるんだって。ほら——」

声はさらに小さくなり、郁美は本の中身が頭に入らなくなる。

彼女たちの噂している同級生は、二十代の男と付き合っていて、彼に金を貢いでいるらしい。男がやっているバンドの活動を応援するのに、相当の金額を要求されているのだと言った。そのバンドの名前も出てきた。インディーズではまあまあ名のあるバンドらしい。ボーカルの男に貝原沙保里はぞっこんで、嫌われたくない一心で金を渡しているとの事情が語られた。メジャーデビューするために赤字でもライブをやったり、スタジオを借りてデモテープを作ったりするのに必要だという。

「バカだねー！　そんなの嘘に決まってんじゃん」

「そうだよ、あのボーカル、あっちこっちで女に貢がせてるって話だよ。歌もうまいし、ちょっと顔がいいからさ」

「そんなこと言って。カンナも貢いでんじゃないの？」

また嬌声が上がる。

「そんなことしない！　あたしは真人《まさと》ひとすじだよ」

カンナという子は彼氏の名前を出し、それでひとしきりからかわれる。

「で、貝原、そのために援交やってるわけ？　薄汚い親父に最後までヤラせて。ナマでヤラせてんの？」

「ナマだと、倍のお小遣いくれる変態親父がいるんだってさ。もしデキたら、オロす費用も慰謝料もくれる金持ち親父」

「信じられねー」

「いくらくれんのか知らないけど、ナマの中出しは絶対嫌だよね」

「うー、まじキモイ」

彼女たちが軽く口にする「デキた」「オロす」という言葉が、郁美の頭の中でぐわん、ぐわんと響き渡った。とうとういたたまれなくなって、席を立った。

女子高生たちは、テーブルを囲んで援助交際の話題に花を咲かせている。立ち去る前に、さっと女の子たちを視線でなぞった。ぴちぴちした肉体の持ち主。その体を存分に生かして中年男から小遣いを巻き上げている少女たち。

きっと彼女たちは、毎月きちんきちんと排卵を迎えているに違いない。その生命の営みに、強い嫉妬を抱いた。若い卵子は着床することなく、月々死んで排出されているという事実に。

眩暈《めまい》がしそうだった。


「どうしたの？　顔色悪いよ、郁美」

フォークに巻き付けたパスタを持ち上げて、瑤子が顔を覗き込んでくる。

「体調、悪いの？」

「ううん。大丈夫」

さりげなくサラダのリーフレタスを口に運んだ。ぴりっとしたドレッシングが舌を刺した。

「ほんとに？」

「うん」

ようやく瑤子は安心したように微笑んだ。カフェから逃げるように出て、店の前で瑤子を待った。立ったまま待つ郁美に、瑤子は違和感を覚えたに違いない。

「どうなの？　不妊治療の方は」

時々連絡を取り合う中で、不妊治療を受けていることをざっと話してはあった。不妊治療と仕事を辞めたことがつながらない瑤子に、詳しい説明をした。

「そっか。不妊治療ってそんなに拘束されるものなの」

「うん。だからフルタイムで仕事するのが難しくなっちゃって」

「忙しい職場だったもんね。前のとこ」

郁美はインテリアコーディネーターという仕事自体は気に入っていたのだ。子供の頃から部屋の模様替えをしたり、デザインを考えたりということが好きだった。だから、大学に通いながら資格を取って、あの事務所に就職したのだった。瑤子が言う通り仕事はハードだったが、やりがいを感じていた。

なんとか休みをやり繰りすれば、病院に通いながら続けられるはずだった。でも、あそこは不妊治療に対する理解がなかった。男性が多い職場で、女性は結婚すれば子供が生まれるのは当たり前、という認識が蔓延していた。上司にだけ治療のことを告げたのに、いつの間にか事務所内に個人的な事情が広まっていた。

「へえ、そんな治療があるんだ。産婦人科に併設されてるの？」

「どんなことをやるの？」

「なんでできないんだろうねえ」

「落合さんだけのせいじゃないよ、きっと。旦那さんの方に問題があるんじゃないの？　週刊誌にそんなこと、書いてあったよ」

おそらく上司や同僚たちに、明確な悪意があったわけではないだろう。しかし結果が出ないことと相まって、些細な言葉が棘《とげ》となって心に刺さった。それに耐えられなかった。

そういうことは、瑶子には言えなかった。さっき耳にした女子高生の会話も。

「で？　瑶子の方はどうなの？」

気持ちを切り替えて明るく尋ねた。

「私？　相変わらずよ。毎日毎日大きな鍋と格闘してる」

「恋愛の方は？」

瑶子は「あー」と天を仰ぐ仕草をした。

「そっちはだめね。何せ年取った両親と毎日顔合わせて、お客さんだって年配の人ばっかり」

このまま、私も佃煮になっちゃいそう、とおどける。

「それで――」ちょっとだけ躊躇した。「それでいいの？　瑤子は」

郁美の言わんとするところを、瑤子はすぐに察した。

「結婚するかどうかってこと？　まあ、今のままじゃ無理でしょうね。父も母も、私が会社員してた時はやいのやいの言ってたけど、今は何も言わない。兄が死んだ後、店を畳もうかとまで思ってたところに私が帰ってきて、もうそれでいいと思っちゃったんじゃないの？」

「でもさ、瑤子が一人のままだったら、『かぎ屋』の跡継ぎがいなくなるんじゃないの？」

かぎ屋は、佃煮屋の屋号だ。

「そうだなあ」

プチトマトを口に放り込んで瑤子は考え込むが、そう深刻な様子ではない。

「その時はその時よ」

郁美が納得できない顔をしていたのか、瑤子はフォークを置いて身を乗り出してきた。

「結婚とか出産とか跡継ぎとか、それ、そんなに大事なこと？」

言葉に詰まった。

「それってきっと男の価値観だよ。自分で望んでいると勘違いしてるけど、よそから押し付けられたものに踊らされているだけじゃないの？」

——どんなことをやるの？

——なんでできないんだろうねえ。

元同僚たちの言葉が思い出された。男社会でばりばり仕事をしていた瑤子。自分で決断してそこを去り、家業を継いだ親友の言葉は重い。

でも——と思う。

「結婚や跡継ぎの問題は、瑤子が言うように男の価値観かもしれない。でも子供を産むとは違う」

きっぱりとそう言い放った。

「だって、これは女にしかできないことだもの。体の構造がそうなっているんだもの。子供を産むように。産んで育てるように仕組みが出来上がってる。これだけは男の価値観じゃないわ」

しばらく二人は見つめ合った。たぶん、瑤子には違った考えがあるのだろう。それはわかっている。長年の付き合いだから。「入り婿募集中」と言いながら、実のところ、家業を継いだ時に結婚はしないと決めたのかもしれない。彼女なりの柔軟な考えで。家の犠牲になったとも思っていないだろう。それこそがこの人の強さだと感じられた。

「うん、そうかもしれないね」

ゆっくりと瑶子は答えた。回転の速い頭で、親友のこだわりを見抜いたのだ。

「今度、人工授精をすることにしたの」

「そうなんだ。うまくいくといいね」

二人は静かに微笑み合った。


郁美が多摩川駅に降り立った時には、日がとっぷりと暮れていた。圭吾の帰りは遅いので、そう急ぐこともない。今日は品川でお惣菜を買ってきた。

夜の駅前は、昼間とは少し様相が変わってきている。閉店後のデパートのショーウィンドーの前では、それを鏡に見立ててダンスのレッスンに励む若者たちがいる。ショッピングセンターのテラスには、スケートボードを走らせる十代くらいの少年たちがたむろしている。派手なパフォーマンスで縁石を飛び越えていっては、やかましい歓声を上げていた。

公共の場が夜には別の用途で使われているようだ。

最終電車が出る頃には、地下道にホームレスが集まって来て、彼らのベッドルームと化すのだと圭吾が言っていた。郁美は、そんな時間になるまで駅前にいたことはない。バスを待つつもりで足早にロータリーのバス停まで歩いていった。

勝手にスケートパークにしてしまったテラスの方から、ガーッ、ガーッというスケボーを滑らせる耳障りな音が聞こえてくる。ふと振り返ると、地べたに座り込んだ観客の中に、小さな子供がいるのに気がついた。

「あの子──」

背中に見覚えがあった。歩きかけた歩道を戻って、テラスの方に歩み寄った。駅舎の大時計は、午後七時十五分を指していた。十代の子ならともかく、幼児が出歩く時間ではない。どこを見ても、連れの大人がいるようには見えない。

一心に大きな子らのスケートボードを見ていた男の子は、背後に立った郁美の気配に気がついたのか、立って振り返った。まだ小学校にも上がっていない年頃の男の子だった。郁美の姿を認めて、警戒するような表情を浮かべた。

マンションの向かいの家の子ではないだろうか。いつもちらっと見るだけの子は、遠くて目鼻立ちまではっきり憶えているわけではない。でも直感でそう思った。いつも父親に怒鳴られ、母親にはかまわれず、外をふらふらほっつき歩いている子。三月とはいえ、日が落ちると結構冷えるのに、上着も着ないで、首周りの伸びたトレーナー一枚だけ。たぶん、上の子からのお下がりだろう。胸にプリントされたキャラクターが消えかけている。

郁美は子供の目線に合わせてかがんだ。

「ねえ、何してるの?」

男の子は郁美をじっと見据えたまま、答えない。

「もう遅いよ。おうちに帰らなくていいの？」

やはり無言だ。すぐそばに座り込んでいた少女が、ちらりとこちらを見た。その時、男の子のお腹がぐうっと鳴った。

「お腹、空いてるの？」

なぜそんなことをしたのか自分でもわからない。郁美は品川駅から提げてきたショッピングバッグに手を突っ込んで、急いで中を探った。炊き込みご飯の三角におぎりがふたつ入ったパックを取り出した。

「これ……」男の子の方に差し出す。「これ、食べない？」

男の子は一歩後退した。視線は郁美の顔の上に留めたまま、また一歩下がる。そして、くるりと背中を向けると、駆けていってしまった。少女が男の子の名前を呼んだ。さっと立って後を追う。

郁美は呆気にとられて、闇の中に消えていく幼児と少女を見送った。ゆっくりと自分の手元を見下ろす。おにぎりが入ったパックを。スケートボードを立てて片手で押さえた少年が、そんな郁美を見ていた。

私は何をしようとしたんだろうと考える。あの子は向かいの子なんかじゃなかったんだ。たぶん、二人は姉弟なんだろう。二人でここを通りかかってちょっとの間、スケボーをする子らを眺めていただけだ。余計なことをしたものだ。見知らぬおばさんのお節介に、さぞかし驚いたことだろう。いきなり差し出された食べ物なんかを受け取るわけがない。あの子はよその子だもの。よその——。

「郁美」

後ろから声をかけられた。ゆっくりと振り返る。圭吾がそこに立っていた。

「何をしてるんだ？」

圭吾は、妻の手に握られた小さなパックを見た。

「いえ、何でもないの」

声にした途端、涙が一粒こぼれた。自分が一番驚いた。何で泣いているんだろう。のろのろとパックをしまいながら、おかしくて笑った。笑っているのに、もう一粒涙がこぼれる。圭吾がさっと近寄ってきて、腕を引いた。

「帰ろう」

夫に引っ張られるまま、家に向かって歩いた。

「今日は珍しく仕事が早く終わったんだ」

「そう」

ベイビュータワーがライトアップされている。

「ねえ、バカみたいでしょう？　私、ちっちゃな子にご飯をあげようとしたの。どうしてか、放っておけなくて。ほんと、バカみたいよね。あの子、うちの向かい側に住んでる子じゃないかって勘違いして。ちゃんと面倒をみてもらってないんじゃないかとか思って。お腹、空いてるかも、なんて勝手に考えて――」

「郁美」

圭吾が言葉を遮ろうとした。

「ほら、道の向こうに石井さんておうちがあるでしょう？　あそこの子がいつも叱られているもんだから、ついかわいそうって思っちゃったの。でもそんなことして何になるっていうのよね？　自分の子でもないのに。もしそうだとしても、向こうの親御さんに怒られるわね。余計なことするなって」郁美の言葉は止まらない。止められない。「どこの子か知らないけど、私だったらこんな時間まで子供を外に出しておいたりしない。あんなみすぼらしい格好もさせない。毎日好きなものをこしらえてやって――」

「郁美！」

唐突に圭吾が立ち止まった。郁美もはっと口をつぐんだ。

「いいから――」

「え？」

「もういいから。そんなに思い詰めるなよ。人工授精をしよう。やれるだけのことはやってみよう。君が言うように。でも――」圭吾は大きく息を吸い込んだ。「それでだめなら諦めよう」

「そうね」今度は素直にそう答えられた。

「やれるだけやったらね」

「前も言ったけど、僕はそれで全然かまわない。郁美と二人で生きていくから」

「うん」

二人はゆっくりと歩きだした。白く輝くベイビュータワーが街を見下ろしていた。

デスクの上に置いたスマホが鳴った。パソコンで報告書を作成していた悠一は、手を止めた。ディスプレイに前園志穂の名前が表示されていた。

「はい」

「こども家庭支援センターの前園です。お忙しい時にすみません」

志穂は律儀に断りを入れる。

「いや、いいですよ。何でしょう？」

石井壮太の件で組んでから、志穂は悠一に直接電話をかけてくることが多くなった。石井壮太には、未だに二人して振り回されている。壮太はしょっちゅう姿を消し、慌てふためく志穂を尻目に、ひょっこりと家に戻って来た。両親は相変わらずだ。気ままに出歩く次男のことなんか、気にもかけていない様子だ。

そんな状況に腹を立てたり嘆いたりしながら、志穂は別のたくさんの案件に関わっている。こちらも相変わらず血気盛んだ。

「今、こちらに気になる電話があったものですから」

「気になる電話？」

パソコンの画面から視線をはずした。

「この前から担当しているシングルマザーからかかってきたんです」

志穂は、庄司奈々枝《しょうじななえ》という母親の名前を言った。そのシングルマザーのことは、児相にも報告が上げられていた。この前のケース検討会議にも載ったので、悠一はよく憶えていた。

お腹に赤ちゃんがいる段階で、夫と離婚した母親だった。子供が生まれてから、一人で育児をしていた。夫からの養育費の援助がなく、両親とも疎遠になっているので、孤立した育児に疲れ果てていた。子供は二歳の女の子だが、そういう事情から、育児ノイローゼのようになってしまい、情緒不安定で仕事も続かない。

市のこども家庭支援センターの窓口に度々相談に訪れていて、志穂が対応していた。目下の問題は、生活の安定だと判断した志穂は、彼女を福祉課に連れていって、生活保護が受けられるように手続きをした。それでひとまず生活費の心配はなくなった。落ち着いて子供に向き合い、馴れたら仕事を探そうと励ましたという。

だが母親からはまだ精神的な不安定が見て取れるということで、児相でも関わっていくことを確認し合ったところだった。悠一は合田に家庭訪問を命じられたのだが、まだ訪問できていなかった。

「庄司さんから、今私宛に電話があって――」

やや切迫した物言いに変わり、悠一は志穂の声に集中した。

「もう死にたいって言うんです」

「え？」

「でも」慌てて付け加える。「そういうこと、今までも何回かあって──」

志穂が言うには、庄司奈々枝には精神的に成熟していないというか、稚拙な部分があるらしい。

「誰かに頼っていたい、甘えたいという気持ちがそういう言葉になるんだと思うんです」

びっくりして駆けつけてみると、家でテレビを見ていたりする。

「何でそんな電話をかけたの？　って訊くと、急に泣き出したりして」

「確かに情緒不安定ですね」

「騒がせておいて、結局誰かに来てもらいたいんですよね」

だけど、と志穂は続けた。

「今回はちょっと違う気がするんです。今から死にに行くって。だから、松本さんに相談してみようと思いました」

悠一は考え込んだ。

「とにかく放ってはおけませんね。すぐに家に行ってみましょう」

「それが家にはいないみたいなんです。携帯からかけてて、外にいるみたい」

「場所はわからないんですか？」

「尋ねたんですけど、答えませんでした。ただ唯香《ゆいか》ちゃんは一緒みたいでした」

唯香は、奈々枝の娘の名前だ。

「携帯を鳴らし続けていますが、出ません。何か行動を起こしてしまっているのかと」

志穂は心配そうな声を出す。熱血だが、児童問題に取り組んで日の浅い志穂は、電話をもらって迷っている。こっちでは判断できない、と言い募った。

「課長に相談してみます。またかけ直します」

悠一は席を立った。

「とにかく、家に向かって。すぐに」

躊躇することなく合田は言った。その旨を志穂に伝えて悠一は児相を出た。志穂も直接向かうという返事だった。初めての訪問なので、車に乗ってから志穂から聞いた住所をナビに入れていると、建物内から合田が走り出てきた。

「行き先が変わった。福寿町三丁目の岸壁」

するりと助手席に滑り込んでくる。慌てて車を出した。合田はてきぱきとした口調で説明した。

「今警察から連絡が入ったの。岸壁でぼんやり立っている母子がいるって。若い母親と幼児。ちょっとおかしな雰囲気だからって、通行人から警察へ通報があったみたい」

「それ、庄司奈々枝さんでしょうか」

ハンドルを握り、前を向いたまま尋ねる。

「わからない。行ってみないと」

「前園さんは？」

「知らせた。彼女も向かってる」

それきり黙った。児相から福寿町までは、車で十五分ほどしかかからない。倉庫が立ち並ぶ殺風景な場所を抜けて岸壁まで車を走らせた。通報のあった場所はすぐにわかった。パトカーと市役所の軽四が停まっていた。合田が、シートベルトをもどかしげにはずして降りた。悠一もその後を追いかけた。走り寄っていきながら、岸壁の先に立った人々を観察する。

警察官が二人と前園志穂、それと初老の男性が一人きり。小さな子を連れた母親らしき人物はいない。

「ご苦労様です」

合田がかけた言葉に四人が振り返った。

「庄司さんは？」

「それが……」

警察官や志穂が駆けつけた時には、姿を消していたらしい。

「俺が家に帰って警察に電話して、戻って来たら、もうどこにもいなかったんだ」

携帯電話なんか、持っていないもんでね、と通報者は言った。

「どんな感じの人でした？」

通報者は、記憶をたどりながら、訥々《とつとつ》と母子の容姿を語った。庄司奈々枝と唯香だという確証は得られない。ただ二歳くらいの女の子を連れていたというだけだ。

「こんな場所に、お母さんが子供を連れてくるなんてほとんどないからね。景色を眺めているふうでもなく、思い詰めた感じでずっと海を見ているもんだから気になってさ」

「この辺りを回ってみましたが、それらしき人物は見当たりませんでした」

警察官が口添えをする。合田はほっとしたように肩を落とした。

「お世話になりました」

「俺の思い違いで、とんだ騒ぎにしてしまって」

通報者は、薄い頭を掻いた。

「いや、有難いですよ。何かあってからでは取り返しがつきませんからね」

「じゃあ、とりあえず引き上げますか」

警察官は口々に言った。通報者は、もう一回詫びの言葉を述べて去っていった。パトカーも出ていく。

「どうしましょう？」

志穂が合田の指示を仰ぐように振り返った。

「まあ、せっかく出てきたんだから、庄司さんのお宅へ寄ってみようか」

「わかりました」

志穂が電話をかけてきた際の奈々枝の様子を手短に語った。いつものように、甘えるとか助けを求めるとかいう感じではなく、虚ろで投げやりな口調だったのが気になって仕方がないと。

「もうほんと、疲れ果てたって感じだったんですよね」

「急ぎましょう」

車に引き返そうとする合田と悠一を尻目に、志穂はふっと振り返って海の方を眺めた。

「じゃあ、私、ちょっと海岸線を通って行きます」

「了解。頼んだわ。庄司さんのアパート前で待ってる」

庄司奈々枝は、競馬場と多摩川の土手との間にあるアパートで暮らしている。二台の車に分乗して、その場を離れた。車を出して三分もしないうちに、合田のスマホが鳴った。スマホを耳に当てた合田の顔色が変わる。

「すぐ行く！」

悠一にもう一回海べりに戻るように言った。倉庫街を抜けたところで、志穂が庄司奈々枝を見つけたのだという。奈々枝は、唯香を連れて海に入ろうとしていると。腰まで海水に浸かっている母子を見つけたらしい。

緊迫した声で、合田は警察にも連絡した。

「どこです？」

「倉庫が途切れて、海に向かって岸壁が階段状になってるとこがあるでしょう？　あそこ」

それだけ聞いたら、場所は特定できた。小船への荷下ろし場がある一角だ。悠一はアクセルを踏み込んだ。

志穂が乗ってきた市役所の軽四が、斜めに停めてあった。火がついたように大声で泣く子供の声が聞こえた。車が停まるか停まらないかの間に、合田がドアを開けて飛び出していった。そのまま、岸壁の向こうに消える。悠一が岸壁の突端まで行くと、数段の石の階段が見えた。粗い石が混じったコンクリートのブロックを積み重ねたような無骨な造りだ。下りていった先は海に没している。波が下段を洗っていた。海に浸かりながら、奈々枝らしき若い女性を、志穂が後ろから羽交い締めにしている。石段の途中で女の子が立ち尽くし、大声で泣いていた。三人ともずぶ濡れだ。

合田が唯香に手を延ばす。その瞬間、志穂は奈々枝に突き飛ばされて、石段に尻もちをついた。自由になった奈々枝は、我が子の手をつかんで海に飛び込んだ。ザブンという音がしたかと思うと、二人の姿は見えなくなった。黒くて長い髪が水面に広がる。唯香の声が不吉にぷつんと聞こえなくなった。

志穂が細く鋭い悲鳴を上げた。

石段を下りる時間はなかった。悠一は岸壁から海へ飛び込んだ。身を切るような冷たさ。洋服が水分を含んで一気に重くなる。満ちていた海は深い。水面に浮かんだプラスチックや発泡スチロールのゴミが押し寄せてきた。二人の体が見当たらない。一回浮上して、息を吸い込んで潜った。

沈んでいく鮮やかな色。それに手を延ばす。重い塊を必死で手繰り寄せた。

まずは奈々枝。それから母親にしっかり抱きかかえられた唯香。二人とも目を閉じたまま。力まかせに引き寄せて、顔を水面に出させた。

「おい、こっちだ！」

誰かが手を延ばしてくる。石段の方へ二人を押した。釣り人らしい男がぐいと引き上げてくれた。唯香が弱々しい泣き声を上げた。それを見届けて、自分は後ろに倒れかけた。両腕、両足を滅茶苦茶に動かして浮こうとするが、体はずぶずぶと沈んでいく。海水を思い切り呑み込んだ。もう一人の通りがかりの男性が飛び込んでくれ、悠一の腕をつかまえた。そのまま、石段の上に引っ張り上げられた。

誰もが無言だった。唯香の泣き声がだんだん強くなっていくのを、悠一は聞いていた。息も絶え絶えに海から上がると、寒さがどっと押し寄せてきた。歯の根が合わないほど、唇が震えた。男性二人がかりで奈々枝の体を階段の上に運んでいる。下から見ていると、ぐなぐなと揺れて頼りない。もう息がないのだろうかと、絶望的な気分になった。

「お母さん!!」

合田が奈々枝の頰を小刻みに叩いた。男性たちは、岸壁の上に手をついて息を整えながら、不安そうにそれを見詰めている。悠一も気を取り直し、石段を這うように上がった。志穂がバッグから取り出したスマホで救急車を要請した。会話が終わると、志穂もその場にへなへなと崩れ落ちた。ピンク色のダウンジャケットが、濡れて体にぴったりと貼りついていた。

「お母さん!!」

また合田が叫んだ。奈々枝はうっすらと目を開けた。そして泣き続ける我が子を見た。

「わたし……」

「ママ!」

唯香が弾丸のように母親の胸に飛び込んでいった。奈々枝はようやく自分のした行為に思い至ったようだ。子供を抱きとめながら絶叫した。

「死にたい!! 死なせて!」

合田の手が激しく奈々枝の頰を打った。周囲の者は、はっと体を強張らせる。

「お母さん――」低い声で合田は言った。「人間はいつか死ぬんです」

遠くからパトカーと救急車のサイレンが近づいてきた。

「でも、子供は死ぬために生まれてきたんじゃありませんよ」

わあっと奈々枝が大声で泣き声を上げた。その胸に唯香がしっかりとしがみついていた。

多摩川南署では、しまいかけていたファンヒーターに灯油を入れてくれた。取調室の一室でファンヒーターを取り囲み、合田と志穂と悠一が体を温めていた。三人ともが高校生が着るような紺のジャージ姿だ。ことの顛末《てんまつ》を聞いた児相の所長が、一時保護所にあったジャージを届けてくれた。いつ子供を預かってもいいように、年齢に応じた着替えが少しずつ置いてあるのだ。合田と志穂は、中高生用のジャージでぴったりだったが、背の高い悠一は、腕や足のサイズが寸足らずだった。が、そんな滑稽な格好を笑う余裕もなかった。

この前、ブラジル人夫婦の喧嘩に巻き込まれ、事情聴取に応じた悠一がまたやって来たということで、顔見知りになった警察官が気の毒そうな表情を浮かべた。

「今度は怪我がなくてよかった」

同情気味にそう言われた。

あれから奈々枝と唯香は、救急車で病院に運ばれた。駆けつけてきた児相の職員、鵜久森が付き添っている。彼からの報告では、二人とも命に別状はないということだった。ただ奈々枝は、まだ精神的に不安定なので、数日間は病院で治療を受けるということだった。

唯香は念のための検査が終わって、医者からのＯＫが出れば、児童養護施設で一時預かりになるようだ。

救助に加わってくれた釣り人と通行人を含めた五人は、多摩川南署に連れていかれ、事情を訊かれた。加勢してくれた二人の男性は早々に引き上げ、ずぶ濡れ状態の職員三人が残ったというわけだ。

届けてくれた着替えで、だいぶ落ち着いた。南署の女性職員が淹れてくれた温かなココアを三人で啜《すす》っている。三人の足下には、濡れた衣類を入れたビニール袋がそれぞれ置いてあった。

「ああ、生き返ったわ」ぽつりと合田が言った。「今回は前園さんの機転のおかげね。庄司さんからの電話を捨て置いたら、あの母子は命を落としていたでしょう」

志穂はただ首を小さく振っただけだった。きっとまだショック状態にあるのだと、悠一は思った。子供の虐待に関わる仕事をしていると、普段の生活では目にしないようなことを目撃したり、危険なケースに出遭うことがある。特に多摩川市南部地域では、悲惨な状況の家庭が多い。子供の命を守るという大義名分の前に、身を削るように消耗していく職員もたくさんいる。

大いなる志を抱いて、この困難な職務に当たっている志穂だが、実際の現場で迷うこともあるだろう。今日のようなことは、児相の職員でもなかなか経験することではない。合田もそのことを心配しているのか、労《いた》わるような眼差しを若い市職員に向けた。

「合田課長の言葉には、庄司さんも心を揺さぶられたんじゃないでしょうか」

ココアのカップを覗き込むように志穂は言った。

「私もどきっとしたもの」

「ええ？　そう？」

元気を取り戻したらしい志穂に微笑み返しながら、合田が答えた。

「そうですよ、絶対。子供は死ぬために生まれてきたんじゃないって言葉、重かったです」

合田は照れたように下を向いた。

「あんなこと、言うべきじゃなかったかもしれない。あの状況では。でもつい口を突いて出ちゃったのよね」

プロとしては失格ね、とおどけたように言う合田に、志穂はムキになった。

「いいえ、あの状況だからこその言葉だったと思います。自分の都合で子供を道連れにするなんてあり得ない」

いつもの志穂の調子が戻ってきたようだ。

「そうね」マグカップを両手で包み込むようにして、合田が言う。「ああいう時、感情抜きではいられないのよね。つい自分の子供のことを思ってしまって」

合田は中学生二人の母親でもある。

「それが――」志穂が珍しく躊躇して言葉を選んでいる。「それが合田課長の理念ですか？」

「理念？」

「つまり、こういう仕事に就かれて、それを続けていく理由というか……」

「そんな大そうなもんじゃないわよ」

合田は志穂を真っすぐに見返した。

「ただ私は子供が好きで、子供の力になりたい。それだけ。子供には、無条件に愛され、幸せに暮らす権利があると思うから」

「そうですか――」

志穂はなぜだか少しがっかりしたように肩を落とした。この人は仕事を続けていく理由を探しているんだな、と悠一は思った。市のこども家庭支援センターで働く確たる理由を見つけたいのだ。悩んで難しく考え過ぎ、迷路にはまり込んでいる。

同じことを思ったのか、合田は言葉を継いだ。

「私はね、奄美大島の出身なの。九州で働いていて夫と知り合って、結婚をきっかけにこっちに来たんだけど、それはもうショックだった」

合田は鼻をくしゅんと鳴らした。

「島には子供は大勢いたけど、宝物みたいに扱われて、島中でかまわれて育ってたからね。自分の子も他人の子も分け隔てなく、面倒見て、叱って、ご飯食べさせて――」

「それじゃあ、なおのこと、多摩川の児相での現状は衝撃だったでしょうね」

しんみりと返す志穂と合田とのやり取りを、悠一は黙って聞いていた。

「まず、自分が働きながら子育てをしているでしょ？　環境が環境だし、それはもうパニックになった時期もあったわよ。仕事に追われて駆けずり回って、他人の子のために自分の子供たちのことが蔑《ないがし》ろになって……。よっぽど夫と別れて奄美に帰ろうかと思ったものよ」

こんな話を悠一も課長の口から聞いたことはなかった。合田はココアのカップの中をじっと見詰めた。

「でもね、そういう時、やっぱり支えになったのは、自分の生まれ育った島のあり様。誰もが皆、子供が好きで、子供が輝いていた島のこと。今も変わらずあんな子育てしてる場所があるんだから、そこに少しでも近づければいいと思って――。お手本があるじゃないかって気がついたわけ」

悠一はそっと志穂の顔を盗み見た。何を思っているのかは計り知れない。が、一心に合田の話に耳を傾けている。合田は、すっと背筋を伸ばして明るい声を出した。

「私の母はサトウキビ工場でずっと働いていて、家のことは手抜きだったけど、料理だけはうまかったの」

　志穂は生真面目な顔で、合田の言葉に相槌を打った。

「母の口癖がこうだった。『家庭の中での母親の務めは何だと思う？　それはね、明るい笑顔と美味《おい》しいご飯よ。そこだけを押さえておけば大丈夫』」

　志穂はぽかんと合田を見やった。

「まあ、それが私の理念と言えば理念ね。自分の子にもそうしてきたし、よその子にも最低限、それだけは与えてやりたい」

「笑って過ごせる空間と、お腹を満たす食事、ってことですか？」

「そう！　まさにそれが島の生活だった。それさえあれば子供ってにこにこしてるもの。おおざっぱな母の言う通りだったって度々思う。だから、まず、そこから始めようって思ったの」

「ああ」志穂もくっと体を起こした。「だからですね。だから、合田さんは、こども食堂を作ることに奔走したんですね。そのこと、うちのセンター長から聞きました」

「そうなの。今でこそ、あちこちで聞くけど、子供に無償でご飯を食べさせる食堂なんて、誰もが実現できないって言ったわね。でも私は無理やり島のやり方を持ち込んだわけ。この都会の、人と人とのつながりが薄い場所に。だってここの子は、そんな当たり前のものさえ家庭で与えられてなかったんだから。よそでご飯食べたっていいじゃない。それこそ、島感覚よ」

合田はいかにも愉快そうに笑った。悠一にちらりと視線を送った。

「よそ者の私のごり押しを助けてくれたのは、やっぱり地元の人。彼が――」

志穂が「えっ？」というふうに悠一を見た。

「松本さんが知り合いに当たってくれて、こども食堂を引き受けてくれるって人が現れたの。それからはとんとん拍子に話が進んで。今や、言い出しっぺの私なんか忘れられるくらいの勢いよ。有難いことに」

「こども食堂のことは知っています。行ったこともありますから。でもあそこを運営している方が松本さんのお知り合いだとは知りませんでした」

「いや、そんな――。たまたまですよ。いい具合にはまったというか」

相変わらず淡々と言う悠一を、志穂が信じられないというふうに凝視した。

その時、合田のバッグの中でスマホの呼び出し音が鳴った。合田の顔が、さっと仕事のモードに切り替わる。スマホを取り出すと、部屋の隅で短い会話をして戻ってきた。

「児相から。児童養護施設の受け入れ態勢が整うまで、唯香ちゃんは一時保護所にいるらしいの」

「唯香ちゃんの様子はどうですか？」

悠一が問うと、合田はすっと眉根を寄せた。

「泣き喚いていて、ちょっと手がつけられない状態だって。『ママー、ママー』ってお母さんを呼んでるらしいわ」

スマホをしまいながら「何とかお母さんと暮らせるように、知恵を絞らないと」と言った。その言葉に志穂が反応した。

「ちょっと待ってください」空になったカップをそばのスチールデスクにガンと置いた。「奈々枝さんと唯香ちゃんを一緒にすれば、また同じことの繰り返しではありませんか？唯香ちゃんは母親の許に返すべきではないと思います。命の危険があります。児童養護施設か里親のところで——」

「それは最終手段よ」合田はきっぱりと言った。「帰って所長とも相談するけど、今回は警察にも関わってもらったんだから、要対協《ようたいきょう》にかけて対応を考えましょう」

志穂は不満げに黙り込んだ。

要対協とは、要保護児童対策地域協議会の略で、子供を地域ぐるみで守るためのネットワークだ。虐待を受けて保護が必要だったり、養育支援が必要な子供のために児童福祉法に基づいて各市町村が設置している協議会のことだ。

参加している機関は、児童相談所、保育所、幼稚園、学校、教育委員会、保健所、民生委員、病院、警察、社会福祉協議会、児童養護施設など多岐にわたる。これらが情報を共有し、役割分担しながら連携した支援を行うのだ。調整機関は市町村だが、まだ動き出したばかりで課題も多い。それを知っている市の職員である志穂は、もどかしい思いを抱いているのかもしれない。

「とにかく市の方に働きかけて、早急に個別ケース会議を開いてもらうようにする」

「わかりました。私も要対協の担当者と話してみます」

しぶしぶというふうに志穂は答えた。

「親子がいつか一緒に暮らせるようにするってことが基本だからね」

合田は念を押した。志穂は答えない。

「たとえ子供の安全が確保されたとしても、保護することがその子の幸福とは限らない」

噛んで含めるように言葉を継いだ。「子供の分離不安は、時に虐待されることよりも大きいの」

悠一も耳を澄ませる。志穂の表情からは何も読み取れない。

「子供は家庭と親から引き離され、トラウマを抱く。そうするとね、社会や親に対してだけじゃなくて、自己にも不信を抱く人になってしまう。その喪失感、心の傷を思いやらなければ、根本的な解決にはならないと思うの」

目を伏せたままの志穂は、じっと考え込んでいる。そんなことをして躊躇しているうちに、失われる命もあるのだ、と心の中で反論しているのだ。その心の動きが手に取るようにわかった。志穂のような熱意を持った職員が、理想と現実との狭間で揺れるところを、この十一年で、悠一は何度か目にしてきた。

ちょうどその時警察官が入ってきて、「もうお引き取りいただいて結構です」と告げた。

紺のジャージ姿の三人は、ビニール袋を提げてぞろぞろと取調室を出た。

「どう思う？」

志穂の車を見送り、児相に戻る車中で、合田が悠一に問いかけた。

「え？」

「前園さんのこと」

「悩んでいるんですかね？」とだけ答えた。合田は窓の外に目をやってかすかに笑った。

「きっと合田課長が庄司さんにかけた言葉に感銘を受けたんだと思います」

「バカなことを言ったものよ。つい感情的になってしまって」

「庄司さんにも響いたんじゃないかな。前園さんの言う通り」

「ねえ」しばらく車の振動に身をまかせていた合田が言った。

「どうしてあなたはいつも冷静でいられるの？」

「さあ。どうしてかな？」

首を傾げる悠一に、合田はぷっと噴き出した。

「松本さんて不思議な人よね。こんな過酷な現場で飄々《ひょうひょう》と仕事をこなすんだから。貴重といえば貴重だけど——」

悠一が児相に配属になってからでも、たくさんの職員が去っていった。

「異動願も出さない。どうして？」

まともにそう訊かれて言葉に詰まった。小林からも同じことを言われた。合田は端《はな》から答えは期待していなかったようだ。話題を変えた。

「それにしても、まさかこの時期にびしょ濡れになるとは思わなかったわね。でもありがとう。庄司さんを助けてくれて。あなたが海に飛び込んでくれなかったら、あの二人は溺れてしまっていたかもしれないわ。迷いなく飛び込んでくれたからよかった。泳ぎには自信があるの？」

「いえ――」ちらりと上司の方に視線を走らせた挙句、言った。「僕、泳げないんですよ」

「何ですって？」

合田は呆気にとられて、しばらく二の句が継げなかった。

「泳げない――？」

確かめるようにゆっくりと繰り返す。

「はい。学校時代、水泳の授業は尻込みばかりして、ろくにプールに入れなかったんです。水が怖くて。でもいざとなったら、そんなこと忘れてました」

「あなたって人は――」

呆れ顔でそう言った後、合田は心の底からおかしそうに声を上げて笑った。

要対協の個別ケース会議は、三日後に招集された。

児相からは所長、合田、悠一、児童心理司の楠が参加した。多くの機関が集まる会議の際、とりまとめの核になるのが市町村、具体的な支援策を打ち出すのが児相というような位置づけになっている。

司会は事務局を担当する多摩川市の職員が当たった。梅本《うめもと》と名乗った中年の職員の隣には、市のこども家庭支援センターの職員が四人並んでいた。その中に志穂の顔もあった。

ケースの概要を語った司会者は、まず庄司奈々枝が入院している病院の医師に具合を尋ねた。

「精神的にはだいぶ落ち着いてきました」

「自殺願望はどうですか?」

「死にたいとはもう一言も言いません。ただ天井を見上げてぼんやりしている感じで」

心療内科の担当医が答えた。入院治療は必要ない。すぐに退院しても差し支えないと付け加える。

「センターの方で母親の面談には行きましたか?」

その問いには志穂が答えた。

「はい。唯香ちゃんに会いたいと言ってました」

「それでは自分で育てる気はあるということ？」

児相の所長が横から口を挟む。

「そうです。退院したら、そうするつもりでいます」

「お母さんに唯香ちゃんを渡して大丈夫なんだろうか」

「まさか！」司会者の疑問を、志穂は即座に否定した。「それは危険です。あの人は、子供を道連れに無理心中を図ったんですよ」

「そうですね。もう少し様子を見る必要があると思います。今までもかなり不安定なところがありましたから」

こども家庭支援センターの別の職員が同調したので、志穂は勢いづいた。

「センターの方に電話してきたり、直接訪ねてきたりして、育児に不安を抱えていると自ら訴えていました。かなり追い詰められている感じでした」

「では、まだ唯香ちゃんは一時保護所で保護ということになりますか？」

児相の楠が、預かった唯香の様子を伝えた。やっぱり母親を求めて泣いているとのことだった。

「一時保護はしばらく仕方がないでしょうが、なるたけ母親と暮らせるようにしてあげるのがいいと思います」

何も理解できない年齢の子が、強制的に親と離されると、精神的発達がうまくいかないのだと楠は言った。親に捨てられたと感じ、その理由を「自分が悪い子だから」と思う傾向が出てくる。保護してくれた人物にも心を開かない。そのまま成長すれば、他人とうまく関われず、誰とも親密な関係を結べない。かと思うと、見知らぬ人にべたべた甘えたりする。こういう傾向を「愛着障害」というのだと説明した。

庄司奈々枝は退院させて、心療内科に通院させる。保健師や民生委員に見守りをお願いし、落ち着いたら唯香との生活も考える。しかし、奈々枝の治療が長引くようなら、唯香は児童養護施設に入所させるしかないということになった。

一時保護中は、奈々枝との面談は控え、一時保護解除ののち、徐々に面談の機会をもうけて保護者とのつながりの再構築を目指す。親子面談を繰り返して、奈々枝の許に返す時期を判断するということで意見が一致した。

次に石井壮太のケースの検討に移った。壮太は、今は自分の家に戻って来ている。叱られたり放っておかれたりしたら家を出て、街をふらつく。そんなことが繰り返されている。一度パトロールの警察官にも保護された。

「どこにいたんですか？　壮太君」

警察官が立ち上がった。

「子宝町の路上です。深夜に歩いているところを保護して、児相に通報しました」

「子宝町のどこ？」

「ええと――」警察官は資料に目を落とした。「四丁目ですね」

「あそこは子供が一人で行くようなところではありませんね」

「言われる通りです。まあ、俗に言うドヤ街でして、一、二丁目は小規模工場と住宅が混在していますが、そこもごちゃごちゃしたところで――」

「よく不良少年がたむろしている場所ですね？　不登校だったり退学したりした子が」

児相の所長が確かめた。

「そうですね」

「そんな場所に出入りしているってことですか？　五歳の子が？」

「それも保護したって泣いたり怯えたりしないんですよ。なんというか、平然としてるっていうか。何を訊いても答えないし」

警察官が少しばかり憤ったように言った。

「親はどうしてるんですか？」

事情を知らない教育委員会から来た職員が尋ねた。

「いなくなっても気にしてないみたいです」教育委員会に答えたのは、壮太が通っている保育園の副園長だった。「園の方にもいちいち報告がないんです。家に戻れば登園させるけれども、いなければいないで心配もしないふうで。うちとしては、無断でお休みしたら連絡してみるんですけれど、曖昧なお答えしかもらえなくて」

教育委員会に対して、自分のところはちゃんと対処しているんだとアピールした。

「なぜしゃべらないんだろう。発達障害の検査を受けさせるという話はどうなりましたか？」

児相の所長が尋ねる。

「保護者が承知しません」悠一が短く答えた。

「その理由を尋ねましたか？」

「尋ねましたが、放っておいてくれの一点張りで」

「多動傾向はある？」

「それはありません」

「言葉の遅れは広汎性発達障害かもしれない。ご両親をもっと説得してみて」

合田が横から口を挟んだ。

「わかりました」

「言葉が遅いのではなく、しゃべりたくないのかもしれませんよ」楠が思いついたように言った。「さっきお話しした愛着障害の一端で、口をつぐんでいるということも考えられます。要するに大人を信用してないんです」

「そうですね。ただ心を閉ざしているだけかもしれませんね」

悠一は慎重に答えた。警察に保護された際に、壮太とじっくり面談した。どんなにしゃべりかけても一言も返してはくれなかったけれど。

あの子は思慮深い目をしていると思う。突き刺さるような眼差しで相手を観察している。あまりにひどい環境に置かれたものだから、大人を二つの種類に分けようとするのだ。すなわち、自分に害を及ぼす人か、そうでない人なのか。あの小さな子にはそれしかない。自分を守るために身に着けた悲しい能力だ。

「あの――」志穂が小さな声で割って入った。「壮太君は、誰かに面倒をみてもらっているのではないでしょうか」

「どういうこと？」

すかさず合田が問うた。珍しく志穂は自信がなさそうだ。

「いえ、これは私の勘なんですが。あの子は何もしゃべらないし。外をふらついて、どこかで食べ物をもらっているふしがあります」

「そういえば子宝町で保護した時も、何かをむしゃむしゃ食べてましたね」

警察官が記憶を探るように遠い目をして言った。

「いや、ですが、面倒をみてもらうというほどのことではないでしょう」気を取り直して続ける。「子宝町四丁目辺りの住人は、低所得者層ですが、助け合って生活してますからね。人情も厚い。案外ふらりと来た子供を気まぐれにかわいがっているのかもしれない」

「大人はそうかもしれないけど、やはり心配です。非行に走る子も多いところだから」

荒んだ地域では、小学校、中学校の頃から上下関係がきっちり出来上がっている。ものごころついた頃から、そんなヒエラルキーに組み込まれているのだ。学校をサボり、夜遊びをし、軽微な犯罪に首を突っ込む。やがて否応なくアウトローな世界に足を踏み入れていく。お定まりのコースだ。

「最近は子宝町も多国籍化しているからね」

さらに混沌とした地域になってしまった。いずれにしても言葉も充分でない五歳の子が足を踏み入れるところではない。

出席者が暗澹《あんたん》たる表情で黙り込んでしまう。ここで子供の健全な育成を考えるなら、まず環境を変えなければならない。毎回会議の度にそこに行きつくのだ。あとからあとから降ってくる雪を掻くような仕事だと、悠一は時折思う。それでも児童相談所やこども家庭支援センターの存在意義はあるとも思う。

子供は声なき声を上げているのだ。たとえ壮太のようにしゃべれなくても。

壮太と向かい合った時のちりちりした感触を思い出す。自己防衛と、周囲に向けた密かな敵意。あの年にして、一人で生きていくことを決心したような冷たい激情。

その後二件のケースを検討して、会議は終わった。

所長たちと児相に戻ってみると、大騒ぎになっていた。一時保護所に子供を保護された両親が、押しかけてきたのだ。

十歳の男の子の太腿にひどい火傷ができていた。学校が気がつき、児相に通報してきた。職員が学校で男の子に話を聞くと、母親の再婚相手に繰り返し虐待されていることが判明した。学校の養護教員が体を調べると、背中にいくつも煙草の火を押し当てられた痕があった。男の子によると、太腿の火傷は、母親が使っていたアイロンを、逆上した父親が取り上げて押し当てたとのことだった。

「何でそんなことをしたのかな？」という問いに「僕が約束を破ったから。お父さんはよくそういう罰を与える」と答えたそうだ。

「痛かったでしょう」

手当をしながら養護教員が言うと、「痛かった」と初めて涙を流したそうだ。きっとそれまで相当我慢してきたに違いない。そういう一部始終が学校から伝えられた。

児相はすぐさま職権保護を発動し、学校から直接一時保護所に連れてきた。その連絡を入れると母親は了解したようだった。が、仕事に出ている義父にそのことが知れると、いきりたって怒鳴り込んできたのだった。

「おい！　正輝《まさき》をどこへやった。連れて帰るから、さっさと出せ！」

「一時保護所に入所したお子さんとは、今は会わせられません。ご両親とは日を改めて面談しますから、今日はお引き取りください」

一時保護所の男性職員、摂津《せっつ》がきっぱりとした口調で言った。鳶《とび》職の格好をした父親は、顔を真っ赤にして摂津に詰め寄った。

「つべこべ言うな。今ここへ連れて来い！」

「ひどいですよ。学校からさっさと連れていくなんて。誘拐じゃないですか」

母親も口を揃えた。

「ですから、今後のことは相談して決めましょう」

「うるさい！　連れて来いと言ってるだろうが」

摂津の襟首をつかんでねじ上げる父親と摂津の間に悠一は割って入った。

「落ち着いてください。お父さん」

所長も父親の手を押さえた。相手はますます興奮する。

「お前らのやることは汚ねえんだよ！　黙って子供を連れていくなんてよ！」

「しかし、あの火傷は放っておけませんよ。背中にも古い火傷の痕がいくつもあったし」

「あれぐらいがなんだ！　あれは躾だ。正輝は嘘をつくからな。言ってわからねえ奴にはヤキを入れるしかないだろ!?　俺だって親父にあれぐらいのことはされてたよ」

虐待は負の連鎖でもある。唾を飛ばさんばかりに言い募る父親は、少しも悪びれた様子はない。躾という名のもとに、こうして悪しき慣習が引き継がれていくのだ。

とにかく一時保護所で保護された正輝は、保護者との面会が制限されていると説明した。緊急避難的に保護された子らは、通常一時保護所から出ることはない。学齢に達した子も通学することはない。通学途中に連れ戻されることがあるからだ。学ぶ機会を奪われ、不自由な生活を強いられるわけだから一時保護所にいるのは原則として二か月までと決められている。

面談室に場所を移して保護した子供は返せないと説得した。なぜ保護したのか、これからの手続きはどうなるのか丁寧に説明する。納得できない父親は、何度も食ってかかった。母親は、夫に追従しているという態《てい》だ。おろおろする妻を夫は怒鳴りつけ、彼女は泣き始めた。

「お前がちゃんと躾をしてないから、俺がこんなことまでする羽目になるんだ。あいつが反抗的なのは、お前のせいだ」

「そんなことない。あたしはちゃんと正輝を育ててきたんだから」

ハンドタオルに顔を埋めて母親は泣き続ける。

「あいつはだいたい俺に全然懐かないからな」

夫婦の会話から、その子が置かれた状況がわかることもある。どうやらこの父親は、正輝に躾と称して虐待を働いているようだと悠一は推測した。ベテランのケースワーカーである所長や合田もそれは見抜いたようだ。

「とにかく、正輝君をお渡しすることはできません。今日はお引き取りください」

立ち上がって毅然と告げた合田の前で、しぶしぶ父親は頷いた。

「わかった。今日のところは帰ってやる。また来るからな」

父親は母親を引きずるようにして出ていった。

「面談の日時は相談して決めます。今日のように来られても対応できません」

二人の背中に合田が声をかけた。

「なんだと？」父親が振り返ってすごんだ。

合田は怯まない。夫の隣で小さくなっている母親に向かって言う。

「お母さん、今度来る時は、正輝君の着替えを持ってきてくださいね」

父親がぎりっと歯ぎしりをし、母親は小さく頷いて出ていった。

合田は力が抜けたように椅子に腰を落とし、「はあー」と大きく息を吐いた。その肩を所長がトントンと軽く叩いて去っていった。

「正輝君の様子はどう？」

合田は疲れ切った顔を両手で包み込みながら、摂津に尋ねた。

「泣いたり寂しがったりということはありません。ぼうっとしている感じです」

虐待を繰り返された子供は、情動を表すことが少なくなり、表情が乏しくなる。その類でなければいいがと悠一は思った。

今日は宿直だから、よく注意しています、と摂津は出ていった。

「課長、このことは僕が報告書にまとめておきますから」

悠一が言うと、合田は弱々しく微笑んだ。

「お願い」

一時保護は始まりに過ぎない。子供の命を守るため、調査、診察、親との面談、検討会議、各種機関との調整、やることはこれからたくさんある。今日のように保護した子の親から猛烈な抗議や抵抗を受けることも多い。しかし、ケースワーカーたちは、親との関係を切らないように心を砕かなければならない。

結局子供の戻っていく先は家庭なのだ。そのためには親に変わってもらわなければならない。児相の意見やアドバイスを受け入れてもらうには、親と良好な関係を築いておかなければならない。子供を奪われたと感じている親に、どんな言葉を浴びせられようとも相手を理解しようと努力しなければならないのだ。

ここでは、同じようなことが何度も繰り返される。虐待初期対応チームを率いる合田の苦労は並大抵なものではない。

「じゃあ、悪いけど今日は先に帰るね」

「お疲れ様でした」

執務室に戻ると、小林がパソコンから顔を上げてにやりと笑った。

「また残業か。松本さんは何でもかんでも引き受けるからなあ」

「いいんだ。どうせ家に帰っても一人だからね」

「なんで結婚しないの？」

その問いには曖昧に笑ってパソコンを起《た》ち上げた。


「なんで松本さんは結婚しないんですか？」

同じ問いを志穂からも投げかけられた。

「ええ？」

悠一は面食らって隣を歩く志穂を見返した。石井壮太の家を訪問した帰りだ。家の前まで車で行ったが、父親に「そこに車を停めるな」と言われた。

そこで少し離れた場所に置いてきたのだ。父親は明らかに苛立っていた。壮太に発達障害の検査を受けさせてはどうかという申し入れを即座に断った。

「壮太が障害児だっていうのか！」

玄関に出てきた父親は怒鳴った。

「そうではありません。ただあちこち出歩くことを考えるとその可能性も考えてみる必要があると思うんです」

「言葉も遅れているようですし、一度ちゃんと診察をしてもらって――」

「余計なことをするな！」

「じゃあ、壮太君に会わせてもらえませんか？」

「壮太はまた女房の親のところに預けてあるんだ」

悠一と志穂はちらりと目配せした。母方の祖父母は東京都内に住んでいて、壮太を預かることはないということだった。しぶる母親から粘って連絡先を訊き出し、電話をかけて確かめた。どうやら壮太がいなくなると、父親は探しもせずにそう言うことにしているらしい。しかし、真っ向から彼の嘘を指摘するのはまずいだろう。また憤慨し、反発するだけだ。悠一がそう思った途端、志穂が食ってかかった。

「おじいさん、おばあさんは、お孫さんには一年以上会っていないとおっしゃってますけど」

「おい！」案の定、父親は血相を変えた。

「何だってそんなことを言うんだ。女房の親とこそこそ連絡を取ったのか」

「一応確認をしてみただけです」

志穂もむっとしたように言い返した。

「お前らのやり方はそういうことか。他人の家に首突っ込んで、掻き回して――」

「私たちは――」

悠一は言い募る志穂の前に出た。

「すみません。気に障ったのなら謝ります。こういうことをするのが我々の仕事でして。すべてはお子さんのためです。石井さんの家を混乱させることが目的ではありません」

「もう面倒くさいんだよ。帰れ」

三和土《たたき》に突っ立ったまま、父親は低い声を出す。いい加減、相手にするのが嫌になってきたという風情だ。何度か会って話しているうちにわかったことだが、この男は物事に集中することが苦手だ。怒り狂っていても、だんだん投げやりになってくる。そのせいで仕事も長続きせず、育児にも放任傾向があるのだろう。家の中から赤ん坊の泣き声がした。

「で、壮太君はどこに？」

「知るか！」吐き捨てるように父親は言った。「子供なんだから外で遊んでるんだろ」

「じゃあ、帰ってきたら連絡いただけますか？　壮太君に直接会って確かめたいので」

「何でお前に確認してもらわないといけないんだ。訳わかんねえ」

三和土にぺっと唾を吐く。

「会ったって、あいつはろくに口をきかんぞ」

「だから検査を受けさせてください」

「口がきけないいんじゃない。へそを曲げているんだ。親にはわかるんだ」

「ですから、その辺のことも確かめたいので……」

父親はどうしても「うん」とは言わない。二人を睨みつけるだけだ。

「夜は帰って来ているんですよね。間違いなく」

畳みかける志穂の言葉に、父親の目が一瞬泳いだ。

「まさかご両親も把握できていないところで寝泊まりしているってことはありませんよね」

相手の様子などお構いなしに志穂が続けた。

「そんなことあるか」

やや語調が弱まったようだ。すかさず悠一がつないだ。

「うちとしては、お子さんの顔を見て確認するのが原則なんですよ。すみませんが、ご両親のお話だけでは上が納得しないので、お願いします」

深々と頭を下げた。志穂はそんな悠一を驚いて見下ろし、一拍おいてから同じように体を折った。

「ふん」父親は侮蔑の表情を浮かべる。「お前らは仕事だから仕方なくそういうことをしてるんだろ？　壮太のことなんか、ほんとはどうだっていいくせに」

「そんなことはありません！」

ぴょこんと頭を上げ、強く言い返す志穂を押しとどめる。もう一回念を押してから、石井家を後にした。

憤慨の言葉を口にするかと思ったが、歩き始めると、志穂は難しい顔をして考え込んだ。その挙句が「なんで松本さんは結婚しないんですか？」という質問だった。

悠一が答えずにいても、それ以上踏み込むことはしなかった。答えを期待していたわけではなかったようだ。

「私はよく言われるんですよね。結婚してもいないし子供もいないくせに親子のことがわかるわけないって。あんたみたいな若い人に言われたくないとも言われます」

「それは違うと思うなあ」

悠一ののんびりした物言いに、余計傷ついたような表情を浮かべる。

「子供もいない私が他人の子供の心配をしても、伝わらないんでしょうね」小さくため息をつく。「それに、うまく話を持っていけないし。つい熱が入ってしまって。同僚からも呆れられているんですよね、私」

押しの強い志穂にしては、弱気な発言だった。

「うちのセンター長に言われました。あなたは初めっから親を加害者みたいに見ているって。そういうことはすぐに相手に伝わるんだって」

「親が加害者で、子供が被害者っていうふうに？」

志穂は自分の靴先を見詰めて小さく頷いた。

「そういうつもりはないんですけど。ただかわいそうな子供を助けてやりたい一心で――」

「かわいそう？」

「そうですよ。特に多摩川市臨海部に住んでいる子は悲惨な環境に置かれています。私、市の職員になってから見聞きすることが本当にショックで――」

多摩川駅の北側のニュータウンと呼ばれる東京のベッドタウン化した住宅地で育った人々にとっては、ここでの生活は異世界のように感じられるかもしれない。

「それは大げさだなあ」

空を見上げて悠一は「ははは」と笑った。海の方向には、白い煙を吐く工場の煙突が並んでいた。

「まあ、そりゃあ決していい環境に置かれているとはいえないけど、かわいそうっていうのはどうかなあ」

「だって親は子供をちゃんと養育しないし、時に力でいうことをきかせるし。そんなの親の傲慢でしょ？」

頬を膨らまして志穂は言い募る。

「人類は子供に対して最善のものを与える義務を負っている。そうでしょ？」

過去に国連総会で採択された『児童権利宣言』を口にする。

「私が市職員になって社会福祉事務所に配属された時に――」うつむいて歩きながら語る。「ご夫婦とも体が悪くて働けないという家族に出会いました。生活保護を受けていて、二人のお子さんがいる家庭だと思ってた。でも違いました」

悠一は黙って耳を傾けている。

「本当はお子さんは三人でした。一番上の子は、知的障害があって、家の中の一室に閉じ込められていたんです。その子、出生届も出してもらってなかったんです。松本さんもご存じかもしれませんけど」

心当たりはあった。だが口を挟むことはなかった。十一歳になって初めて戸籍を取得させ、今は児童心理治療施設で暮らしている。

「保健所も福祉事務所も児童相談所も教育委員会も、その子の存在自体を知りませんでした。女の子だったけど、その子、お父さんとお母さん、それに兄弟以外の人と会話したことがなかったの。そんなことってあります？」

「その子は被害者で、かわいそうな子？」

「違うんですか？」挑むような目を志穂は向けてくる。

「まあ、そうだね」悠一はすぐに折れた。「その子自身はどう思ってるかな？　自分のこと、かわいそうな子だと？」

志穂が顔を上げた。すっと目を見開く。

「今は施設にいるけど、どうだろう？　やっぱり家族と暮らしたいと思ってるんじゃないかな」

「かもしれませんけど、あのまま閉じ込められているよりはましじゃないですか」

「うん、前園さんのしたことは正しいよ。でも正しいことがその子にとってのベストとは限らないんじゃないか」

「子供にとってのベストって何なんですか？」

迷いつつも憤りを込めた口調で志穂は言った。

「当たり前のことだけど、やっぱり家族と一緒にいることじゃないかな。この前も言ったけど、どんなにひどい目に遭っても、子供には親に愛されたいっていう遺伝子が生まれながらに組み込まれているんだよ。保護しに行っても、痣や傷だらけの子が転んだんだって言い張る。本当のことを言えば、親と引き離されると知ってるんだ」

「子供に親に愛されたいという遺伝子が組み込まれているんだとしたら――」志穂は立ち止まり、顎をつんと上げた。「親には子供を愛したいと思う遺伝子はないんですか!?」

悠一は「うーん」と唸った。

「松本さんは、その子が閉じ込められていた時の方が幸せだったっていうんですか？」

「難しいね。でもそういう観点を持つってことも重要なのかもしれないね。かわいそうっていうのは、他人目線からくる感情だと思う。センター長さんが言いたかったのは、そういうことじゃないかと思う」

志穂は目を見張ったまま、唇をくっと噛んだ。

「まあ、僕もそういう部分はまだ探求中なんだけど……」

「松本さんは、どうして県職員になったんですか？」

「ええと……」

次々と質問を繰り出してくる志穂にたじたじとなった。

「あの――公務員になろうと思って。公務員は安定してるからさ。きちんとした生活が送れるだろ？」

志穂は失望と軽蔑の入り混じった表情を浮かべた。

「それでたまたま児相に配属になったんですね？」

「うん、まあ、そういうことなんだ」

「わかりました」

車に向かって歩き出した。悠一は慌ててその後を追った。

スケートボードに乗った晴が、地面をキックした。大きすぎるボードを器用に操って、コンクリートの地面を滑っていく。大きな子のようにトリックを決めることはできない。ただ真っすぐに走り抜けていくだけだ。それでも顔は輝いている。髪の毛が風になびき、高揚した弾んだ声を出している。

「ハレ！　戻っておいで！」

那希沙が声をかける。重心を変えてターンした。

「うまくなったね、ハレ！」

「もっと練習したらうちのクルーに入れてやるよ」

海が障害物に見立てた縁石の上のコンパネからジャンプしてやってきた。

「ハレは平面《セクション》を滑ってるだけでいいんだよ」

立ったままの那希沙が答えた。

後ろで歓声が上がった。誰かがキャバレリアルという技を決めたようだ。二つのクルーが集まってきて、一対一でトリックを見せ合うゲームをしている。

「速く走れるってだけで子供は面白いんだろうね」

「そんなもんか？」

那希沙が地べたに座り込み、海もその隣に腰を下ろした。その前を飽きもせずに、晴が何度も行ったり来たりした。

「なかなかうまいじゃん、あいつ」大本泰成《おおもとやすなり》という同じクルーの仲間がやって来て言った。

「どこの子？」

海は首をすくめた。

「知らね」

「へ？　だってしょっちゅうお前にくっついてんじゃん」

「くっついてくるんだ」

「へえ。ま、いいか」深く詮索しないで、泰成は笑って行ってしまった。

晴は時々消えて、時々現れた。相変わらず飢えていて、薄汚かった。それでも那希沙は彼をかわいがった。海ももう深く考えるのをやめた。海と那希沙の周囲も少しずつ変わりつつあった。

遊びか暇つぶしで始めたスケートボードに真剣に取り組む奴らが増えてきた。自分たちが様々なトリックを決めるところをビデオカメラで写して、スポーツ用品店で流してもらう。するとごくわずかだが、その中でも秀でた奴が、スポーツメーカーの目に留まった。宣伝用の映像に使ってもらえたり、専門誌に載ったりして小遣い程度の金が手に入った。

ほんのわずかな出演に過ぎなかったが、仲間うちではヒーロー扱いだった。ますますボード熱が高まる海に、土建屋の社長はいい顔をしなかった。

「バカか、お前は。いつまでも子供みたいにいられると思ってんのか」

そしてアルバイトではなくて、正規の社員として雇ってやるから、左官の修業に本腰を入れろと言った。その代わり、スケートボードなんかはやっている暇はなくなるぞと。その申し出に「いや、まだバイトでいいっす」と即答して、危うく殴られそうになった。

プロのスケーターになりたいわけじゃなかった。ただ覚悟が決められなかった。自分が日本人なのかフィリピン人なのかわからないように、きっちりと決めてしまえなかった。何ものでもない自分が、路上でボードに乗っているのがふさわしい気がした。晴がただ速く走れることに酔っているように。

バイトのない時には、スケートボードの仲間と倉庫群の間でたむろしていることが多い。行けば誰かが滑っていた。何も考えないで頭を空っぽにしてボードを走らせたり、仲間と冗談を言い合っている時間を失いたくなかった。

泰成は、特に気心の知れた相手だった。同じ時期にスケートボードを始めて、同じくらいの腕前だった。泰成は在日韓国人で、重なり合うように家が建つコリアンタウンに住んでいた。日本名を名乗り、見た目も日本人そのものなのに、やっぱり彼も、日本人社会の中にはどっぷりと浸かってしまえないものを持て余していた。

在日一世の祖父が差別され、貧しい中で苦労したこともあって、日本人のことを悪く言うのを聞いて育った泰成だが、本人はいたって気のいい奴だった。学校ではからかいや蔑視の対象にもなったようだが、もともと在日韓国人が多い地域なので、さらりとかわしていた。

「俺のことをキムチ臭いって言う奴に、『お前は納豆臭いぞ』って言い返したら、そいつ、慌てて口を押さえてやんの。ほんとに朝、納豆食って来てたんだ。そんで、そいつは卒業するまで『ナットー』ってあだ名で呼ばれた」

いかにもおかしそうに泰成は笑った。

泰成は、そうやって日本人からの偏見をうまく受け流していたのに、彼は在日韓国人の仲間からも弾き出されていた。彼の祖父は戦後、焼酎を密造してひと儲けし、韓国人、朝鮮人相手に高利貸しをしていた時期もあったが、ここらの工場労働者の悪癖である「飲む」「打つ」「買う」に染まり、さっさと蓄財を使い果たした。

今はいつも煮しめたようなランニングシャツを着て泥汗かいて働き、金に細かく、そうかと思うと路傍で賭博をやり、同胞からも金を巻き上げるのだった。要するに、在日韓国人社会の中でも鼻つまみ者なのだ。

そういうことを、スケートボードの合間に、どちらともなくぽつりぽつりと語り合った。

那希沙が海のところに来たいきさつも、泰成には話した。那希沙が実の兄からされた仕打ちのことを聞くと、泰成は青ざめた。

「ひでえな」彼はぽつりと言い、唇を嚙んだ。「そんなのありかよ。じゃあ、那希沙はどんなにしても母親になれねえってことか」

そこまでの反応を泰成がすると思わなかった。血のつながりを、ことに大事にする民族だからか。海はつくづくと友人の横顔を見やった。

その理由は、少ししてから泰成自身の口から聞いた。彼の母親は、父と結婚するために韓国から渡って来た人で、なかなか日本の生活に馴染まなかった。泰成を産んでから体調を崩し、もう一人女の子が欲しいと言いながら、十年間子には恵まれなかった。待望の妊娠をした後も、精神的に不安定で、泣いたり喚いたり大変だった。

そのせいかどうか、赤ん坊は生まれて四日後に死んだ。女の子だった。小さなチマチョゴリを着せて、小さなお棺に入れて葬った。葬儀の間中、母親は半狂乱だったそうだ。そんなことがあった後、彼女はまともな精神状態ではなくなった。奇矯な振る舞いが目立つようになった。

国に帰ると言っては、荷物をまとめて当てもなく電車に乗ってしまう。もう韓国には受け入れてくれる親兄弟もないのに、「ここは私のいるところじゃない」と一心に言い募る。泰成に、「いなくなった妹を探して来い」と命じる。あの子は死んでしまったとどんなに説明しても納得しない。

母親の態度に手を焼いた祖父や父たちと、韓国語で大声で言い争う。

「女にとって子を産むことは、俺らが考えるより凄い大きなことなんだ。母親って別の人種になるんだ」

チマチョゴリを着た妹を、どうしても離さずお棺に入れたがらなかった母親の恐ろしい執念に震え上がったのだと泰成は言った。

「あそこでお袋の時間は止まってしまったんだな。生まれたばかりの娘を亡くしたとこで。俺のことは目に入らない。目の前にいてもな」

短絡的で粗暴な祖父と父。息子を無視する母親。泰成は家の中にも居場所がない。

そこまで腹を割って話せるのは、泰成だけだった。二人ともどこにも属さず、よってアイデンティティもなく、ふわふわとその場限りのいい加減さで生きている。

中学を卒業した泰成は、たまに祖父がやっている古紙回収の仕事を手伝いながら、気ままにスケボーに没頭していた。苦痛に満ちた家庭と学校という枠から放たれて、泰成はボードを走らせる。

目の前でまた泰成が派手に転んだ。それを見て、海は大声で笑う。

「俺は、プロのスケーターになるぞう!」

泰成が地面に延びたまま叫んだ。

「ヤスがプロになれんだったら、誰だってなれるぜ!」

誰かが大声でからかった。

「来いよ、ハレ！」

海はキャップを後ろ向きに被り、岸壁に向かってボードを走らせた。晴は借りていたボードを持ち主に返すと、その後を追った。遅れて那希沙がついて来た。海のそばまで来て、海はボードから降りた。どろりと黒く濁った海からは、油の匂いがした。

林立する煙突の向こう、運河の先に大きな夕陽が沈むところだった。海は、隣に立つ晴を見下ろした。晴の顔も赤く染まっていた。ただ黙って海を見ている。こいつ、何を考えているんだ？　好き勝手にあっちこっちを行き来して、泣きもせず笑いもせず、話しもせず、ただ俺らにくっついている。こっちにこいつの気を引くものがあるのか。こうしている瞬間、こいつは楽しいのだろうか。それとも悲しいのだろうか。

そんなことを考えたことは今までなかった。晴も生き惑っているのかもしれない。自分が何なのか。どうしたいのか。こんなチビなのに。

「わあ！　すごいね。きれい！」

那希沙が追いついてきて、叫んだ。三人の影が岸壁に伸びる。

「今日の夕陽は、明日は落ちてこないんだ」

那希沙が不思議そうな顔をして海を見た。

「何？」

「毎日違う夕陽が落ちてきてんだ。同じ太陽が一周してくるだけなのに、毎日違うんだ」

「へえ」

那希沙はおかしそうに笑った。

「同じだと思ってるのが間違いなんだ」

「そう言われてみればそうだね。だって、今日のあたしたちは明日はもういないんだもの。明日は違う三人がここに立ってるんだ」

うっとりしたように那希沙は言い、囁くような声で「晴れた海の渚」と呟いた。


変化は別のところでも起こっていた。ライザが長く勤めていたフィリピンパブをクビになった。それでも食べていかなければならない。別のパブで雇ってもらえたが、前のところと比べると、かなりレベルが落ちた。工場労働者相手の安酒場だった。フィリピン人だからといって特別扱いはしてもらえない。どうせ年増なら、フィリピン人じゃなくて日本人の女の方がいいと言われたそうだ。若い時はコケティッシュで陽気で、店のムードメーカーとして重宝がられたフィリピーナは、今や騒がしいだけの落ちぶれた中年女だった。

酔った親父にチップを握らされ、体を求められることもある。が、ライザはきっぱりとそれを断った。

「ちぇっ！　お前なんか風俗にも行けないだろうから、小遣い稼ぎをさせてやろうと思ったのによ」

と捨てゼリフを吐かれたそうだ。

「あんたからの小遣い、あたし、いらないよ！　エロ親父！」

そう言い返したとライザは笑っていた。目尻の皺によれたファンデーションが詰まっていた。

収入は落ち、彼女はますます酒浸りになった。客に酒を勧めるよりも自分が飲んでしまう量の方が多いので、客に嫌われる。店からも文句を言われてライザは荒れた。ぐでんぐでんに酔っぱらった母親を、海は迎えに行かなければならなくなった。その度に店のオーナーから嫌みを言われた。

「もう帰ろうよ、カイ。フィリピンに帰ろう」

海の背中にかつがれながら、ライザは泣いていた。だが、海にとって母の母国は「帰る」ところではなかった。多摩川市で生きていくか、よそで暮らすか。どちらにしても今までのように遊んではいられないと思った。ライザと那希沙を養っていくことを考え始めていた。

土建屋の社長に頭を下げて、職人になると言った。バイトの身分のまま、仕事量を増やしてもらった。

「お前の根性は信用できねえからな」

文句は言えなかった。

一階の潰れた古本屋が、パワーストーンを扱う店になった。年齢不詳の女性が趣味の延長で経営しているようだ。頭にターバンを巻いて、アフリカの民族衣装まがいの服をまとって出勤してくる。夜になると占い屋になって、その時間は結構繁盛していた。昼間の営業時間に、那希沙が頼まれて店番をするようになった。

「暇だねえ。お客さんなんか、ちっとも来ないよ。その方が楽だけど」

店の奥の小上がりに、那希沙と晴が並んで座っていることがよくあった。春から夏に変わろうとしていたが、晴の素性は結局わからずじまいだった。那希沙はわざとそれを知らずにおきたいようだった。知ってしまったら、弟のようにかわいがっている晴を手放さなければならないと思っているらしい。

海は左官の親方にあちこち連れ回されて仕事を仕込まれていた。時には泊まり込みで県外へ行くこともあった。一階のパワーストーン屋の店番が終わった那希沙は、二階に晴と一緒に帰ってくる。入れ違いにライザが出勤していった。晴と二人で晩ご飯を食べて、晴が居続けると、そのままひとつの布団で眠った。

晴はすっかり那希沙に懐いていたが、言葉はやっぱりしゃべらなかった。

海が仕事で家を空け、晴も来なかった日の未明、那希沙はライザを迎えに行った。店から帰ろうとしたライザが道端で転倒し、動けなくなってしまったというのだ。連絡がきて、那希沙は飛んでいった。酔い潰れて寝込んでいるだけのように見えた。店の従業員が気がつく前に、転倒するところを見た通行人が警察を呼んでいた。

正体もなく眠っているライザを、どうやっても連れて帰れなかった。ろくに返事をしないのは、頭を打ったからかもしれなかった。警察が念のため救急車を呼び、那希沙が付き添って病院まで行ったらしい。結局たいした怪我をしているわけではなかった。病院で、ライザの酔いもだいぶ醒めた。

警察は、ライザと那希沙の関係を問い質した。親子でもない二人がなぜ同居しているのかと問い詰められた。飲み屋に勤めるフィリピン人と未成年の少女だ。警察が興味を持つのは当然といえば当然だろう。

ライザは片言の日本語で煙《けむ》に巻こうとしたが、うまくいかなかった。那希沙も相手が納得する理由を思いつかず、黙り込んでしまった。

那希沙の母が呼ばれた。朝焼けの街を、やつれた母親がやって来た。

「この子は、お宅の子供さん？」

「ええ、そうです」

「何でよその家にいるの？」

「ええと……」

母親の視線は宙をさまよった。

「あの人が――」警察官は、憮然と椅子に座るライザを指さした。「息子の恋人だって言ってる。一緒に暮らしてるって。それで間違いない？」

母親はどろんとした目でライザを見やった。スパンコールで覆われたミニのワンピースに薄手のカーディガンを羽織ったままのライザは、にっと笑い返した。

海が家に戻ってきた時は、家に那希沙はいなくて、ライザが大いびきで寝ていた。那希沙は母親によって家に連れ帰られたという。問題ありの烙印を押されて、児童委員の見守り対象になったらしい。

那希沙の母親は、警察の少年係から、「決して男の家に戻してはいけない」ときつく言い渡されていた。しかし次の日には、那希沙はパワーストーン屋の店番にやって来た。

「だってあたしは働いているんだもの」

様子を見に来た児童委員にそう言った。

「ちゃんと自分の家に戻りなさいよ」児童委員は念を押した。「また様子を見に行くから」

黒縁の眼鏡を押し上げながら、中年女は続けた。

「自堕落な生活を続けているようだったら、多摩川南署の少年係にそう報告しますよ」

「あたしが中学ん時、ろくに相談に乗ってくれなかったくせに」

海にそうぼやいたが、どうしようもなかった。あの時のおぞましい相談内容を、今さら口にする気はないようだった。海の目下の心配は、また那希沙が兄の餌食になるんじゃないかということだった。

「大丈夫。もう昔のあたしじゃないから」那希沙はきっぱりと言い切った。「カイもいるし、ハレもいる。兄貴の好きなようにはさせない」

那希沙は小さなダチの頭を撫でた。またふらりとやって来た晴は、不安そうな表情で海と那希沙を見上げていた。

「ハレ」海は思いついて言った。「ナギサについて行け。ナギサを守れ」

「いいね！　それ！」

那希沙がはしゃいだ声を出した。那希沙の後を、晴がぴょんぴょん飛び跳ねながらついていった。

那希沙の兄は無職のままで、まだ仲間とつるんでいた。飲酒と喫煙、ドラッグの悪癖に染まっているのだった。以前とは違うグループに属しているのかもしれなかった。両腕の上腕部に天使のタトゥーを彫っていた。遊ぶ金もタトゥーを入れる金も母親から出ているようだった。

那希沙が文句を言いつつも家に帰るのは、そんな母親に同情したからだ。数か月ぶりに会った母はすっかり老け込んでいて、さらに無気力になっていた。

「母さんが背負わされている借金は、大方、父さんがこしらえたものなんだ。そんなの払う必要ないでしょ。父さんを見つけ出して払わせるか、離婚届に判を押させるかしないと」

那希沙は息巻いた。海と出会い、ライザの陽気さに救われ、晴の面倒を見て、彼女は強くなった。

「そのことを警察や児童委員のおばさんに相談したって、役に立たないの。夫婦のことには介入できないだってさ。じゃあ、あたしのことにも介入するなっつうの！」

那希沙はパワーストーン屋に頼んで自分の未来を占ってもらった。紫水晶の大きな結晶に目を凝らした女は、長い首をすっと持ち上げて微笑んだ。

「あなたはいいママになるわ」

那希沙はそれを聞いた途端、くしゃりと顔を歪めた。女の占いは的外れもいいところだった。那希沙の目が潤み始めると、パワーストーン屋も自分がへまをやったことに気づいたのだろう。気の毒がって、那希沙に合ったストーンでブレスレットを作ってくれた。那希沙を守る強力なパワーのある石だそうだ。トルマリンと翡翠《ひすい》で出来ていて、翡翠には、梵《ぼん》字《じ》が刻んであった。那希沙は機嫌を直した。以来、肌身離さずそれを身に着けている。

「どうした？　カイ。最近全然滑りに来ないじゃん」

道で泰成とすれ違うと、そう声を掛けられた。相手はいつもの通り、スケボーを片手に提げていた。海は仕事の帰りで頭にタオルを巻き、ニッカボッカを穿《は》いていた。泰成は、そんな仲間の格好を上から下まで見たが、何も言わなかった。

「行くよ」

「来いよ」

海は、自分の部屋の壁に立てかけてあるボードを思った。自分で青く塗り替え、白いラインを入れたボードを。

それから近くの自販機で缶コーヒーを買い、一本を泰成に渡した。二人は道端に座り込んだ。黙ってプルトップを引く。一口飲んだ後、しばらく泰成は黙っていた。

「俺はさ、やっぱ韓国人は嫌いだな」

「何だ？　それ」

冗談めかして軽く返したが、泰成は笑わなかった。

「在日でも、コリアンはコリアンだ」

海は黙って耳を傾けた。

「すげえ、感情を剝き出しにするだろ？　とにかくうるさい。うざったい」

似たようなことは、前から彼は口にしていた。すぐに興奮するし、口論になるし、感情の起伏も激しい。そんな家族に泰成は馴染めないのだと。

「普通の会話でも甲高い声でやり合うし、すぐに喧嘩になる。何ていうか——自制心がきかないんだ」

「それは韓国の人たちの国民性みたいなもんだろ？」

見方を変えれば率直で飾り気がなく、人情味があるとも言える性情だと海は続けた。しかし韓国にルーツがある泰成は、納得できないという表情を浮かべた。

「何かあったのか？ ヤス」

「何もないよ。いつものまま」泰成は薄い笑みを浮かべた。「いつも通り、じいちゃんと親父が喧嘩して、隣の親父が止めに入って。しまいに三人で言い争いになって——」

部屋の片隅で、それをぼんやり見詰めている泰成が目に浮かんだ。

「翌日、俺が外に出たら近所に住む日本人から『朝鮮人はうるさい。出て行け』って言われて——」

朝鮮人じゃない、と言い返すのも面倒だと、これも前に泰成がこぼしていた。

在日コリアンという立場の人々は、常に差別と侮蔑にさらされて、それでも矜持を持って生きている。この国に来て長く暮らし、馴染んだように見えてもそれは厳然と社会の中にある。在日コリアンの歴史は長く、そこに渦巻く感情は複雑で根深い。

「お袋さんは？」恐る恐る訊いてみた。

「お袋はだめだ。このところ教会に入り浸っては泣いてカミサマにすがってる」

多摩川市南部には、何軒も小さな教会がある。教会といっても立派な建物なんかじゃない。それこそバラック建てだったりする。それがそれぞれの国のコミュニティーの場を形成している。韓国やフィリピンやブラジルの。泰成の母親は、生きてる息子を見ずに、死んだ娘のために慟哭《どうこく》し続けている。地の底から噴き上げるような感情にまかせて。

悲劇に見舞われた母親は、自分の感情に溺れて周囲が見えなくなっているのだ。不幸なのは元気な子を抱けなかった母親だけじゃない。泰成にとっても、すくすく育つはずの妹を亡くしたことはトラウマになっている。赤子を孕んで月が満ちていく母性のそばで、生命の不思議と期待でぱんぱんに膨らんでいた十歳の子。その後、彼の身の上に起きた喪失と悲痛。穏やかなはずの母性でさえ、激しく表現する国民性は、彼にとっては恐怖そのものだったに違いない。そのことに母親は気が回らない。

「アイゴー、アイゴー！」と泣き叫ぶ母親に寄り添うこともできず、凍りついて見ていた幼い男の子は、己の感情を埋没させた。母親に「いなくなった妹を探して来い」と言われて、町中をさまよい歩いたこともあるという。よその赤ん坊を盗んでこようと、本気で考えたことすらあると彼は告白した。母親の激情を治める、ただそれだけのために。

それらすべてを含めて、泰成は自分の出自や家族が嫌になったのではないか。

海は乾いた唇を舐めた。

「じゃあさ――」冗談めかしては言えない。「じゃあ、ヤスは日本人になりたいってわけか?」

泰成は答えず、飲み終えた缶を潰して投げた。道の向こうのゴミだらけの側溝に落ちた。

本当はわかっていた。泰成は自分のルーツである国に馴染めない。国民性にも習慣にも拒否反応を示す。わあわあ大声で言い合い、笑い合い、罵り合ったり、泣き喚いたりする家族に同化してしまえば楽なのに、それができない。祖母の命日に親戚が集まり、夜遅くまで宴を続けるチェサという祭祀《さいし》の輪に入れない。日本で生まれ育ち、一度も祖国へ行ったことがない彼には当たり前のあり様かもしれない。

泰成にとって不幸なことは、自分は日本人に親和性を感じるのだと言っても、日本の方が彼を拒絶することだ。日本社会の見た目のよい、すべすべした表面の下には、常にギザギザしたものがあり、泰成のような鋭敏で多感な少年の心をすり潰している。

ずっと泰成と自分は同じ懊悩《おうのう》を抱えていると思っていた。だから気が合うのだと。でも違うと思った。今はこうして隣に座って同じ景色を見ているけれど、いつか決定的に隔たれてしまう時が来るような気がした。

泰成と別れて家に帰った。二階に上がる前に、パワーストーンの店を覗いた。那希沙が一人で座っていた。

「あ、カイ! 今日は早かったんだね」

ぱっと顔を輝かせる。

「うん。ハレは？」

「今日は来てない」

「そっか」

「ライザさん、寝てる。今日はお店休むんだって。体の具合が悪いって」

店の奥から出てきて、心配そうな声を出す。フィリピンから一緒に来た親しい友人が、引きずるようにライザを病院に連れていった。長年の飲酒で肝臓がやられていた。厳しく禁酒を言い渡されたのに、店に出ると飲まずにはいられないのだった。

階段を上った。自室から入って隣の部屋に続くドアを開けた。饐《す》えた臭いが充満している。

「母さん」

暗い部屋で目を凝らした。流しの中で、汚れた食器が乱雑に重なっていた。奥の狭い部屋に無理やり押し込んだセミダブルのベッドの上で、ライザは寝ていた。肌布団からはみ出した顔はむくんでいる。小麦色とはもう言えない黒ずんだ肌。たるんだ二の腕の内側。かさついた唇。この国のすべての要素が彼女の肉体を攻撃し、老けさせたのだ。南の島から来た無垢な女の肉体を。

「母さん」

ライザの瞼がぴくりと動いた。ものすごく苦労するみたいに瞼を持ち上げる。目の前に立っているのが自分の息子だと認識するのに時間がかかった。

「カイ」

その瞬間、今まで恐れていたはずの言葉が、すんなり口をついて出た。

「母さん、もうフィリピンに帰ったら？」

自分に向かって放たれた言葉が頭に沁み込む前に、ライザは涙を流した。

「カイ、あんたは？」

「俺は行かない。ここにいる。でも母さんは帰って。俺は大丈夫だ。ナギサもいるし」

ライザは横になったまま腕を延ばしてきた。その腕に体を寄せた。母の腕が首に回された。

「カイ、いい子」

ライザは静かに泣いた。


電子音が耳につく。明滅する原色の光と、どっと上がる歓声。

「これ、ＢＧＭがいかしてっだろ？」

「うっす」

海は、小さく頷いた。仕事帰りに土建屋の先輩に誘われて、繁華街のゲームセンターに来た。仕事終わりには、年長者は連れだって飲みにいくことが多いが、宮本《みやもと》という二十歳の先輩は、超がつくほどの下戸なので、誘いに乗らない。

「飲んでれば強くなるって」そう言われても首を縦に振らない。

「何だよ。付き合い悪いな、お前」

ふざけてヘッドロックしながら先輩たちが絡むと、たいてい海を引き合いに出す。

「あ、俺、カイと帰ります。こいつ、未成年なんで」

「バカ。カイが未成年だからってクソ真面目に飲まずにいるわけないだろ？　この辺の奴は子供の頃から飲んでるって」

「なあ、カイ」と振られてそれにも「うっす」と答えた。

飲酒の悪癖は、親から子へ、兄から弟へ伝えられる。荒れた地域では、喧嘩に負けて帰ってくると、家で昼間から飲んでいた父親とその仲間にけしかけられる。戻って仕返しをして来いと尻を叩かれるのだ。その際に「景気づけだ」と冷酒をコップで飲まされたりもする。これが小学生の高学年の頃の話だから、早い時期からアルコールに対する抵抗感がなくなるというものだ。

路地裏で酔っぱらって寝ている中学生も珍しくない。そのそばで小学生の弟たちが、縄跳びをしたり追いかけっこをしたりしてキャアキャアはしゃいでいる。

海も不登校だった中学生の時、仲間とたむろして飲酒や喫煙にはまったりもしたが、特にそれが楽しいともうまいとも思わなかった。スケートボードをやりだしてからは、酔うとふらついてトリックが決まらないから、酒からは遠ざかった。

だから宮本のダシに使われても、一向に困らなかった。煙たい居酒屋で年長者の話に付き合うよりは、宮本とゲーセンに来た方がまだよかった。

「な？　ここで武器を買うんだ。そうすっとステージがぐんと上がる」

宮本が凝っているのはシューティングゲームだ。ろくに聞いていないが、適当に相槌を打っておく。店の奥でメダルが景気よくジャラジャラと出てくる音がして、また歓声が上がった。

ふと顔を上げると、クレーンゲームの向こうに晴が立っているのが見えた。誰かが操るクレーンをじっと凝視している。クレーンで吊り下げられた縫いぐるみがもうちょっとのところで落ちると、プレイヤーと周りの仲間たちが落胆の声を上げた。晴までもががっくり肩を落としたので、つい笑ってしまった。

クレーンゲームにたかっていた連中は、腹いせにゲーム機を蹴飛ばして去っていった。

「ハレ」

晴が海を認めて、嬉しそうな顔をした。

「何だよ。これがやりたいのか」

ちょっと戸惑った挙句、頷く。海はニッカボッカのポケットから小銭を取り出した。

「やってみな」

投入口に硬貨を入れてやると、晴がレバーに飛びついた。ぎこちない手つきでクレーンを操る。初めてやったのか、箸にも棒にもかからない。クレーンは虚しく空をつかむと、元の位置に戻った。

「どけよ」晴を押しのけてコインを投入する。「どれがいいんだ？」

晴は迷わず黄色いクマの縫いぐるみを指さした。

「待ってろ」

小学生の時、クレーンゲームにはまったことがある。これをやるために、よくライザの財布から金を盗んだ。母は気がつかなかったのか、気がつかないふりをしたのか、何も言わなかった。別に景品が欲しいわけじゃなかった。戦利品は全部友だちにやるか、海に捨てた。そのうち飽きてしまった。

絶妙なテクでレバーを操作し、クレーンは的確に動いた。横ざまに倒れていた黄色いクマは、クレーンに挟まれて宙を運ばれた。ガラスに顔をくっつけていた晴が「うー」と興奮した声を上げた。クマは難なくスライド口に落とされた。滑り出てきたクマを、晴が抱き上げた。ぱっと輝いた顔を見て、こいつはやっぱ子供なんだな、と思った。思ったそばから当たり前だ、と笑いがこみ上げてきた。

ぎゅっとクマを抱き締めた晴の襟首が後ろからつかまれた。そのまま軽く引き上げられ、晴が抗議の声を上げた。下卑た笑い声に、その主を目で追う。はっとした。那希沙の兄の尚也だった。

「おい、このチビは時々ナギサが連れてくる奴じゃないか」

にやにやと海を見た。背の低い尚也は、海を見上げる格好だ。海は無表情で相手を見返した。その後ろから、ぞろぞろと仲間が入ってきた。晴をつかまえた尚也の横をすり抜けて来る。スキンヘッドの奴とか、腕にタトゥーを入れた奴とか、普通の市民なら、避けて通りたいような集団だ。一見して、誰かを痛めつけたくてうずうずしているイカレた奴らだとわかる。

尚也が下っ端なのは容易に見て取れた。

彼らは、尚也のすることには興味がなさそうだったが、突っ立っている海には興味を引かれたようだ。リーダーと思《おぼ》しき男が、彫りが深く浅黒い肌の海をじろりと見やった。

「誰だ？　こいつ」尚也に尋ねる。

「俺の妹と付き合ってる奴」

「へえ」

彼は、にやりと笑った。Tシャツの下には隆々とした筋肉がある。自分の肉体が相手にどんな脅威を与えているかよく知っていて、それを楽しんでいるふうだった。

「ナギサと？」

銀のピアスが刺さった薄い唇で言う男に怒りを感じた。ただ仲間の妹の名前を口にしただけなのに、那希沙が汚された気がした。

「フィリピーノだろ？　こいつ」

海が黙っているので、尚也がそうだと答えた。

このリーダーは目見田《めみだ》という名で、もともと横浜の人間だと那希沙が言っていた。地元で面倒ごとを起こして、こっちへ移ってきたらしい。腕力と統率力だけには恵まれていたようで、すぐに不良グループを形成した。ゲーム感覚で喧嘩をふっかけ、別のグループを叩きのめす。恐喝や強盗で小金を稼ぐ。享楽的で今風な若者の集団だ。総じて信じられるのは仲間だけといった閉鎖性がある。要するに、ここいらでもはびこっている先輩後輩の関係性をうまく利用したわけだ。

海は黙ったまま、男と向き合った。

この土地に属していない者が発するぴりぴりする気配。不穏さが黒雲のように広がって、周囲を変質させるものを感じとる。多摩川市臨海部はアウトローな地域だが、ある一定の秩序があった。ヤクザやヤンキーや暴走族の力関係は、均衡を保っていた。生まれ育った者にとっては慣れ親しんだ「平和」ともいえる状態だ。それらを根底から破壊しようとする異質性に、神経を逆撫でされる気がした。こんなよそ者に這い寄る猫のように、飼い慣らされた地元のバカどもに怒りを感じた。

「何？　お前働いてんの？」

尚也が海の格好を見てからかう。まだ襟首をつかまれたままの晴が騒いだので、思い出したように勢いをつけて幼児を投げ飛ばした。晴は床に叩きつけられた。縫いぐるみが手から離れて床に転がる。それを目見田がごついブーツで蹴った。縫いぐるみは車道まで飛んでいって、通りかかった車に轢かれた。

晴は床に転がったまま、車道でぺしゃんこになっていく縫いぐるみを見ていた。能面のように表情のない顔だった。その刹那、海の中で何かがむくりと頭をもたげた。怒りとも憐れみとも違う感情だった。強いていえばある欲求だ。今、目の前に転がっている幼子《おさなご》に、世界は筋の通ったものだと信じさせてやりたいという欲求だ。こいつが絶望という名の檻《おり》に閉じ込められてしまう前に。

名前も知らないもの言わぬ子にどうしてそんな思いを抱いたのか、よくわからなかった。それでも一度芽生えた感情は海を突き動かした。長い間沈黙していた冷えた機械の中で、ゆっくりとピストンが動き出し、蒸気を発生させるようにその欲求は海を熱くした。

「俺らとつるまねえか？」

唐突に目見田が言った。

「え？」と驚いたのは尚也だ。まさか自分たちのリーダーが海をスカウトするとは思わなかったのだろう。

「こいつはだめだ。ヘタレだ」

男はぎろりと尚也を睨みつけた。尚也は黙り込んだ。

「来いよな」

目見田は畳みかけた。海はゆっくりと瞬きをした。

「行かねえよ。お前らとはつるまねえ。バカどもの殴り合いなんかには入らねえ」

すっと周囲の温度が下がったような気がした。目見田の背後にいる男たちが体を強張らせたのがわかった。彼はにやりと笑った。

「お前、見かけよりは度胸があるよな」

それからファイティングポーズをとると、両の拳を海の目の前で寸止めした。指には文字が彫り込んであった。第二関節と第三関節の間に一文字ずつ。握り込めば綴りになるように。右手に「LOVE」左手に「HATE」と読めた。

「愛と憎しみだ」

海がそれを読み取ったのを確かめて男が言った。

「お前、見かけよりも脳みそがあるんだな」

冷たく海が言い放つと、背後の男たちが気色《けしき》ばんだ。

「お前な、ふざけんなよ。痛い目に遭いたいんだな」

男たちを手で制して、目見田はククックと気味悪く笑った。

「面白いな、お前」それから、いくぶん柔らかな口調で続けた。「いつか後悔するだろうな。今日、俺の誘いを断ったことをよ」

彼は踵を返すと、店の奥に向かった。ガタイのいい男たちは、いちいち海にガンを飛ばしながらその後に続いた。宮本が通路の反対側からやってきた。ぞろぞろ歩いていく集団に驚いて道を譲った。

「何だよ、あいつら」

晴を引き起こしている海のそばに来て、宮本が訊いた。

「さあ。格闘技ゲームでもやりに来たんじゃないっすかね」

「格闘技か。俺はやんねえな。何が面白いんかね。ただの殴り合いがよ」

「そうっすね」

「行こう。帰ってドラクエでもやるわ」

宮本はあくびを噛み殺しながら言った。

海の後をついて来る晴をちらりと見たが、何も訊かなかった。ゲーセンの外に出ると、車道でみすぼらしく泥だらけになった縫いぐるみが落ちていた。海は、未練がましくそれを見ている晴の手を引いた。

「もうあんなもん、忘れろ」

晴は握った手に力を入れて応えた。

その後しばらく晴の姿を見ることはなかった。

「あいつ、どこの子なんだろう」

海は今さらながら、そんなことを那希沙に言ってみた。

梅雨の走りのような長雨に閉じ込められたパワーストーン屋の店先で、ふたりぼんやりと座っていた。海の仕事は、雨が降るとたいていは休みになるのだった。

ただ真っすぐに降ってくる雨は軒を叩き、壊れた雨どいからは大量の雨水が吐き出されていた。こんな日にパワーストーンを買いに行こうなどと、酔狂な思いに囚われる客はいそうになかった。

那希沙は晴が親といるところを見たと答えた。

「どこで？」

那希沙は近頃できた大型のパチンコ店の名前を口にした。

「そこの駐車場」

「そっか」

「親はろくでもない奴だよ」

「そっか」

たぶん、そんなところだろうと見当はついていた。

「ハレがお父さんの後から降りてきたら、お尻を蹴り上げて車に戻してた。なんか、ごちゃごちゃいろんな物を詰め込んだような車でさ、背の高い四角いやつ」

「ふうん」

「お母さんは後ろの席で赤ちゃんにおっぱいをやってた。車に乗せられたハレが親父にさんざん怒鳴りつけられてても、ぼんやりそれを眺めてんの」

その光景が浮かんできた。通りかかった那希沙が少し離れた道路からそれをじっと見ているところも。

「そんでさ、親はハレに赤ん坊の面倒を言いつけておいて、さっさとパチンコ店に入っていった」

「ハレに何か言ってやったのか？」

那希沙はかぶりを振った。

「そうしようかと思ったけど、やめた」

那希沙の気持ちはよくわかった。そんな実情を知ったところで、所詮、何もしてやれないのだ。その場限りの優しい言葉をかけても、何にもならない。同情は何も生まない。この土地に存在する鉄則だ。助けてやれないなら、知らん顔を決め込むこと。学齢に達しない幼い子にも、プライドはある。特に晴のように容易に感情を露わにしない子には。

あいつはおとなしいように見えてしぶとく、剛直な奴だ。それがしだいに海にはわかってきた。風雨に耐えて、しなやかにたわむ竹のような性情の持ち主だということが。あいつはたぶん、最後の最後、ぼきりと折れることをよしとはしないだろう。激しくたわんだ反動で、周囲をきれいになぎ倒してしまう。したたかに生きる術を身に着けているはずだ。

そんな気がした。

階段の方でガタンと音がした。ライザが下りてきたのかもしれない。まだ彼女は店を辞めていない。昨夜は案外早くに帰ってきたのに、ひどく酔っていた。飲み過ぎて客に絡んで、店から追い返されたのかもしれない。

ライザも強情で、日本での暮らしにケリをつけたがらない。

「もうパパもママもいない故郷《くに》に帰りたくないよ。オジサン、オバサン、甥や姪やイトコたち、ワタシのお金でいい暮らししたのに、帰るって言っても誰も喜ばない」

どこからも弾き出されたライザは、どこにも属さないまま、変わらない生活を続けている。体だけが衰え、傷んでいく。

ガタンとまた音がした。那希沙が顔を上げた。

「ライザさん、起きたのかなあ」

ふらりと立ち上がって店の外に出ていく。まだ雨は激しく降っていた。店の前を行き交う人々は、身を守るように傘を体にくっつけて、うつむいて歩いていた。

那希沙の短い叫び声がした。一瞬だけ雨に打たれたせいだと思った。

「カイ!!」

尋常ではない声に呼ばれて、海はさっと立ち上がった。とうとうその日がきたんだと思った。ライザが倒れて息も止まった図が頭の中に鮮やかに描かれた。今までに何度もなぞった不吉な図柄だった。が、そういう日が来ても、案外冷静でいられるのではないかとも思っていた。予測された未来として。

だが違った。那希沙が抱き上げているのは、もっと小さなものだった。

ズタボロに叩きのめされた子供――晴だった。

「ハレ!」

晴は腫れ上がった瞼を持ち上げて二人を見た。そしてまた目を閉じた。目の周りにひどい痣ができていた。頭のどこかが切れているらしく、出血していた。Tシャツもズボンも泥だらけでところどころ裂けていた。那希沙がそっとシャツをめくってみて、息を呑んだ。海にも見えるように体をずらす。内出血した部分は、明らかに殴られた痕だった。ここまで雨に濡れながら、ようやくたどり着いたらしく、全身が濡れそぼっていた。

那希沙は何も言わず晴の体を抱き上げると、階段を上った。海も後に続いた。

「カイ、お湯! それからタオル!」

古びた瞬間湯沸かし器のスイッチを入れて洗い桶に湯を溜める。引き出しを探ってありったけのタオルを引っ張り出してきた。晴の唇は寒さで紫色に変色していた。出しっぱなしにしていた石油ストーブも点けた。慌てていて指が滑るので、スイッチがなかなか入らなかった。海は何度も舌打ちをした。バスタオルをストーブの前に敷き、那希沙は晴をその上に寝かした。晴はされるがままだ。

「ハレ、しっかりして。どこが痛い？」

晴が答えるはずもないのに、那希沙は声をかけ続けた。その間にも手は休まず動かして、晴の服を脱がした。肋骨が浮き出たみすぼらしい体は、痛めつけられてさらにみすぼらしく見えた。那希沙が慎重に体を探る。

「骨折はしてないみたい」

こんな時に冷静でいられる女を、海は心の底から尊敬した。よく見たら、体の内出血は、青黒い色から、黄色くくすみ始めている。これは今日受けた傷ではなくて、少し前に殴られたものだろう。晴は数日をかけていたぶられたのだ。今日、ひどく顔を殴られて、とうとう逃げ出してきたとわかった。抵抗できない子を傷つけて楽しんだ様子が窺われ、海は鳥肌が立った。

那希沙は下唇を嚙んだきり、何も言わない。真剣な眼差しで、晴の体に指を這わせる。内臓にも損傷がないとわかったのか、ほっと息を吐いた。

その後、お湯に浸して絞ったタオルで体中を拭いてやり、海が出してきた大人用の下着やシャツを着せてやった。膨れ上がった顔はまだ目をそむけたくなるほどだったが、少しだけましになった。晴の表情が緩んだような気がした。

海は隣の部屋に行って、薬箱を取ってきた。ライザはまだ寝ていた。

消毒薬と塗り薬しかなかったが、それでとりあえず処置をした。頭の中の傷はどこかにぶつけられた際にできたもののようで、地肌が裂けてはいたが、縫わなければならないような深い傷ではなかった。

「ハレ、口を開けて。アーン」

那希沙の指示におとなしく従って、晴は口を開けた。

「口の中も大丈夫だね」安心したのか、少しだけ声が和んだ。

「こんなにひどいことされて、そんでここまで来たんだ。かわいそうなハレ」

ぶかぶかの洋服に包まれた晴をぎゅっと抱きしめる。ふいに、那希沙は自分の子を、こうやって思い切り抱き締めることなんか永遠にないんだと海は思った。そっと晴のそばに膝をついた。

「ハレ、誰にやられた?」

晴は真っすぐに海を見た。噛みしめた唇は、少しだけ色がよくなっていた。

「親に決まってるよ。こんなことするの」

那希沙が口を挟むのを無視して、晴に語りかけた。

「この前、ゲーセンで会った奴らか？」

それにはきっぱりと首を振った。

「じゃあ、知らない奴か？　ヤンキーが気まぐれにお前をいたぶったのか？」

それにも首を振る。

「知ってる奴なんだな？」

海を見詰める瞳が揺れた。

「お前の親父か？　親父にやられたのか？」

ついっと下を向いてしまう。答えは知れたと思った。那希沙が黙って流しの前に立ち、鍋を火にかけた。

「これが初めてか？」

晴は諦めたようにゆっくりと首を振った。

「そうか」

珍しいことではなかった。この辺りではありふれた話といってもよかった。生活能力のない、ろくでもない親が、気分次第で子供を殴ることなんて日常的に起こっている。そしてそれを許す土壌がここにはあった。子供は捨て置かれ、そこで自分の生きる隙間を見つけていくしかない。

「ハレ、美味しいスープを作ってあげるからね」

那希沙が背中を向けたまま言った。そういうことを一番身に沁みて知っている那希沙も、つまらない慰めや中途半端な解決策を口にしたりはしなかった。

十七歳の少年と少女もまた無力なのだった。

ネギと春雨《はるさめ》とショウガのスープを、晴は美味しそうに啜った。

「あ、雨が上がった」

那希沙が窓を開けた。

「虹だ！　虹が出てるよ！」

子供みたいにはしゃぐ。スープの器越しに晴も外を見やった。体をねじるとどこかしらが痛むのか、顔をしかめる。那希沙が晴のそばに戻ってきて、開け放った窓を指さした。

「あの塔が見える？」

最後の一滴までスープを飲み干した晴が頷いた。ベイビュータワーの向こうにきれいに虹がかかっているのを、海も見た。

「あそこにはね、きれいな娘が住んでいるの。ラプンツェルっていう名前の。金髪で、すごく長い髪の娘」生真面目な顔で晴は聞き入っている。「そして、かわいそうな子がいるとね、自分の髪を垂らしてあの塔の上に引き上げてくれるの」

「お前、それ童話だろ？　アンデルセン童話？」

海が茶々を入れた。

「グリム童話だよ」那希沙が海を睨みつけた。それからまた晴に向き合った。

「きっとラプンツェルが助けてくれる。あの塔のてっぺんに上がりさえしたら、誰も連れ戻しに来られないの。あそこはかわいそうな子が幸せになれる場所なんだ」

また口を挟もうとした海を目で黙らせて、那希沙は続ける。

「だからね、心配しなくていいよ。ハレもいつかあそこに上げてもらえるからね。ラプンツェルはきっと見てるよ、あんたのこと。いつか長い髪の毛を垂らしてくれるから、それにすがってあそこに行けばいいんだ」

スープの器を晴の手から取り、頭を撫でて那希沙は言った。

「ハレはいい子ね」

――カイ、いい子。

母親に言われた言葉を海は思い出していた。子供っぽい言い草なのに、なぜか安心したことを。どうして女の言葉には、人を癒す力が備わっているのだろう。

晴はぐっすりと眠っている。今は安全な場所にいるとわかって安心しきった顔だった。安らかな寝顔を、海と那希沙は見下ろしていた。窓の外の虹は薄くなって消えかかっていた。

「何だってあんな嘘っぱちを言ったんだ？」

いくぶん咎める口調で海は言った。稚拙な作り話を、晴が真剣な眼差しで聞いていたのに驚いた。こいつはまだ子供なんだ、とまた思った。あんな話を信じてしまうほどに。

「あたしさ――」立てた膝の上に顎を載せて那希沙が口を開いた。「そういうふうに自分に言い聞かせてた。兄貴たちにひどいことをされている時、ずっとあの展望塔が見えてたから」

言葉が出てこなかった。那希沙は寂しく笑った。

「バカみたいでしょ？　小学生の時、『ながいかみのラプンツェル』って童話を読んだの。学校の図書館で借りて。それであの展望塔にラプンツェルが住んでるんだって夢想したの。いつかこんな地獄みたいなとこから引っ張り上げてくれるんだって。金色の髪が自分に向かってするすると下りてくるところを想像したら、何か、幸せな気持ちになった」

兄やその仲間からやりたい放題のことをされていた小学生は、そんなちっぽけな物語にすがって生きるしかなかったのか。

「泣いても叫んでも、誰も助けてくれない時は、嘘でも幸せな物語を思い浮かべるしかないんだよね」

那希沙は頭を傾けて、海にもたれかかった。

「でもさ、結構効いたよ。ラプンツェルが助けてくれるって思うとさ。そんな気がしてきて、力が湧いてきた。あの頃、もう死のうって何度も思ったもの。だからハレにも、あの展望塔の物語をしてやったの。この子もあたしとおんなじだから」

バカみたいだよね、とまた言って、那希沙は笑った。

二人は黙って虹が青い空に溶けていくのを見ていた。

「なあ、ナギサ」那希沙は海の肩に頭を載せたまま、「うん？」と小さく返した。

「もうちょっとしたら、ここを出よう。左官の仕事が一丁前になったら、どこへ行っても仕事にあぶれることはないだろ」

「あたしを連れていってくれるの？」

「うん。一生一緒にいようや」

「でも——」少しだけ、那希沙は言い淀んだ。腕にはめたストーンのブレスレットをいじっている。緑色の翡翠が太陽の光を受けて輝いた。「あたしは子供、産めないよ」

「いいって。そんなこと」

那希沙は声を出さずに泣いた。温かな涙が海の肩を湿らせた。

成田空港のベルトコンベアの上に自分たちのスーツケースが流れてきた。二つ並んだそれを、圭吾が下ろした。昨晩、ホテルで詰め直した時には、蓋が閉まるのかと思うくらいパンパンだった。自分たちの買い物やお土産でいっぱいになったのだ。

「疲れた？」

圭吾の問いかけには微笑んで首を振る。

「でも早く家に帰りたい」

「僕もだ」

「明日から仕事よ。大丈夫？」

郁美の問いには、「うーん」と唸ったが、圭吾も朗らかに笑った。

「命の洗濯をしてきたから大丈夫」

二人並んで到着ロビーに出た。京成の乗り場に向かう。

五月の連休いっぱいを使って、夫婦でイタリアに旅行に出かけた。海外旅行は、ハネムーン以来だ。圭吾が旅行を提案した時には驚いたが、素直に従うことにした。

彼なりの気遣いだと思った。不妊治療にかかりきりで、思い詰めている妻とゆっくり過ごして気分転換を図ろうというものだ。主治医に「連休中は海外旅行に行ってこようと思います」と告げると、「それはいいですね」と賛成してくれた。

主治医は続けて言った。

「ご主人とリラックスされて来られるといいですよ。きっといい結果が出ます」

その言葉も郁美の背中を押した。本当は無駄なお金は使いたくなかった。今までに不妊治療に使った費用は五十万円を超えていた。これからいくらかかるかわからない。自分の収入がなくなった今は、少しでも蓄えておきたかった。

これまでに人工授精に一度失敗していた。まだ悲観するところまではいかないが、最悪の場合体外受精も考えなくてはならない。そうなると、今までとは格段に高い費用がかかるのだ。でも、そういうことを夫に言うのは憚《はばか》られた。つまらない押し問答をしたくなかったし、夫の提案に従って旅行に行くことが、主治医の言うようにいいきっかけになる気がした。それは科学的なものではどうしようもない神がかり的な何かのような気がしたけれど、時には必要なことなのかもしれない。

計画は圭吾にまかせた。建築士である圭吾は、常に建築物を見て歩きたがった。新婚旅行では、ドイツとフランスの城めぐりをした。今回は、イタリア北部へ行くことになった。まずはフィレンツェ市内を観光し、電車でピサへ向かった。圭吾のお目当てであるピサの斜塔を見物し、三日目に今回のメインであるリオマッジョーレという漁村に着いた。

ここは海に面した四角い家々がカラフルな色に塗られている美しい村だ。世界遺産にも登録されている。建物や船が色とりどりに塗られているのは、漁に出た男たちが帰ってくる時の目印になるようにとの配慮かららしい。

ここで二日を過ごした。都会の建造物ではなくて、こんなのんびりした漁村のたたずまいを選んだのは、やはり郁美の気持ちを和ませたいという圭吾の気持ちの表れだろう。港からボートに乗って、重なり合うように建つ七色の家を海から眺めたり、坂道や石畳の道を歩いたりした。海の幸も豊富だった。海辺のレストランで食べたロブスターは絶品だった。

「ほら、僕らの街のランドマークタワーが見えてきた」

多摩川駅に電車が近づいて海側にベイビュータワーが見え始めると、圭吾が言った。

「あそこへもう一回上がってみたいわね」

そんなことを言えたのも、心にゆとりが生まれたからかもしれない。

「そうかい？　あそこからの眺めはサンタ・マリア・デル・フィオーレからの眺めとはだいぶ違っていると思うけど」

圭吾もフィレンツェの大聖堂の名前を出して、おどけたように言った。

「知ってる？　ベイビュータワーを建てた事業家はこの前亡くなったらしいよ」

「そうなんだ。知らなかった。じゃあ、あの展望塔はどうなるの？」

「個人の所有物だからね。奥さんが引き継いだみたいだ」

相続する際に、妻は多摩川市に展望塔を寄付すると申し出たそうだが、市は断ったという事情を圭吾は語った。

「ああいうものは維持管理費がばかにならないからね。まあ、相当な財産も残したようだから、当面は個人が管理運営していくだろうけど、先はわからないね」

部屋に帰り着くと、郁美は着替えもそこそこに荷物を解き始めた。圭吾は、そんなこと後でいいじゃないかと言ったが、日常の風景の中に大きなスーツケースという旅の名残があるのがどうも落ち着かなかった。

「今度はカッパドキアに行こう。四世紀からキリスト教徒が住みだした地下都市を見に」

「そうね」

そう答えたものの、会話は途切れる。

夫は極力、子供や不妊治療のことから郁美の気を逸らそうとしているのではないか。そんなことはないとわかっているのに、つい深読みしてしまう自分を嫌悪した。圭吾が立ってキッチンに行き、コーヒーを淹れ始めた。

「君の分も淹れたよ。少し座ったら？」

ふたつのマグカップを持ってソファに座った圭吾に促され、ようやく郁美も手を止めた。リビングの床には、パカンと開いたスーツケースが置かれたままになった。圭吾はフィレンツェの赤茶色に統一された住宅や、リオマッジョーレのかわいらしい家のことを話している。イタリア人のおおらかな性格があの色彩感覚を生んだのだと言い、時間がなくてフィレンツェのウフィッツィ美術館が見られなかったのは残念だと言った。

夫の話を聞きながら、郁美は別のことを考えていた。五泊七日の旅の間、二回、二人は体を重ねた。もしかしたら——という期待があった。もしかしたら、あれで子を宿したかもわからない。圭吾もリラックスしていて、うまく郁美をリードした。最後の最後まで滞りなく愛の交感が行われたという実感があった。

郁美もすんなりと夫を受け入れた。異国で愛し合うという開放感のせいか、いつにない昂《たかぶ》りもあった。郁美の膣の中に放出された圭吾の精子は、今、まさに子宮の壁に着床しているのかもしれない。そうであってくれたら——。

「君も行きたいとこがあったら言ってよ。今度の旅行代理店はすごく感じがよかっただろ？　またあそこに頼んだら間違いない」

どうやら夫は郁美が期待しているようなことは、頭にないらしい。それとも気がつかないふりをしているだけなのか。郁美はマグカップに口をつけた。思いのほか苦みの勝った風味に顔をそっとしかめた。

帰国して一週間後に生理が始まった。ひどく消沈した自分に驚いた。自制しているつもりなのに、やっぱり必要以上に期待していたものがあったのだ。だが、そのことは夫には告げなかった。いちいちそんな報告を聞くのは鬱陶しいだろうし、何より、自分が惨めになる気がした。普段通りの生活を心がけようと思った。

ヨガを始めようと思うということだけ、圭吾に話した。

「いいじゃないか」

トーストを齧《かじ》りながら、夫は答えた。二度目の人工授精の日が近づいていた。今度こそ、成功させたいと思う。それは圭吾も同じだろう。人工授精を試すのは、五回から多くても六回と言われている。それ以降は、何度やっても妊娠は難しいのだそうだ。要するに、それでだめだったら体外受精に踏み切らねばならないということだ。

タイミング療法の時から、生活習慣の見直しのことは頭にあった。主治医からもアドバイスされていた。規則正しい生活を送ること、適度な運動、それから冷え対策。温活と呼ばれる冷え対策は、女性ホルモンの働きの要となる血流改善につながるとのことだった。

早寝早起きなどの生活規則は、もとより守っていた。運動や体を冷やさないことも、気をつけてやってはいた。だがもっと積極的に取り組もうと決めた。ヨガは体質の改善にもなる。ネット上にアップされた不妊治療を受けた人の体験談を読むと、ヨガをして効果があったという人が少なからずあった。ヨガの呼吸法を身につけたり瞑想したりすることでストレス解消になったというものもあった。ゆっくり体を動かすことが心地よい。格好の運動にもなる。体温が自ずと上がる等、いいことずくめのように思えた。

何より、家でじっとしているのが嫌になった。家を出るといえば買い物か不妊治療通いだ。しだいに気分は落ち込む。

「いつから？」

「え？」

「いつから始めるんだい？　ヨガのことだけど」

朝食を終えた圭吾がテレビのニュースを見ながら尋ねた。東京ディズニーランドにできた新しいテーマランドに、連休中若い子らが押し寄せたことを伝えていた。この春、渋谷のカフェで見たようなミニスカートにストレートの茶髪という格好の子らが大勢映っていた。

「ああ——」皿を下げながら、ちょっと考えた。「まだいつからとは決めてないの。一回体験レッスンを受けてみてから」

ショッピングモールの中にヨガ教室を見つけたのだということだけ伝えた。本当は尻込みする気持ちの方が強かった。こうして圭吾に伝えたことで、決心を固めたいと思った。夫が出勤していった後、自分の気持ちを鼓舞して、調べてあったヨガ教室に電話してみた。

「いいですよ。いつでも歓迎です」

体験レッスンの申し出に、電話の先の女性は明るく答えた。声の主は、インストラクターなのか、それとも受付事務をしているだけの女性なのか、よくわからなかった。

「あの、女性だけのクラスってありますか?」

「もちろん。昼間はたいてい女性だけですよ」

しゃきしゃきした女性に釣られて、その日の午後一番で受講することに決まった。服装は、Tシャツにレギンスかジャージでいいと相手は答えた。

ここのヨガ教室には、マタニティヨガもあることは知っていた。安産のためのヨガを指導するものだ。大きなお腹でヨガのポーズをとるなんて、怖くないのだろうか。たぶん、彼女らはもともとヨガをやっていた人たちなのだろう。別に妊娠したいと思ってヨガを始めたわけではないだろうが、それが何かしらの効果を上げたとも考えられる。ほんの些細な力かもしれないけれど。

ヨガ教室に行くと決めるまでにネットで調べたことは、全部頭に入っていた。

不妊症に効くヨガは、主にホルモンのバランスをよくすることを目的としている。全身の体形を整え、精神的安定を得ると妊娠の確率が高まるとあった。具体的には体を温めるポーズ、卵巣の働きを活発にするポーズなどが紹介されていた。

さっきの電話では、冷え性を解消したいとは伝えたが、不妊に悩んでいるとは伝えなかった。東京まで足を延ばせば、不妊症に特化したヨガ教室もあった。しかし郁美はそこまですつもりはなかった。ヨガをしたからといってすぐに妊娠できるとは思っていなかった。そんなに簡単なものではないと身に沁みてわかっていた。

でも何もしないよりはした方がいい。わずかなきっかけでもいいから欲しいと思った。自然治癒力に近い何かが得られるのなら、それでいい。それに気楽に付き合える知り合いが欲しかった。誰かとざっくばらんな会話がしたかった。きっとそれが気晴らしになって、精神的な安定につながるだろう。

時間にでかけていくと、まず受付で簡単な問診をされた。やっぱりさっき電話に出たのは、受付の女性だったようだ。年齢や働いているかどうか、未婚か既婚か、体の悩みのこと。気安い感じで問われるので、つい「そろそろ子供が欲しいと思ってるんですよね」と付け加えた。

「あ、そうなんですね」向こうも軽い調子で受けた。「大丈夫ですよ」

にっこり笑う顔に引き込まれた。「うちにもそういう方、結構いらっしゃいます。皆さん、ヨガをやってるうちにリラックスして、いい結果に結びついていますよ」

あまりに安請け合いしすぎるとは思ったが、つい釣り込まれた。

「ほんとに？」

ついでのふりをして訊いたのに、身を乗り出してしまう。

「ええ」

女性は大きく頷いた。それからすらすらと説明をした。

ヨガは呼吸法を取り入れたゆったりとした運動で、自律神経の機能が向上する。ヨガの持つ自律神経刺激作用によってホルモン分泌を促したり、子宮や卵巣の血行を促すというものだった。不妊の原因として挙げられる子宮の前屈や後屈も改善できる。ヨガのポーズと腹式呼吸には内臓の位置を正常化させるという働きがあるからだ。

「特に不妊のためと頑張らなくても、自然に妊娠しやすい状態へと体が変化していきます。とにかく、ヨガをやってて悪いことなんかひとつもありませんよ」

その後に、「騙されたと思ってやってごらんなさい」と続くかと思われたが、さすがにその言葉はなかった。代わりに彼女はまたにっこりと笑った。

ネットで調べたことをなぞっただけの説明ではあったが、実際に聞くと、肩に入っていた力がすっと抜けて、体の調子がよくなるだけでもいいではないかと思えた。

更衣室で着替えてフローリングのレッスン室に行ってみると、若い女性よりも年配の女性の方が圧倒的に多く、なぜか安堵した。一番後ろにヨガマットを敷いてレッスンを受けた。インストラクターは、四十年配のスリムな女性で、声に張りがあり、体も柔軟だった。初めての郁美に向かって、藤波《ふじなみ》という名前を告げ、自己紹介した。年配者が多いだけに、あまり無理なポーズはさせず、ゆっくりとした指導だった。それでも十分もすると、汗が流れてきた。

「アイテテッ」

「うーん。先生、これ、ちょっと苦しい」

遠慮なく発せられる声に、レッスン室は和やかな雰囲気だ。年配者は、総じて太り気味だし、あちこちたるんでいるので、藤波が見せるお手本通りには動けないようだった。犬のポーズ、猫のポーズ、ひよこのポーズと続く。

弓のポーズといううつ伏せになって体を反らせるポーズの時、藤波が寄ってきて小さな声で言った。

「これ、内臓、特に子宮や卵巣に刺激を与えて働きが活発になるんですよ」

どうやら問診票に目を通しているようだった。

そんな調子で一時間レッスンを受けると、すっきりした。体以上に心が軽くなった気がした。もう効果なんかどうでもいいと思えた。そんな晴れ晴れした気持ちになったのは、久しぶりのことだった。

帰りに入会手続きをとった。週に一度だけ通うことにして、入会金と一か月分の月謝を払った。後ろを年配者のグループが通った。

「あら、あなた入会されるのね。よろしくね」

そのうちの一人が目ざとく見つけて、郁美に声をかけてきた。これから数人でショッピングモールの中のコーヒーショップでお茶をして帰るのだという。誘われたが、さすがにそれは断った。

「じゃあ、今度ね」

気を悪くしたようすもなく、グループは去っていった。自動ドアを通る時、誰かの言葉にどっと笑いが起こった。まるで違った年代の人との交流なんて、考えたこともなかった。このところ、同年代の女性にだけ目がいっていた。妊娠できる年代の女性に。それも自分の世界を小さくしていたのだと思い知った。

インストラクターの藤波が出てきて、来週からどういう具合にレッスンが進むのか説明してくれた。

「難しく考えないでくださいね。何も考えず、頭を空っぽにするのも、ヨガのいいところなの」

それこそが、今の自分に必要なことなのだと思った。

二回目の人工授精は、十日後に迫っていた。


ベランダに出てじっと外を見ていた。今日は少し靄《もや》がかかっていて、ベイビュータワーもかすんで見える。つい向かいの家に目がいく。今日は特に声は聞こえない。人が動く気配もない。まだ寝ているのかもしれない。時刻は午前七時にもなっていない。

イソヒヨドリが屋根の上に止まって、しきりにさえずっている。その声に耳を傾ける。あれはオスがメスを呼んでいるのか。これから営巣して、卵を産むのだろうか。そんなことをぼんやり考えている。

しばらくすると、寝室のドアがすっと開くのがわかった。ベランダの掃き出し窓を開けて、室内に戻った。圭吾が無言で小さな容器を渡してくる。

「ありがとう」

その言葉だけは毎回言おうと決めていた。

容器は不妊治療専門のクリニックで渡されたもので、この中には圭吾の精液が入っている。今日は郁美の排卵日なのだ。これは正確に予測されたものだ。三日前に超音波エコー検査で卵胞の大きさや子宮内膜厚の測定をし、排卵診断薬を用いた検査も行われた。だから間違いはない。

そして排卵日の今日は、人工授精が行われるのだ。それに際しては、まず夫の精液が採取される。圭吾は出勤前に寝室にこもってマスターベーションをしなければならない。そうして新鮮な精液を病院に持って行くのだ。

郁美は精液の入った容器を大事にトートバッグの底に入れた。試験管のような細長いプラスチック容器に蓋がついたものだ。貼られたシールに油性ペンで郁美の氏名が書いてある。病院で取り違えられないため、細心の注意が払われている。

圭吾は黙ったまま、洗面所に向かう。浴室のドアが開け閉めされる音がして、シャワーを使う水音がリビングまで届いてきた。郁美は大急ぎでキッチンに立った。朝食の用意は大方済ませてある。早起きして用意したのだ。

圭吾が寝室で精液を採取している間は、ベランダに出ることにしている。自分がキッチンで動く気配を感じたら、圭吾もやりにくいだろうという配慮からだった。浴室から出てきた圭吾は、ダイニングテーブルに食器を並べる郁美の背後を通って、再び寝室に消えた。次にドアが開いた時は、すっかり出勤の用意が整っていた。

「さあ、食べましょう」

極力いつもの朝と変わりない声を出す。圭吾は一応椅子に座ったものの、並べられたトーストやベーコンエッグ、サラダの皿を見ると、げんなりした表情を浮かべた。

「いいや。今日は食欲がない。コーヒーだけ淹れてくれる?」

郁美はコーヒーメーカーのスイッチを入れた。言葉もなく向かい合った二人の間に、コーヒーメーカーが作動する音だけが響いた。この微妙にぎこちない雰囲気はどうしようもない。仕事に行く前に一人マスターベーションに励む夫にすまないという気持ちはあるが、それをいちいち伝えるのも不自然な気がする。これは二人の作業なのだと自分に言い聞かせる。セックスをするのと同じ行為。子供を得るための神聖な儀式。

パチンと音がして、コーヒーメーカーのスイッチが切れる。圭吾のカップにコーヒーを注《つ》いだ。目の前に置くが、彼は手を出そうとしない。そんな夫を尻目に、郁美は箸を取った。同じように食欲はなかった。だが努めて明るい声を出す。

「じゃあ、私はいただくわね。今日は大事な日だから体力つけておかなくっちゃ」

いただきます、と手を合わせる妻を、圭吾は黙って見詰めている。

何か言いたいことがあるに違いない。こんなことはもう嫌だとか、不愉快だとか、そんなネガティブな言葉がこぼれてくるのが怖くて、郁美はせっせと食べることに集中した。

圭吾はようやくカップを手にして、ゆっくりとそれを飲みほした。

「今度はきっとうまくいくわよ。そんな気がする」

無理やりベーコンエッグを口に入れ、咀嚼《そしやく》しながら言ってみる。夫は何も答えない。せめて「そうだね」くらいは言って欲しいのに。

空になったカップをテーブルの上に置くと、そそくさと立ち上がった。

「じゃあ、もう行くよ」

「もう？」

随分早い。まだ家を出る時間ではない。しかし圭吾は、通勤用の革のカバンを手にすると、背を向けた。慌てて背中を追って玄関まで行く。

「行ってきます」

「行ってらっしゃい」

振り返らずに靴を履いてドアを開けた。ドアが閉まる寸前に夫の顔がちらりと見えた。それ以上の言葉はなかった。まるで逃げるように去っていってしまった。恥ずべき行為をしたかのように部屋を後にしていった。

エレベーターを待たず、階段を駆け下りただろう。ほっとしているのだろうか。自分に課せられた役目は終わったとばかりに。郁美はため息をついて、ダイニングに戻った。どすんと椅子に腰を落とすと、しばらくはぼんやりと食べかけの皿と、圭吾が手をつけずに残した皿とを見比べた。この殺伐とした朝も、人工授精が成功すれば、繰り返されることはないのだ。気を取り直して、朝食を口にした。

運命の一日が始まる。

自宅で採取された精液は、二時間以内を目安にクリニックに持ち込まなくてはならない。クリニック内で採取するという方法もあるけれど、それは圭吾が即座に断った。予約制だという「採精室」という部屋の名前にも嫌悪感を露わにした。

「それじゃあ、種馬どころか、サケのオスだな。そんなところで精液を絞り取られるかと思うとぞっとするね」

半分は本気でそんなことを言った。男の体のことはよくわからないが、きっと緊張してうまくできないに違いない。タイミング療法の時に、セックスを最後までやり遂げられなかった圭吾のことを思うと、やはり家で採取する方がスムーズなような気がした。今は夫の気持ちのことまでかまっていられない、とバスに揺られながら郁美は思った。新鮮な精液が重要なのだ。

クリニックの受付に、精液の入った容器を差し出した。受付係は、特に何の表情も浮かべず事務的に受け取った。そうするように指導されているのか、自分の裁量でそうしているのかわからないが、淡々とした態度は有難かった。

「では、掛けてお待ちください」

採取時間を訊いた後、受付係は、ドアの奥に引っ込んだ。一回目の時は、採取した時刻を問われてどぎまぎしたものだが、それももうない。いつものソファに浅く腰かける。落ち着いた仕草で雑誌を手に取るが、パラパラめくったきり、また書棚に戻した。

今、夫の精液は培養液と混ぜられて、遠心分離機にかけられている。そうして培養液で洗浄し、精液の粘りを取るのだ。粘りが取れると、精子の運動率が向上するのだそうだ。同時に雑菌や死滅精子をある程度排除する。そういう詳細は圭吾には伝えていない。きっと圭吾には不快な話に違いない。自分の精子がモノのように扱われていると思ってしまうだろう。

だが少なくとも、郁美にとっては大事な命の素だ。祈るような気持ちで数十分を過ごした。名前を呼ばれて処置室に入る。処置用のベッドに横になる時も、もう恥ずかしいとも思わない。

「では、始めます」

落ち着いた医師の声。目を閉じる。

人工授精の施術そのものは、呆気ないほど簡単だ。カテーテルを子宮頸管に通し、子宮の奥深くに夫の精液が送り込まれる。ほんの数十秒で終わる。痛みもない。

「はい、終わりましたよ」

露わになった下半身に看護師が毛布を掛けてくれ、腰の下に硬めのクッション様のものが差し込まれる。そのまま腰を上げた状態で十五分ほどじっとしている。その間も郁美はずっと目を閉じている。夫には抱かれないが、これが夫婦の結合だと自分に言い聞かせる。夫婦が愛し合った結果として、自然な形で子供を得るのだと。

人工授精に踏み切ると告げた時、主治医が言った言葉を思い浮かべた。

「人工授精は特別な治療ではありません。我々はほんの少し妊娠の入り口をお手伝いするだけです。人工授精の後の受精、着床は自然妊娠と何ら変わることはありません」

あの言葉を、圭吾と一緒に聞けたらよかったのに。

子宮の中に放たれた精子が、卵子を探して泳ぎ回っているところを想像する。

「落合さーん。もういいですよ」

無粋な看護師の声に生命の神秘の映像がかき消された。郁美はゆっくりと起き上がった。施術後の安静は特に必要ないと説明を受けてはいるが、今、夫の精子が体内にあり、愛おしい生命が生まれつつあるかもしれないと思うと、慎重にならざるを得ない。

二日後にクリニックで排卵後チェックを行う。これは卵胞から排卵が行われたかどうかを調べるものだ。それから数回にわたって黄体ホルモンの補充を行う。着床率を高めるための療法だ。そういった流れもすっかり頭に入っていた。

受付で支払いをした。前に受けたのと同じ注意事項の書かれたパンフレットを渡された。プールや温泉に入ることはなるべく避けてください。体を激しく使う運動は、自己責任で行ってください。人工授精後の性交の制限はありません。

もちろん、激しい運動などする気はなかった。セックスも——。

ネットで見た体験記の中には、人工授精を受けたその日に、セックスをすると書いてあるものが結構あった。病院で施される生殖活動だけにまかせるのではなく、夫婦の営みを加えることによって、新しい命を二人で生み出したという気持ちの高まりを感じるためと書き込んでいるカップルもあった。

しかし圭吾にそれは望めない。夫は人工授精そのものには協力的だ。しかし違和感を持っていることは確かだ。郁美の報告に耳を傾け、うまくいかなかった時には慰めてもくれるけれど、その背後に積極的に関わりたくないという意思が透けて見えた。

妻を妊娠させられないことで、男の価値が下がるとでも思っているのだろうか。それとも、医学的な技術に頼ることに不満があるのか。

いつか、「やれるだけのことはやってみよう。それでだめなら諦めよう」と彼は言った。今の圭吾の態度を見ていると、諦めることを前提として一応やるべきことをやっているとしか思えなかった。

私は諦めない――郁美はクリニックを後にしながら心に誓った。

どうしても諦めきれない。女としての価値も、男としてのプライドも、そんなことはどうでもいい。私はこの手で自分の子を抱きたい。ただそれだけなのだ。

「ヨガをやったら少しは痩せるかと思ったけど、全然痩せないのよねえ」

「あ、でも体調はよくなったでしょ？　五十嵐《いがらし》さん、顔色が随分よくなったもの」

「ヨガの後、こうやってお茶してケーキを食べるんだもの。痩せるわけないわよ」

その一言で、わっと笑いが起こった。郁美も控えめに笑った。

ヨガを始めて一か月半。とうとうヨガ教室の仲間の誘いに乗った。年齢は様々だ。五十代、六十代の女性が一番多くて五人はいるようだ。後は七十代の人が一人。海老原《えびはら》というから、七十六歳の女性は、年齢よりずっと若く見える。ヨガをもう十二年続けているというそのせいだろう。姿勢もいい。

四十代が二人。若い受講者もいるにはいるが、彼女たちはレッスンが終わるとさっさと帰ってしまう。こういう輪には入らないと決めているようだ。

ヨガ教室の入ったショッピングモールの中のコーヒーショップ。ケーキの種類も豊富に揃っている。郁美を含めて九人が残っておしゃべりに興じている。外に面したガラスを雨が叩き、水滴が筋になって流れていくのを、郁美は眺めていた。笑いが起こるたび、意識は女性たちの方へ向くが、またガラスに目がいく。

もう梅雨に入ったんだと漠然と考えている。こうして季節は移ろい、月日は過ぎていくのだ。二回目の人工授精も失敗に終わった。

「残念でしたね」医者はそう言い、「しかし悲観することはありませんよ」と続けた。人工授精で妊娠した人の約八十パーセントは三回までに、約九十パーセントは五回までに成功しているらしい。しかしこれはあくまでも妊娠した患者の内訳で、施術を受けた人のほぼ半数は妊娠に至っていないというのが現実だ。

悲観はしていない。主治医には、三回目の人工授精を受けることを即座に伝えた。その答えを予測していたのだろう。医者はしごく当たり前のように受け止めて、次の予定を詰めてきた。問題は圭吾だったが、彼も了承してくれた。おそらくは郁美の熱意に押された格好だろうが、それでも協力してくれることに変わりはない。ほっと胸を撫で下ろした。

まだ二回だ。諦めることも悲観することもない。今日、ここへ誘われて来たのも、気分転換のつもりだった。せっかくヨガ教室に入って、人と知り合えたのに、懇意にすることもなく通うだけなんてつまらない。視野を広げて普段の生活を楽しもうと思った。

話を聞いていると、ヨガ教室に通ってくる人たちは、大方が多摩川駅より北側のニュータウンと呼ばれる界隈に住んでいるようだった。要するに地元民ではなく、どこかからこの地に移り住んできた人々だった。その点は郁美と共通していて、話が合いそうだった。海老原さんでさえ、前は目黒区に住んでいたのだと言った。

年配者たちは、孫の話題になって盛り上がっていた。どこどこの幼稚園に通っているだの、習い事は何をさせているだの、そういう類の話だ。そんな話になっても特に寂しいとも不快だとも思わなかった。感情をコントロールする術も身に着けたということだ。人工授精に踏み切ったことで、自分の気持ちにもけりがついた気がした。そして気持ちを強く持たなければ、施術を重ねることはできないと悟った。期待と失望とを繰り返すごとに、その感情のまま揺れ動いていたのでは、ボロボロになってしまう。

ふてぶてしくなれ、と自分に言い聞かせた。これも子供を得るまでのこと。母親になるまでの過程だと思えば何でもない。

「うちの子もその幼稚園に通っているんですよ」黙って聞いていた四十代の女性が口を挟んだ。「今年から。いろいろ見学して回ってあそこに決めました。園児数が少ないし、先生の目も届きやすいと思って」

「あら、そうなの」

孫の話をしていた年配者たちが一斉に、東山《ひがしやま》という女性に向いた。

「まだお子さん、小さいのね」

「ええ」

東山さんが品よく微笑んだ。確かさっき四十五歳だと言っていた。

「結婚して十八年目にようやく女の子に恵まれて。それまで長い間不妊治療に明け暮れてました」

はっと顔を上げ、東山さんに向き合った。

「まあ、そうなの！　よかったわねえ」

「十八年は長いわよねえ。よく頑張ったこと！」

年配者たちが口々に言った。

初めて不妊治療を経験した人に会った。それまでは、経験談はネットで読むだけだった。

郁美は不躾なほど東山さんの顔をまじまじと見た。

「で？　どこかの病院にかかってたわけ？　その十八年の間」

ずけずけと踏み込んだことを訊く年上の女性に、東山さんは気を悪くしたふうもなく答えた。

「もうそれはありとあらゆる病院を渡り歩きました」軽やかな口調だ。「いい先生がいると聞いたら、北海道にまで足を延ばして」

「ええ⁉　北海道にまで？」

大げさなほど一同は驚く。東山さんはこういう話はし慣れているらしい。

「そうですよ。でもさすがに十八年は長いです。もう最後は疲れちゃって」

「それはそうよね」

合いの手が入る。

「でね、諦めちゃったの、私。主人とも相談して。もういいんじゃないかって。その時、横浜に住んでたんですけど――」

郁美は、他の人たちと一緒に身を乗り出した。

「その頃ストレスからか、体調悪くて。円型脱毛症にもなるし。もう妊娠はいいから、体調を直そうと思って、近所の漢方医の先生のところに行ったんですよ。そしたら――」

東山さんはぐるっと聴衆を見回した。

「先生が言ったんです。あなた、内臓がすごく冷えてるよ。こんなんじゃあ、体調悪いのは当たり前だよ。子宮も冷たい。結婚してるんでしょ？　子供、欲しくないの？　って」

もちろん、欲しいですと答えた。それなら、と漢方医は漢方薬を処方してくれたという。

「そしたら、二か月も経たないうちに子供を授かったの」

「へーえ！」

周りの人々は、面白い話を聞いたというふうにいたく感心した。

「やっぱり漢方は効くのねえ」

彼女たちは、ひとしきり漢方薬の話に花を咲かせた。内容はほとんど郁美の頭に入ってこない。やがて次の話題に移りそうになった。

「あの――」

今まで黙って聞き役に回っていた郁美が口を開いたので、皆は口をつぐんで郁美に注目した。東山さんに向かって言った。

「その先生のこと、詳しく教えてくれませんか？」


「何だって？」

「当帰芍薬散《とうきしやくやくさん》よ」郁美は嬉々として答えた。「冷え性や生理不順に効果があるの」

圭吾がわずかに眉をひそめた。気づかないふりをして続ける。

「それからこれは香蘇散《こうそさん》」

漢方医で処方された薬を袋から取り出してみせた。

「これは気が足りない『気虚《ききよ》』という状態に効くんだって」

「気虚？」

「気はエネルギーのことよ。つまり、体にエネルギーを満たすためのもの」

圭吾はあからさまに胡散臭いという顔をした。

東山さんに教えてもらった横浜の漢方医を受診した。夫へは事後報告になった。そのことも圭吾には気に入らないことの一つだろう。でも、漢方に頼ろうとする郁美に反対するかもしれないと思うと、先に相談するのを躊躇した。

郁美は言葉を尽くして、ヨガ教室で出会った東山さんのこと、彼女も不妊で悩んでいたこと、そしてこの漢方医にかかった途端に妊娠したことを語った。圭吾は言葉を挟むことなくじっと聞いていた。だが、表情は硬いままだ。

どうしてあんな顔をして黙っていられるのだろう。自分がこの朗報を耳にした時のように興奮することがなぜないのだろう。話しながら郁美は、もどかしい気持ちになった。うまく伝わらないのなら、東山さんに会わせて直接体験を聞いてもらうという手もある。何なら次に受診する時に漢方の先生のところに一緒に行ってもらってもいい。そうしたら、きっと彼の気持ちも変わるはずだ。こんな素晴らしい治療法に出会えた幸運を分かち合えるだろう。

「そんなことで、ほんとに妊娠すると思ってるの？」

聞き終わった後の夫の感想は冷たかった。

「だって、東山さんは――」

「そんなの偶然だよ」

圭吾はにべもなく言った。それから難しい顔をして腕組みをした。

「そうだろうな。ヨガをやってる人なら、漢方に傾くのも頷けるな」

「でしょう？　だから――」

「そうじゃなくって」郁美がまくしたてようとする言葉を、圭吾は遮った。「そこのヨガ教室と横浜の漢方医ってつながってるんじゃないか？」

意味がよくわからなくて、郁美は一瞬黙った。

「つまり、言葉は悪いけど、グルなんじゃないかな？」

「そんなこと――」

「その東山さんて人も怪しいよ。そうやって誘い込むのが目的なんじゃないか？」

今度こそ、絶句した。

「とにかく、漢方はやめた方がいいよ。人工授精を試しているんだから、それでいいだろ？　不妊治療専門外来から出る薬と漢方との服み合わせもあるし。もし副作用が出たりしたら――」

「漢方の先生には相談して処方してもらっているから大丈夫。不妊治療と並行して漢方を試す人も多いらしいのよ」

何でもないということをアピールするつもりで微笑もうとしたが、うまくいかなかった。こんなに真っ向から反対されるとは思っていなかった。

「十八年も不妊治療をしてきた東山さんが、ここの先生にかかった途端、妊娠したのよ」

「だから、それは偶然だって」

声を荒らげそうになるのを、必死でこらえた。冷静に話し合わなくては。

「もし不妊に効かなかったとしても――」大きく息を吸い込んだ後、言葉を継いだ。「体の調子を整えるという意味でもいいと思うの。ほら、冷え性は女性にとってはよくないし」

「君はそんなにひどい冷え性じゃない」突き放すような言い方だった。「生理不順でもない。そういうことはもう病院で調べてもらったじゃないか。西洋医学の病院で」

「何が気に入らないわけ？」とうとう感情が先走る。「費用のことなら心配ない。漢方でも保険がきくから」

「金のことなんか言ってないよ」圭吾もむきになった。「そういうあやふやな情報に振り回される君のことが心配なんだよ。ヨガの次は漢方。その次は何だ？　怪しげなサプリメントとか、おかしな民間療法とかにすがるのか？」

唇がわなわなと震えているのが自分でもわかった。

「ヨガはいいって言ったじゃない」

「そうだ。気分転換にちょうどいいと思ったんだ。でもそんな方向にいくとは思っていなかった」

「そんな方向って何？　東山さんは親身になって――」

「もうたくさんだ！」

先に大声を出したのは、圭吾の方だった。

「君はどうかしてるよ。ここんとこ、ずっとおかしくなってきてる。人工授精だって、僕は苦痛だ。仕事に行く前に一人でマスターベーションをして、精液を妻に託すなんて。そんなこと、不自然だ」

夫の言葉を聞きながら、涙がボロボロこぼれてきた。

「人工授精のことを何て言うか知ってるか？　院内セックスって言うんだって。君は病院内で僕の精子とセックスするんだ。夫は不在でも成立するセックスだ」

「ひどい……」

青ざめた圭吾は、ダイニングの椅子に腰を落とした。がっくりとうなだれ、テーブルの上に肘《ひじ》を載せて顔を両手で覆った。

「もうおしまいにしよう。今度だめだったら」

「嫌よ！」

はっきりとそれだけは言った。

「人工授精がだめだったら、体外受精をやるわ」

圭吾は手に埋めていた顔を上げた。ひどくやつれた顔だった。そんなに嫌だったんだ。不妊治療は二人の共同作業だと思っていた。でも私だけが勝手にやればいいと思ってたんだ。声に出さずに夫に問いかけた。

「郁美――」絞り出すような声。驚いたことに、夫はかすかに笑みを浮かべた。

「僕はいつまで精液を提供すればいいんだ？」

かさついた唇に浮かんだ笑みは、すぐに消えた。

「もう疲れたよ」

ゆらりと立ち上がると、書斎と決め込んでいる部屋の方へ歩いていく。

「じゃあ、私を抱いてよ！」

その背中に向かって怒鳴った。

「院内セックスが嫌なんだったら、ちゃんと私とセックスしてよ！」

圭吾はぎょっとしたように立ち止まった。が、振り向くことなくまた歩きだした。去っていく夫に漢方薬でいっぱいの袋を投げつけた。薬局の袋から飛び出した当帰芍薬散と香蘇散の小袋が床に散らばった。

人工授精の治療の回数が重なるにつれ、夫婦の間の交わりはなくなっていった。そのことを今まで責めたことはなかった。でも本当の夫の気持ちが今日わかった。もう夫は私というものに興味がなくなったのだ。

床に膝をついて、散乱した漢方薬を掻き集める。集めながらも涙が溢れてきて止まらない。

「私……」

私、何をしているのだろう。もう夫に愛されていないのに、愛の結晶を欲しがるなんて滑稽だ。おかしかった。笑おうとするのに、銀色の薬の包みの上に涙がボタボタとこぼれた。

玄関のドアが開け閉めされる音が聞こえた。

ベランダの手すりに寄りかかった郁美は振り返らなかった。

「郁美、いるのか?」

真っ暗な部屋に圭吾が入ってくるのがわかった。パチンとスイッチが押され、リビングに灯りがともった。

「何してる? そんなとこで」

ベランダへ続く掃き出し窓が開けられた。圭吾が背後から声をかけた。郁美は返事をすることなく、一心に向かいの家を見下ろしていた。

「おい！」

ベランダに出てきた夫に肩をつかまれ、揺さぶられた。乱暴に揺さぶっていた手が離れた。

「どうした？」

急に優しい声になる。もうそろそろ三回目の人工授精の結果がわかる頃だったと気がついたのだ。生ぬるい風が吹いてきて、郁美の髪の毛を揺らした。

今日、生理が始まった。またうまくいかなかった。落胆も怒りも悔しさもなかった。ただ寂寞《じゃくまく》とした心境だった。ヨガも漢方薬も効かなかった。

なぜだか私は夫を受け入れないのだ、と思った。別の男性とはうまくいくのだろうか。不妊に悩んで夫婦が不仲になり、離婚して別のパートナーと再婚したら、すぐに子供ができたという体験談も目にした。

子供が欲しいばかりに夫と別れるのか。そんなバカなこと。本末転倒ではないか。

「中に入れよ」

この結果を聞いたら、圭吾はもう諦めようと言うだろう。この前言い争いをした後、それでも三回目の人工授精を試みたいと改めて言ったら、夫は特に反対しなかった。前の二回と同じように精液を採取して渡してくれた。

そして郁美は夫が院内セックスと呼んだ人工授精に臨んだ。それ以外、妊娠の可能性はなかった。やはり圭吾は郁美を抱かなかった。人工授精を諦めたら、また夫婦生活は戻ってくるのだろうか。そうとは思えなかった。

決定的な齟齬《そご》が二人の間に横たわっている。もし不妊の問題が起こらなかったら、小さな行き違いだけで済まされていたものだ。でもそれは今や大きな亀裂となって、無視できないほどに二人を遠ざけている。

もうどうでもよかった。このまま夫との間が冷え切ってしまっても仕方のないことだと思えた。

「さあ」

人工授精の不首尾を予測したのか、圭吾は郁美の腕を取って、部屋の中に導き入れようとした。その手を郁美は振りほどいた。

「だめよ。まだだめ」

「何が?」

「あの家を見張っていなくちゃ」

夫が黙り込む。どう答えていいか迷っている。

「いったい何があるんだ?」恐る恐る圭吾が尋ねた。

「あの家の子供はかわいそうなの。この前なんか、お父さんがひどく男の子を殴ったわ」

息を呑む気配。

「このところ、何回かそういうことがあったの。今まではただほったらかしにしていただけだったのに、たいした理由もなく子供に手を出すの」

「なあ、そんなこと――」

「だからね、見張ってるのよ、私。気分次第で子供を殴るなんてひどい親でしょ？」

「なら、警察か市役所の福祉課にでも通報すればいいじゃないか。何も君が――」

「いいえ！」

きっぱりと郁美は言い放った。

「私が見てるって向こうはわかってる。今日なんかね、庭で子供をつかまえて、腕を振り上げた父親が、はっとしてこっちを見たのよ。そしたら、男の子がぱっと逃げ出した。あれは痛快だったわね。あの子、すばしっこいの。お父さんは私を睨みつけて家の中に入っていったわ」

じりっと夫の足が後ずさる。背中がガラス戸に当たる音がした。

「もしよ、私が子供を産むことができなくても、一人の子の命を救えば、おんなじことになるんじゃない？　この世に生まれるはずの私たちの子の代わりに、よその子の命が助かるって思えば――」

「郁美、お願いだから――」

「郁美――」

声を絞り出す夫の方をゆっくり振り返る。

「そうでしょ？　たくさんの子を作っておいてその子を殺す親がいる。どんなに努力したって子供を授からない人がいることに気づきもしないで」

背中をガラス戸にくっつけたままの圭吾が小さく呻いた。

「ねえ、また失敗だったの。どうしてかしらね。どうして私たちは親になれないのかしら」

淡々と言う。そして言葉を失っている夫に向かって、憐れむように微笑んだ。

「じゃあ――」カラカラに渇いた夫の喉から乾いた言葉が出てきた。「あと二回だな。あと二回、人工授精を試してだめだったら諦めよう。もういいじゃないか。僕らは努力したよ」

郁美の顔に貼りついていた笑みが崩れ落ちる。

「とにかくあの家を見張らなくちゃ」

「いい加減にしてくれよ！」

圭吾は部屋の中に入り、ベランダに向かって怒鳴った。

「あの家と、うちの事情と何の関係があるっていうんだ？」

「あなたは体外受精までしなくていいっていう考えよね」

ガラス戸の向こうの圭吾が小さく顎を動かした。

「それでいいわ。体外受精までしなくていい」

圭吾の口が半開きになった。

「でも子供は欲しいの。私は母親になりたい」

きっぱりと郁美は言い、圭吾は薄気味悪そうに目を細めた。

「養子をもらうって手もあるでしょ？　たとえば――」くるりと背中を向けて、手すりに手をかけた。「親に虐待されてるかわいそうな子を」

「やめてくれ……」

圭吾はまた後ずさった。今度はダイニングテーブルに腰がぶつかった。

「そんな考えは捨ててくれ。君は狂ってるよ」

そこまで言って、逃げるように部屋の奥に消えた。

郁美はベランダに立ったまま、闇に眼を凝らした。ぽっとオレンジ色の灯がともった向かいの家は、静まり返っていた。

石井壮太の母親は、細く開けた引き戸の隙間から、小さな声で受け答えをした。父親は新しい仕事を見つけて働き始めたということで、昼間訪問すると、母親だけが対応する。しかし、明らかに警戒している様子で、のらりくらりと悠一や志穂の質問をかわしている。おそらく夫から指示されているのだろう。

前に訪問した時は、壮太本人に会うことができなかった。夜になっても連絡はない。児相の要請に応じて律儀に連絡をしてくる夫婦ではなかったから、夜に悠一だけで訪ねていくと、壮太は帰ってきていた。父親は、昼間にも増して横柄な態度で悠一を追い返した。

両親が非協力的なので、壮太の様子は保育園を通して聞くしかない。しかし、このところ、保育園も及び腰になっている。一度、壮太の横腹に内出血の痕があると通報してきた。児相では、すぐに写真を撮っておくよう指示して駆けつけたのだが、なにせ壮太が口をきかないので、どういう事情でついた傷なのか判断できない。迎えに来た母親と話をすると、外に遊びに行って、帰ってきたらついていたと繰り返すのみだった。

その日、まだ悠一が児相に帰り着かないうちに父親からの猛烈な抗議があったそうだ。怒りの矛先は保育園にも向けられて、父親が園に怒鳴り込んで行ったらしい。保育園が児相に傷のことをチクッただろうという抗議だったそうだ。保育園は、要対協の一員として当然のことをしたまでだが、父親が何度も脅すような言動を取るので、次第に消極的になってきた。

普段から保護者のクレームに苦慮しているという事情をくどくどと述べる。傷の写真を園が撮ったと知られたら、どんな怒りを向けられるかと心配しているようだ。

悠一が訪ねていくと、園長は苦り切った顔をしていた。

「石井さんだけではないのです。傷があれば、すぐ児相に通報されるという噂が他の保護者さんの間に広まると困るんです」

「保護者さんとの関係が悪化すると、園の運営も難しくなります」

園長は言い訳を繰り返す。種々の事情を抱えた保護者が多いこの保育園の特質を考えると、園長の気持ちもわからないでもない。園長は、過去に保護者に自宅まで押しかけられて脅されたこともあるのだと付け加えた。

「壮太君が何も言えないでしょう？　親御さんから暴力を振るわれたとか、本人が訴えることがないので、こちらとしてはどうにも対処のしようがないんです」

机を挟んだ向こうの園長は、体を縮こまらせた。

「先生たちのご苦労はわかりますが、法律で保育園は児童相談所に協力することになっていると伝えてください」

悠一が言うと、園長は顔を上げた。困惑と苛立ちが入り混じったような表情が浮かんでいる。

——そんな正論が通る相手ではありませんよ。

悠一は、園長の声なき声を聞き取った。結局園長は何も言わず、深いため息をついたのみだった。

壮太の母親は、もう帰ってくれと言わんばかりに、また引き戸を引いた。背後の部屋で見え隠れしている幼児がいる。それが壮太だということは、さっき確かめた。ささくれだった畳の上で、赤ん坊がハイハイをしている。

「今日は壮太君、保育園に行ってないんですね？」

志穂がドアに手をかけて言った。

「ちょっと熱があるもんで」母親が短く答えた。

「そうですか。それは心配ですね。病院には？」

質問した志穂を軽く睨みつけるが、「これから」と小声で答えただけだった。

「この前、石井さんのところで子供さんが暴力を振るわれているんじゃないかという通報があったんですよね」

さりげない態度を装って悠一が言った。母親は、怯えたような表情を浮かべる。また戸を閉じようとするのを、志穂が押しとどめた。

「そんなことはありません」

視線を下に向けたまま、母親は呟くように言った。相当の力を振り絞ったように続ける。

「そんなこと、誰が言ったんですか？」

「匿名でした」

素っ気なく悠一が答え、母親は唇を嚙む。

さっき見た壮太には、痣も傷もなかった。それだけを今確認できただけでもよかった。

「では、また参ります。どうかお大事に」

そう挨拶して、家の奥に目をやった。

「壮太君、バイバイ」

「また来るね」

志穂と代わる代わる声をかけたが、相手からの答えはなかった。去っていく児相職員をぼんやりと見送っている。壮太は先ごろ六歳の誕生日を迎えたはずだ。

悠一と志穂は、並んで門の方に向かった。手入れのされていない庭に、こぼれ種で育ったようなオシロイバナが咲いていた。志穂が住民基本台帳で調べたところによると、家を買った両親は数年前に相次いで亡くなっていた。

壮太の父方の祖父という人は、飲んだくれて道路で寝ていたところを車に轢かれたのだと、志穂が教えてくれた。家庭の状況が窺い知れるような死に方だ。壮太の父親も、似たような境遇で育てられたのだろう。

——言ってわからねえ奴にはヤキを入れるしかないだろ⁉ 俺だって親父にあれぐらいのことはされてたよ。

一時保護所に押しかけてきた保護者が、いつか吐いた言葉が、すべてを如実に語っている。悠一の身にも沁み込んだ言葉だった。この地域では、特に目を引くような養育環境ではないのかもしれない。

「どうにかして、壮太君に検査を受けさせることはできませんかね」隣を歩く志穂がぽつりと言った。「あの子が話してくれるようになったら、だいぶ違うと思うんですよ」

「そうだなあ。言葉を取り戻すのは、病院での検査や治療じゃ無理かもしれないね」

「それ、どういうことですか？」

志穂はきっと顔を上げて悠一を見た。突き刺さるような眼差し。彼女の中の、どこにも持っていきようのない怒りのようなものを、悠一は柔らかく受け止めた。

「壮太君はいつか話しだすよ。あの子はその時期を待ってると思う」

「どうしてそんなこと、松本さんにわかるんですか？ じゃあ、壮太君はわざと口がきけないふりをしているってこと？」

「いや、そうじゃなくて——」悠一は宙を見つめて言葉を探した。「意識的にそうしているわけじゃない。精神的なものが体に作用して、言葉を押しとどめているというか……まあ、一種の自己防衛反応として」

志穂は呆れたように首を振った。

「あなたの言っていること、さっぱりわかりません」

さらに続けて言い募ろうとする志穂を置いて、悠一はふいに歩く方向を変えた。

「ちょっと、松本さん、どこへ行くんですか？」

慌てて後を追いながら、志穂は尋ねた。悠一は石井家の敷地から出たところで、道路を横断した。

「ほら、あそこ」

指を指さずに悠一は、目で向かいのマンションを示した。三階のベランダに女性が出て、石井家の方を見下ろしている。以前に見かけたのと同じ人のようだ。

「あの人、よくあそこからこっちの家を見ているよね」

「あの方が匿名の通報をしているんでしょうか」

「わからない。でもちょっと話を聞いてみようか」

悠一は、ずんずんと大股で歩く。ベランダに出ていた女性が、すっと部屋の中に入ったのが見えた。

「いいんですか？　近所の人に私たちの身分を明かして」

「うん、ちょっとまずいかもしれない。けど、どうも気になるんだよ」

「ええ!?　ちょっと、松本さん」

悠一は向かいのマンションの入り口から中に入った。志穂も仕方なく後を追った。『ヴィラ・カンパネラII』としゃれた名前がついているが、築年数は相当経っているだろう。オートロック方式ではないので、エントランスには容易に入れた。

バブルの頃に投資目的で建てられ、後に値が下がった物件がたくさんあるが、これもそういったマンションのひとつかもしれないと、悠一は見当をつけた。エントランスにある郵便受けを検《あらた》めた。各階に五部屋ずつ、八階まである。規模の小さなマンションだ。多摩川駅の向こうに次々と建設されているタワーマンションなどと違って、入居世帯も知れている。女性の部屋は、三階の真ん中だった。ネームプレートには、『落合』とあった。

エレベーターには乗らず、階段を上った。諦め顔の志穂がついてくる。三〇三号室の前に立ち、チャイムを鳴らした。反応はない。もう一回鳴らす。志穂が背後で身じろぎをしたのがわかった。居留守を使っているのかと思った直後、ドアの向こうに人の気配がした。鍵を開ける密やかな音がした後、ドアが薄く開いた。

「はい」

返事はするが、ドアチェーンはかかったままだ。

「あの、私、多摩川児童相談所から来ました。松本と申します」

悠一は、女性が握った内側のドアハンドルを見据えて言った。玄関内は薄暗く、女性の顔は判然としない。

「向かい側のおうちの石井さんのことでちょっとお話を伺わせてもらえませんか？」

「向かい側の？」

女性は不安そうな声を出した。

「そうです。お宅のベランダから見下ろせるおうちなんですけど。あそこのお子さんの様子を知りたいんです」

「知りません」即座に女性は答えた。

「でも、あの、真下にあるから、時々はお子さんの姿も見られるんじゃないかと思って」

「子供さんなんて知りません」

相手は頑なな態度を崩さない。

「では、何か耳にすることはありませんか？　親御さんの声とか、子供さんの泣き声とか。何でもいいんです。気になったことがあれば」

「聞こえません、何も。お引き取りください」

女性はそれだけ言うと、ドアを閉めてしまった。

悠一は、振り返って志穂と顔を見合わせた。志穂は憮然としたまま、また首を振った。

「言葉を引き出すのって難しい」

悠一からの報告を受けた合田は言った。

「きっとあなたが言うように、壮太君は言葉を失っているわけじゃないと思う。言葉を操ると、そこから綻びが生まれてしまうって知ってるんだわ、本能的に」

「つまり、意図的に口をつぐんでいるんじゃなくて、言葉で物事を伝えることを無意識に拒否しているわけですね？　しゃべらないのが文字通り無言のサインか」

楠香奈子が考えながら後を引き取った。

「言葉を学習する年頃に、言葉に対する不信感を持ったのかもしれません。何を言っても聞いてもらえない。すべてを否定される。だからもう自分の殻に閉じこもってしまおうって」

「それが楽だから」

悠一がぼそっと呟いた言葉に、合田と楠がはっとして顔を上げた。

「前も言ったけど、あなたはすごく冷静よね。時々、ぞっとするほどに」

いくぶん非難めいた口調で合田が言ったが、悠一は動じなかった。楠が咳払いをしてその場を取り繕った。

「さっきの坂本梨美《さかもとりみ》ちゃんの件も、言葉を引き出せませんでしたね。あの子は故意に黙っていますよね」

ちょうど合田と楠とで、ある中学生の女の子の面接をしたところだった。女の子が親友に、実の父親から性的虐待を受けていると告白した。親友は、どうしていいかわからず自分の親に相談した。友人の母親が迷った末、児相に通報してきたという成り行きだった。このケースは、通報があった直後、緊急受理会議にかけられていたので、悠一もひと通りのことは知っていた。

今日、坂本梨美を呼んで、面談室で話を聞いたようだ。だが、どんなに質問しても梨美は父親には何もされていないと言い張った。ここまできたら隠してはおけないので、お友だちがすごく心配しているよ、と伝えると、「あの子は嘘つきなんだ」と血相を変えて友だちを非難したという。

しまいには泣き出して、こんなことが広まったら、もう学校へは行けないと取り乱した。

性的虐待を受けている疑いのある子供への面接方法についての研修を受けている楠は、視点を変えて切り込んでみた。

「お母さんは好き？」

うん、と頷く。

「じゃあ、お父さんは？」

「好き」

「どんなところが好き？」

優しいところ、と梨美は即答したらしい。

「嫌いなところもちょっとはあるでしょう？　それはどんなところ？」

梨美は考え込んだ。合田と楠は、言葉が出るまで辛抱強く待った。こういう時、誘導的な質問をしてはならない。

「——別に」

とうとう梨美は顔をそむけるようにして言った。

「あれ以上突っ込むと、あの子は友人からも孤立して精神的にもたないという気がした」

合田が深々とため息をついて言った。

梨美は一時保護所に入ることも、婦人科の検診を受けることも拒否したという。

「松本さん、あなた、父親から事情を訊いてもらえない？」

合田が母親と面接するということになった。悠一が了承すると、合田はこめかみを押さえながら、顔をしかめた。このところ、偏頭痛が続いているらしい。

「難しいわね。本当に。こういうケースで事実を探り出すのは」

児童福祉司の資質として、コミュニケーション能力が挙げられる。相談者の言葉だけでなく、顔色や表情、視線、しぐさ、声のトーン、全体の雰囲気などを観察して、相談者が抱える問題を察していく。これは児童福祉司の感性ともいえるものだ。ベテランの合田といえども、すべてを把握するのは難しい。

「かなり幼い頃から性的虐待を受けていたということも考えられます」楠が言葉を選んで言った。「そういう子って、されていることが『よくないこと』という認識を持たないで成長することがあるから。坂本さんは、さすがに中学生になっておかしいのでは？　と気づくようになったんじゃないかな」

「だから、親友に相談した？」

「あの子なりのSOSを発信したわけですよ」

「だからもうちょっとのところまでは来ているって気はする」

三人はそれぞれのデスクに戻って、書類作成に取り掛かった。性的虐待は、家庭の奥深くで行われることが多いので、なかなか表面化しづらい。性的虐待を受けた子供は、「自分が汚い体になった」と思い込み、誰にも相談できずに苦しむ。嫌なことをされている間の記憶がすっぽりと抜け落ちたり、感覚をよそに飛ばして痛みや嫌悪感を覚えないようにする「解離《かいり》」という症状が出ることもある。

笑うことも忘れ、人と接することに怯える。ますます虐待をする相手の言いなりになってしまうのだ。虐待者は、そういった子供の態度につけ込む。卑劣な行為だ。性的虐待が「魂の殺人」と言われる所以《ゆえん》である。

この事案は緊急性が高い。終業時間間際になって、志穂から石井壮太の件をどうするかという電話があったが、当分そっちに関われないと正直に伝えた。志穂はむっとした様子で「わかりました」と電話を切った。

児相は慢性的な職員不足に悩んでいる。市町村の窓口に持ち込まれた事案に対して、児相が具体的な支援策を主導しなければならない。理想は、市町村に設けられた関係機関が保護者の聞き役に徹して、あとの支援は児相と協働でやっていくというものだ。だが、なかなかそうはいかないのが現状だ。

職員一人一人が抱えているケースが多すぎる。緊急の通報があって、所長が「誰か行ける人は？」と呼びかけても、目を伏せてしまう職員が多い。そんな時、悠一はたいてい「はい、僕が行きます」と言ってしまう。家庭がある女性のケースワーカーと違って、時間の自由がきくからだ。休日出勤や夜間の電話当番も引き受ける彼の働きぶりは小林からは「尋常じゃない」と呆れられる。そうしながらも当てにされ、抱える事案は膨れていくばかりだ。

翌日の朝、坂本梨美の父親に会いに行こうとしたら、一時保護所の摂津から呼び出された。半月ほど前に一時保護した男子高校生が、ここを出ていきたいと騒いでいるというものだった。すぐに一時保護所に向かった。

岡部大志《おかべたいし》は、自分から保護して欲しいと児相にやって来た。一流大学出の父親から、同じ大学の医学部に入学することを求められ、厳しく勉強を強いられている高校生だった。塾をサボったり、自宅での自主勉を渋ったりしたら、父親から殴る蹴るの暴行を受けるというものだった。面談した児童福祉司が、肉体的にも精神的にも追い込まれていて、これは虐待に当たると判断した。

事情を聞いた父親は烈火のごとく怒り狂ったが、大志の意志は固く、一時保護所で保護することになった。本人にはやりたいことがあり、父親が望む将来像は受け入れがたいということだった。

その大志が不満を口にしているという。ある程度予測がつく事態ではあった。大志は、とにかく父親から逃げたい一心で、ここに来たのだ。一時保護所がどんなところかもよく知らずに。

「こんな不自由なとこだとは思わなかった」

開口一番、大志は言った。基本的に一時保護された子供は、保護所内だけで生活をする。登校することはなく、所内で教育を受ける決まりだ。教員資格を持った職員や元教師、大学生らによるボランティアが勉強を見てくれる。学校からプリントなどの教材をもらってくることもある。が、完全に教育権が保障されているとはいえない。

外と完全に隔離されていて、規律正しい生活を強いられ、友人に会うこともできない。その不自由さに音をあげて脱走する子供もいる。中学生、高校生の非行が問題で保護された子にとって、一時保護所から抜け出すことくらい容易なことだ。

悠一も夜中に呼び出され、一晩中町中を探し回ったことが何度かある。遊び仲間のところにいたり、コンビニにいたりした子らを連れ戻した。

「学校に通いたい」大志は訴えた。「こんなところにいると息がつまる。勉強もどんどん遅れる」

高校二年の大志は、不満でいっぱいの表情だ。摂津がなだめるように言う。

「ここにいるのはそう長い間じゃないよ。お父さんと話がついたら――」

「家には絶対に帰らないからな！　親父の顔なんか見たくもない」

年長の子に対するには、それなりの難しさがある。

「どうやったら学校に行けるようになるんだよ」

摂津は、ちらりと悠一の方を見た。

「所長には君の希望を伝えてある。おそらくここから通学することは可能だろう」

言葉少なに受け答えする悠一を、摂津がハラハラしながら見ている。

「ここから？　こんなガサガサしたところにはいたくない。ちゃんとした施設に入りたい」

「ご両親は君が家に戻ることを望んでいる。施設にやることには同意してくれない」

親の意に反して施設入所を望むなら、家庭裁判所に承認してもらうしかないと大志に説明した。高校生くらいの年齢の子には、隠し事やごまかしはきかない。すべてを話して納得してもらうしかない。大志はイライラした様子でそれを聞いていた。

「すぐにその手続きをしてくれよ」

「そう簡単にはいかない」悠一はぴしりと言った。「君が通っているのは、私立高校だろ？　もしご両親が授業料の支払いを拒否したら、今までと同じ高校には通えない。公立高校に転校するしかない」

大志は絶望的な表情を浮かべた。

「世の中は君の思い通りには動かない」

「くそ！」

「我々はご両親との対話を続けている。君の希望も伝えている。どうにか説得できると思う」

「そんなのわかるもんか！」大志は声を荒らげた。「俺は親とはもう縁を切りたい。そのつもりでここへ来たんだ。親父の好き勝手に俺の人生を決められてたまるか！」

「親と縁を切りたいっていうのなら、家庭裁判所に訴えて親権喪失の審判を申し立てるしかない」

「松本さん」

とうとう横で聞いていた摂津が口を挟んだ。悠一は無視して続けた。

「でもそれは君の場合、認容されないだろうな。残念ながら」

「何でだよ。これは立派な教育虐待に当たるって、他のワーカーは言ったぞ」

「いいか。親と縁を切るということは、よっぽどのことなんだ。君の場合はまだ親御さんとの関係改善の見込みがある」

「あるか！　そんなもん。じゃあ、どんな場合に親権を喪失させられるんだよ」

頭の回転が速い高校生は、すべてを理解し、その上で苛立っている。

「君は親に食わせてもらい、学校に通わせてもらっている。生活全般を親に頼っている」

「だからって、親父が俺の人生を決めていいってことにはならないだろ！」

「それはそうだ。だが、我々がここで扱う虐待はそんなもんじゃない。君はまだ甘い」

「松本さん」

また摂津が言い、悠一の上着の裾を引っ張った。

「君はもう十七歳だ。自分の人生を自分で決められる。親と正面からぶつかって、意見を戦わせ、説得することができる」

「もうやったさ！　何度も。だけど親父は聞く耳を持たない。すぐに手が出るんだ。お袋は『それがあんたのためなのよ』って言うだけだ」

「まだ足りない。君がやったことといえば、ここに逃げ込むことだけだ」

「もうやめてください。松本さん」

摂津が顔を紅潮させて間に入ろうとした。彼が延ばした腕を、悠一は静かに払った。

「逃げ込む？」大志は目を細めた。「逃げ込んできた子供を助けるのが、あんたらの仕事だろ？」

「そうだ。だが戦える者は戦わなければならない。他人まかせにせず、自分の人生をもぎ取るんだ。君にはその選択肢がある。小さな子には、それができない」

大志は燃えるような眼差しで悠一を見据えた。

「親と決別するっていうなら、それでもいい。会って自分でそれを伝えろ」

児童相談所に逃げ込んできた高校生と、ケースワーカーは対峙したまま、突っ立っていた。

「わかった」長い沈黙の末、大志は言った。「もう一回親父と話し合ってみる」

「そうか」

ほっとしたように悠一も肩の力を抜いた。

「ご両親の気持ちが落ち着いたら、その機会を作る。それまでは我々にまかせてくれ」

大志は頷き、学習室の方へ歩き去った。

「言い過ぎですよ、松本さん」

摂津が大きく息を吐き出して恨みがましく言った。

「そうですね。すみません」

悠一はぴょこんと頭を下げた。

坂本梨美の父親、洋昌《ひろあき》は、そっぽを向いたきり、口をへの字に歪めている。町工場で旋盤工をしているという洋昌は、何度面談の要請をしても応じなかった。母親の方は何度か児相にやって来て、合田や楠と面談したけれど、夫が娘に対して性的虐待をしているという事実をきっぱりと否定した。

「だけど、何か引っ掛かるのよね。こっちが言うことを予測して、先回りするみたいに否定するところが」

合田は首をひねっていた。児童福祉司としての感性が、何かを嗅ぎ取ったようだ。

悠一は朝、出勤していくところの洋昌に声をかけたり、職場に連絡したりを根気よく繰り返し、とうとう児相まで来ることは了承させたのだった。

「梨美さんがお友だちに言ったことは、かなり具体的なことでした」

洋昌には何の反応もない。

「まだ幼児の頃から、あなたは梨美さんの体を触ったり、キスをしたりしていた」

洋昌の顔がゆっくり回って正面を向いた。

「それがどうした？　かわいい娘になら、誰だってすることだろ？」

いかつい体つきの男は、威嚇するように肩をいからせた。

「布団の中で、娘さんの下半身を触ることがですか？　たった三歳かそれくらいの子に？」

相手は悠一を睨んだが、言葉は発しなかった。

「小学校高学年になっても同じ布団で寝ていたし、お風呂も一緒に入っていた」

「うちはそういう家なんだよ。あいつも嫌がらなかったし。時には女房も一緒に入ってた」

「そうですか。梨美さんには弟さんがいますよね。三歳下の。その子にはそんなことはしなかったと奥さんも梨美さんも答えています」

男は「むう」と唸った。

「それがどうした？　男の子は自立心が大事だからな」

「梨美さんが友だちに語ったところによると、あなたは娘さんが小学校五年生の時、彼女を犯したそうですね。そして、これは家族なら誰でもがやっていることなんだと言いくるめた」

「そんなこと、梨美がほんとに言ったのか!!」

洋昌は咆《ほ》えた。悠一は淡々と言葉を継ぐ。

「友人の方はそう聞いたと言っています。ただし、こちらに梨美さんを呼んで尋ねた時には、梨美さんはそれを否定しました。そんなことは言っていないと」

「それみろ」勝ち誇ったように父親は言った。「俺も梨美から聞いたよ。その友だちはあることないことを言いふらす困った奴なんだと」

「でも梨美さんにとってはたった一人の親友なんです」

「そんなこと、お前にわかるのか」

洋昌は、残忍そうに目を細めた。視野が狭く、無恥で荒くれた男の片鱗が見えた気がした。ここで怯むことはよくないとわかっていた。脅しをかけてくる保護者に対処する術は充分身に着けていた。

「お友だちの方はそう言っています。学校ではいつも一緒にいると」

「ふん」父親は鼻で笑った。「そんなこと、そいつが言っているだけだろ？　梨美の方は迷惑してるんだ。そう言ってた」

「そのことを梨美さんと話し合われたんですね？　どんな内容でしたか？」

「だから――」面倒くさそうに洋昌は腕組みをして天井を見上げた。「娘の悪口を言ってるんだって。俺がそのう――、娘とアレしてるって、ひどい噂を立てようって魂胆なんだ」

どうやらこの男は筋道だった話はうまくないようだ。

「どこからそんな話が出てきたんでしょうね。作り話にしてはひどい」

「そうだ。俺としては、その友だちを訴えることも考えてるんだ」

「お父さんの気持ちはわかります。裁判に訴えてもおかしくない事例ではあると思います」

「だろ？　そのことを今度、弁護士に相談しようと思ってんだ。うちの娘はまだ子供で、そういう方面には疎いんだからな。純真な奴なんだよ。それをそんなふうに言われてどれだけ傷ついているか」

悦に入ってふんぞり返り、足を組みかえた。

「だとしたら、それが作り話だってことを証明しなくてはいけませんね。ちょうどよかった。そのために梨美さんを婦人科で診察させてもらえませんか？　梨美さんが何もされていないきれいな体だってことを、こちらでも確かめておきたいんです。通報があった以上はそれが仕事ですから。お願いします」

悠一は芝居がかったしぐさで頭を下げた。途端に相手はうろたえた。

「何でだ？　何でそんなこと、する必要があんだ？　父親の俺が言ってるんだから、間違いないだろ？」

「何か不都合でもありますか？」

平然と悠一は言い放った。本当はこんなやり方は正当ではない。他のケースワーカーなら、決して取らない方法だ。

「父親のあなたは、娘さんの体の隅々まで知っている。そういうことですか？」

所長や合田課長が聞いたら卒倒しそうな言い回しだ。

「いや、その――」

「では、その手続きを取らせていただいていいですね？　梨美さんを説得して診察に連れてきてください」

「待て。それはいくらなんでも――」

「いいじゃないですか。どうせ裁判になったら証拠として提出しないといけないかもしれませんよ」

嘘だ。悠一のはったりに父親は異常ともいえるほどの汗をかいている。

「あんたは――」手に持っていたボールペンの切っ先を洋昌に突きつける。「何も知らない幼い子の体を自分に所属するものだと勘違いしていたんじゃありませんか？」

ぞんざいに呼びかけられて、洋昌はすっかり自制心を失っていた。

「そんなことは――」

視線が宙をさまよう。ひび割れた唇を、色の悪い舌が湿した。

「そんなことはないって言いきれるんですか？　その覚悟がないと、他人を裁判に訴えることなんてできませんよ」

ガタンと音がして、洋昌の座っていた椅子が倒れた。立ち上がろうとしてよろめき、机に手をついたのだ。

「か、帰る」

それだけをようやく言うと、父親はドアに向かって歩き出した。

「簡単なことじゃないですか」その背中に向けて、悠一は言葉を投げつけた。「診察を受けるくらい。きっとあなたの言い分は証明されますよ。幼い頃から性的虐待を受けてきた子供の体には、歴然とした徴《しるし》が残っているものです」

もう一回よろめいて、洋昌は面談室を出ていった。悠一は、静かに椅子に座ったままだった。


岡部大志と両親との面談は、四日後に行われた。父親は、相変わらず苦虫を噛み潰したような顔をしていて、たいして口を挟まなかった。実力行使に出た息子の意志が固いということを思い知り、怒りと困惑とが入り乱れているというふうだった。

話し合いは、主に母親と大志との間で行われた。母親は、大志に一時保護所での生活を尋ねた。母親は、息子の健康を気遣っていたが、それは心配ないとわかってほっとしたようだった。大志が現在は学校に通えてない、勉強もはかどらないということを口にすると、父親はたまらず、家に戻るよう促した。大志はそれを頑として受け入れなかった。

「児童養護施設に入りたい」と大志が言うと、顔色が変わった。母親は机の上に突っ伏して泣いた。悠一は、鵜久森と二人で立ち会っていた。その後、父と息子で怒鳴り合いになるのではないかとの懸念を持っていたのだが、大志は落ち着いていた。取り乱しているのは、父親の方だった。

「そんなことで勉強が疎かになったらどうする！」

「児童養護施設から学校に通う」

「うちに戻って来い！」

「嫌だ」

二人の言い合いは、平行線をたどった。鵜久森も悠一も口を挟まず、黙って親子のやり取りを聞いていた。

「わかった」ようやく父親が低い声で唸った。「好きにしろ。お前には世の中の厳しさがわかっていない。今まで通りの塾には通えなくなるぞ。それでも慧明《けいめい》大学の医学部へは絶対入れ。それが条件だ」

最後通告を突きつけたとばかりに、体を反らせて腕組みした。だが、大志は怯まなかった。

「俺は医者にはならないよ。そう何度も言っただろ？　俺は工業デザイナーになりたいんだ」

そして自分で調べ上げたデザイン専門学校の名前を言った。腕組みした父親の手の指が、ぐっと握り込まれるのがわかった。家にいたなら、ここで息子を思い切り殴りつけるところなのだろう。

「そんなところに進学するなら、授業料は払わん」

「いいよ。高校を出たら働いて費用を貯める。働きながら通える専門学校だってあるし」

あまりに晴れ晴れとした表情で言うので、一瞬、父親もぽかんとした。それからすっと腰を上げて、息子につかみかかろうとした。鵜久森は平然としている。悠一も座ったままだった。

「もうやめて！」

母親が叫んだ。息子に向かって延ばした夫の手をつかんだのは、いかにもひ弱そうな母親だった。父親は、その手を撥《は》ねのけようとするが、彼女は必死の形相でしがみついた。

「もういいでしょう！　大志の好きにさせてやって」

「お前は黙っていろ」

「いいえ！　大志が戻って来ないというなら、あの家にいる意味がないわ。私も家を出ます」

父親も大志も虚を突かれて、動きを止めた。母親の言葉は止まらない。

「私が我慢してあなたといるのは、大志のことを思ってのことよ。大志が家を出るなら、私も一緒に行きます。養護施設なんかにも行かせない。アパートでも借りて暮らした方がどんなにましか――」

「お前――」

「この子の学費くらい、私が働いてなんとかします」

今まで夫のそばで萎縮していた母親は、すっと背を伸ばして宣言した。

「いいわね、大志、そういうことだから。もうちょっとだけここでお世話になりなさい。お父さんと話がついて、別々に暮らすような算段ができたら、迎えにいくから」

「母さん――」

父親は目に見えて狼狽した。中腰の姿勢を椅子の上にそろそろと戻した。「あ」とか「え」とか、小さな呻き声を漏らすのみで、さっきまでの勢いが急速に失われていった。

「えー」鵜久森がようやく割って入った。「少し状況が変わってきたようですので、どうです？　大志君には保護所の方に戻ってもらって、ご両親は帰宅して話し合われては？」

頭の中が真っ白といった態の父親から返答はなかった。

「じゃあ、そうします」

母親が立ち上がり、鵜久森と悠一に深々と頭を下げて出ていった。戸口まで来て、振り返り「あなた」と呼んだ。呼ばれるままに、父親は立ち上がって妻の後を追った。

廊下を去って行きながら「本気か？」と問う父親の声が聞こえた。母親が何と答えたかはわからなかった。

大志の方を向くと、彼は首をちょっとすくめてみせた。

「たぶん、父さんには、何も見えてなかったんだな。俺のことだけじゃなくて」

「かもしれんな」

鵜久森は答え、静かな声で保護所の方に戻るように伝えた。

「我慢してたのは、俺だけだと思ってた」

ぽつりとそう言い残し、大志も面談室を出ていった。鵜久森は、机の上の資料をとんと揃えた。壁の時計を見て「おっと！ 研修会に遅れる」と立ち上がった。

多摩川市と隣の横浜市合同で、新たに虐待などの対応にあたるようになった職員の研修の講師を、鵜久森が務めることになっていた。

「悪いけど、今の記録、まとめておいてくれるか？」

「わかりました」

鵜久森は出て行きながら、「たぶん、あの家族はうまくいくよ」と悠一に向かって言った。

「僕もそう思います」

悠一も答えた。親に問題がある家庭では、時に児童相談所で、子育て支援の一環としてセッションを持つことがある。親業のトレーニングプログラムとして、児童心理司と対話してもらい、自分を変えるよう努めてもらうのだ。

しかし岡部家には、その必要がないように思われた。父親が子供のためによかれと思ってしてきたことが、子供には苦痛だったことがよく理解できただろう。その「気づき」に力を貸したのは、母親だった。家庭の中から変わっていけるなら、それが一番いいのだ。

早晩、大志はここを出ていくだろう。

悠一は、最後に面談室の照明を消して出ていった。


大志は学習室で勉強をしている。落ち着いた様子だ。

そんな大志を確認した後、悠一は廊下を歩いた。三宅友彦《みやけともひこ》という小学四年生の男の子を、児童養護施設に送っていくために、一時保護所に来たのだった。摂津や保育士たちに見送られ、ランドセルを背負った友彦は緊張した面持ちで出てきた。

「バイバイ、友君、元気でね」

担当の保育士伊賀上《いがうえ》が声をかけると、不安そうな顔がますます強張った。

「大丈夫だから。わかたけ園には、お友だちがたくさんいるよ」

「学校にもすぐに慣れるからね」

一時保護所には園庭もない。見送りの人たちは、口々にそんなことを言いながら、出口までついてきた。悠一は、友彦の手を引き、片方の手には、彼の着替えの入った荷物を提げて車に向かう。

「はい、乗って」

努めて気軽に声をかけた。友彦は、出口で手を振っている面々を振り返り、車に乗った。ランドセルを後部座席に置いて、シートベルトを締めてやる。

「じゃあ、行くよ」

悠一は、ゆっくりと車を出した。次々と環境が変わる子に、そのことを一回ごとに知らしめてやらなければと思う。別れの儀式というのには大げさだが、どんなに小さな子にも、生活の場が変わる節目《ふしめ》をちゃんと認識させることが肝心だと思う。

「ほら、伊賀上先生が手を振ってるよ」

窓を開けてやると、友彦は顔を突き出して、大きく手を振った。

「さよなら！　先生、さよなら！」

大きな声も出た。泣いてはいない。バックミラーでそれを確認して、幹線道路に出た。

「三十分はかかるからね。眠くなったら寝ててもいいよ」

「うん」

もともと活発な性格の友彦は、気持ちの整理がついたのか、次々に後部座席から悠一に質問を投げかけてくる。わかたけ園には、どんな玩具があるの？　ゲーム機はある？　どんなとこで寝るの？　朝は何時に起きるの？　園庭はある？　園庭にはどんな遊具がある？　四年生は何人いる？　おやつは出る？　ケーキも食べられる？　学校はどこに通うの？　学校に行く時は誰と行くの？

質問の中に親のことは一切出てこない。彼の両親は離婚していて、父子家庭で育った。建設作業員だった父親は、怪我をしたことをきっかけに職を転々とするようになった。育児に手を貸してくれる親族もおらず、友彦はネグレクトの状態だった。毎日同じ服で登校し、風呂も満足に入っていないので、髪の毛や体が臭っていた。学校からの通報で一時保護し、父親に生活改善を促したが、まだ再統合できる状況ではない。父親も友彦の施設への入所を了承したので、わかたけ園へ行くことが決まった。

わかたけ園は、多摩川市の北西部、ニュータウンと呼ばれる地域も抜けた場所にある。臨海部から遠く離れ、よって京浜工業地帯からも離れている。もうベイビュータワーも見えない。あまり交通の便もよくないので、大規模な宅地開発からは取り残されていて、牧歌的な雰囲気に包まれている。もちろん、再開発というほどではないが、マンションも建ち、人口は随分増えた。土地が安いので、東京都内にある大学のサテライトキャンパスがいくつかできたりもしている。

しゃべり通しの友彦に答えながら車を走らせ、わかたけ園に着いた。

「さあ、着いたよ！」

「うん」

素直に答えて、友彦は車を降りた。連絡してあったので、副園長と保育士が出迎えてくれた。

「三宅友彦君、いらっしゃい」

ベテランの保育士が、荷物を受け取りながら、友彦を案内していく。悠一もその後を追った。鉄筋コンクリート二階建ての園舎は、コの字型に園庭を取り囲むようになっている。友彦の部屋は二階にあって、二段ベッドがふたつ入った部屋だった。四人部屋ということだ。

「一緒のお部屋の子は、外で遊んでるから、また後で紹介するわね」

「僕も遊んできていい？」

「まだまだ。先に園の中を案内するから」

保育士の案内で、友彦がひと通り施設内を見て回るのに、悠一も付き合った。食堂や調理室、風呂、レクリエーション室、学習室、保健室、職員室に園長室。

「園長先生にご挨拶しときましょう」

トントンとドアをノックして、保育士が言った。

「どうぞ」

園長の声が応えた。友彦の手を引いて入っていった保育士が「あら」と声を出した。

「すみません。お客さんでしたか」

「いや、いいんだ」

脇坂《わきさか》園長が腰をかがめて友彦に話しかけた。友彦は、生真面目な顔で受け答えしている。悠一の姿を認めると、脇坂は、部屋に入るように目で示した。園長先生に頭を撫でられた友彦は、やや緊張したように表情を引き締めた。

「じゃあ、お部屋に戻って荷物の整理をしようね」

保育士に連れられていく友彦と入れ違いに、悠一は園長室に入った。ソファに座ってお茶を飲んでいた人物が振り返り、驚いた声を出した。

「松本さん」

志穂だった。

「あれ？　前園さん。どうしたの？　今日は」

志穂は、自分の担当だった五歳の女の子の母親から頼まれて、女の子の様子を見に来たのだと説明した。母親は入院していて、会いに来たいのに来られない。それで、こども家庭支援センターで懇意になった志穂に電話で頼んできたという。

「たくさん写真を撮りましたから、お母さんに見せてあげます」

「そうか。それはよかった」

「前園さん、彼と一緒に仕事をしてるんだ」

脇坂園長が、悠一にもお茶を淹れながら言った。

「そうなんです。お世話になっています」

「もう一個、饅頭、どう？」

脇坂の勧めに、志穂は手を振って断った。

「ありがとうございます。もう結構です」

「そうかい」脇坂は、志穂の隣に座るよう促して、悠一の前にお茶を置いた。自分もどっかりと正面のソファに腰を下ろす。でっぷりと太った園長の重みでソファが深く沈んだ。

「こいつは甘いもの、全然食べないからなあ」

悠一を指してそんなことを言う。

「先生、あんまり甘いものばっかり食べていると糖尿病になりますよ。もう予備軍なんだから」

悠一がお茶を啜りながら言うと、脇坂は豪快に笑った。

「いや、これだけが僕の楽しみだからなあ」

太い指で皿の饅頭をつまんで口に入れる。

「どうだい？　この春、子供たちの部屋を全面リフォームしたんだ。気がついただろ？」

「ええ。ベッドも新しくなって快適そうでした」

「そうだろ？　壁紙も張り替えて明るくなった」

「本当に。僕がいた頃は、なんか薄暗くてオンボロだったな。ベッドなんか、キイキイきしんで」

「僕がいた――頃？」

志穂が驚いて悠一を見返した。

「うん。僕はここで育ったんだ。その時、脇坂先生はここの職員だった。とてもお世話になったんだ」

すんなりとその言葉が出た。別に隠しているわけではないが、こういう機会でもない限りは自分から身の上を話すことはない。志穂は持ち上げた茶碗を手でくるみ込んだまま、言葉を失っていた。

「ははは、前園さんがびっくりしているよ」

こともなげに脇坂も笑った。もう一個饅頭をぽいっと口に入れる。

「あ、いえ、私――。そんなこと、全然知らなかったものだから」

脇坂は、幸せそうな顔で饅頭を咀嚼している。

「悠一は寂しそうにしてたよ。ここに来た時。たった一人の家族だった弟がまだ小さくて乳児院に入れられたもんだから、不安だったんだろうな」

それから思いついたように悠一に向かって「瞬二《しゅんじ》は元気か？」と問うた。

「ええ、元気にしてます。お蔭さまで」

「たった一人の家族？」

志穂がようやく口をきいた。

「そうなんだ」

脇坂は、言っていいのか？　というふうに悠一に目で尋ねてきた。悠一は、小さく頷く。

「彼の両親は自動車事故で亡くなってね。海のそばに停車してて、ハンドブレーキが甘かったのか、海に自動車ごと転落してしまったらしいんだ。悠一と赤ん坊の弟は外に出ていて無事だったんだけど」

通りかかった人が、赤ん坊を抱いて茫然としている悠一を見つけて警察に通報してくれたのだと脇坂は説明した。

「それでここへ来たわけだけど、かなりやっかいな子だったよ」

「誰にも心を開きませんでしたね」大人を信用していなかった」

あっけらかんとそんなことを口にする悠一を、信じられないという顔で志穂は見やった。

「そう――なんですね。だから、松本さんは、児童相談所の職員になったんだ。自分の経験から、恵まれない境遇の子供を助けたくて……」

悠一は照れたように小さく笑った。饅頭を飲み下した脇坂もにやりと笑う。

「そうじゃない。公務員になれと勧めたのは、僕なんだ」

「え？　そうなんですか？」

意外だというふうに志穂は脇坂に視線を移した。

「高校を卒業する時分、進路に悩んでいた彼に、公務員なら食いっぱぐれがないぞ。公務員を目指せってね。それを悠一は忠実に守って、働きながら夜間の大学に通って、県職員の採用試験に合格したってわけさ」

志穂は何かを言おうとして口を開いたが、結局言葉は出てこなかった。以前、彼女に問われて「公務員なら生活が安定しているから」と答えたことがあった。志穂もそのことを思い出しているのだろう。納得したような、まだ腑に落ちないような、複雑な表情が表れていた。

「ちゃんとした生活が送れるってことは、僕にとっては何より重要なことだったから」

「そしたらさ――」もう一個饅頭を食べようかどうか、迷っているようにテーブルの上の皿を見ながら脇坂が続けた。

「就職して数年経ったら、こいつ、児童相談所に異動になって――」

皿に延びようとする手を押さえるつもりか、脇坂はソファのひじ掛けをぐっとつかんだ。

「ここにもちょいちょい来るようになったんだ。おかしいだろ？」

本当におかしくてたまらないというふうに、太った園長はガハハと豪快に笑った。

「児相の仕事なんか、自分の過去をなぞるようなもんだから、辛くてすぐに別の部署に変わっていくと思いきや、そのまま腰を据えてしまってね。もう何年だ？」

「十一年です。今年で十二年目」

　悠一はさらりと答えた。

「まあ、何か感ずるところがあったんだろう。なかなかいい仕事をしてるらしいし」

　その時、ドアがノックされ、さっきの保育士が入ってきた。

「友彦君の受け入れ完了です。お外で遊びたいっていうので、園庭に出しました」

「わかった」

　脇坂は、保育士が持ってきた資料に目を通し始めた。悠一と志穂は、揃って園長室を辞し、園庭に向かった。友彦は、ジャングルジムに取りついて、てっぺんを目指していた。別の子供にも臆することなく声をかけている。元来、人懐っこい子なのだ。すぐにここの生活にも慣れるだろう。

　志穂が様子を見に来た女の子も、砂場で友だちと遊んでいた。しばらく悠一と志穂は、そんな子供たちの様子を立って見ていた。

「ちょっとびっくりしました。松本さんが、そのう、わかたけ園の出身だったなんて」

「うん。悪かったね。別に隠してたわけじゃないけど、自分から率先して話すこともないだろうって、誰に対してもこうなんだ」

「いえ、そうじゃなくて」

　友彦が、ジャングルジムの頂上に達した。得意そうに周囲を見渡し、悠一に気がついて手を振ってきた。悠一も手を振って応えた。

「園長先生も言われてましたけど、どうして児相の職員を続けているんですか？」

「さあ、どうしてかなあ」

のんびりした口調で悠一は言った。

「たいそうな理由とか、決意とか目標があるわけじゃないんだ」

くすりと笑う。そんな表情を見たことがなかったからか、志穂は驚いたように悠一の横顔をちらりと見た。

「児相に異動の辞令が出た時、これはもう運命だと思ったのかも」

「運命――？」

「うん。究極の選択をしなくても生きていける方法を、子供たちに示してやるぐらいはできる気がした」

「究極の――選択ですか？」

意味がわからないというように、志穂は首を傾げた。

「僕は児相に来てよかったと思ってる。追い込まれた子供たちの世界は狭い。ちょっとしたきっかけや手助けで随分違う人生の道を歩めるようになる」

「園長先生が示してくれたような道を？」

志穂は恐る恐るというふうに言った。

「まあ、そうだな。園長先生だけじゃない。僕の人生を立て直す手伝いをしてくれた人は、まだ他にもいるから」

志穂はしばらく黙り込んでいた。

「そういう人の一人になれたらいいんですね。私たち」

だいぶ経ってからそうぽつりと呟いた。

ジャングルジムのてっぺんで友彦が拳を天に向かって突き上げた。周囲から歓声が上がる。涼やかな風が吹き抜け、友彦の白いシャツをはためかせた。

ひどく暑い夏だった。連日が猛暑日だった。海は、一度仕事場で熱中症にかかった。水分もろくに摂らずに、壁を塗り続けていたことが原因だった。県外の現場だったから、連れて帰ることもできないようだった。病院に行くほどでもないと判断した親方から、日陰に寝かされて濡れタオルを首に巻かれて、それでおしまいだった。

見習いとして働いても、収入は微々たるもので、なかなか金は貯まらなかった。都会では景気がよくなり、多摩川市でつるんで遊んでいた連中も、東京へ行って手っ取り早く稼げる職に就いた。顔のいい者はホストになり、小賢しい者は、詐欺まがいの行為に手を染め、度胸のある者は、アウトローな集団でのし上がった。胡散臭い不動産屋の手先や用心棒という手もあった。値上がりした土地に群がる不動産屋が一番うまい汁を吸っているんだと言う者もあった。

そんな輩を横目に、海は手に職をつけることにこだわった。汗にまみれ、熱中症になりながらも、左官の仕事を続けた。親方からも一目置かれるようになっていた。先輩の宮本は、さっさと仕事を辞めて東京に出ていった。

「お前、ホストやれよ。俺が口きいてやっからよ」

一度、宮本からそういうふうに誘われた。海の日本人離れした風貌は、きっと店でいいところまでいくはずだと言った。その本人はホストにはなれず、店の黒服で専《もっぱ》ら客引きをしていた。彼が口にする金額は、耳を疑うようなものだった。本気で誘いに乗ろうかと思ったくらいだ。

海には金が必要だった。ライザは店をクビになった。体調が悪くて横になっていることが多い。彼女の親友が、フィリピンに帰ると言いだした。一緒に故郷の町に帰って、ひと稼ぎしようとライザに話を持ちかけてきた。日本では廃棄物となったものが、あっちではまだ使い道がある。車のタイヤや健康器具、カメラや時計など、売れるものはたくさんあるという。親友は、伝手も資金も当てがあるから大丈夫、きっとうまくいく、と南洋の島のおおらかさと大雑把さで保証した。

そんなあやふやな話に与《くみ》する気は、ライザにも海にもなかった。が、海は母親を生まれた国に返してやる最後のチャンスではないかと思った。それにはまとまった金が必要だった。フィリピンに帰って、何かしらの仕事に就いてやっていける健康な体もいる。

だが、ライザの体はもうボロボロで、健康保険にも入っていない彼女の病院代は高くついた。海の困窮を感じ取った土建屋の社長が、正規で雇ってやるとまた言った。住人が出ていった後の更地にビルやマンションが建つようになり、仕事はいくらでも舞い込んでくるのだった。建築業界も人手不足で悩んでいた。

海は返事を保留にした。正規の社員になったら、友人の親父である社長からまとまった金を前借りできるだろうか。そしたらライザをまずフィリピンに返してやれる。その後、借金を返しながら、那希沙との生活を考えていけばいい。社長には、虫のいい話だとまたどやされるかもしれない。忙しい合間に、スケボーをする時間をひねり出しながら、そんなことを考えた。

「カイ、もっといい方法があるぜ」ふっと口にした悩みに、泰成が答えた。「スケボーの大会で優勝すれば、プロになって稼げる」

景気がいいから、有名なスポーツブランドなどのスポンサーがつくのだと熱心に言った。

「な？　好きなことして金が稼げるんだ。いいだろ？」

「お前、夢みたいなこと言うなあ。ヤスの腕で大会優勝できんのかよ」

海は茶化したが、泰成の意気は買った。最近では多摩川市臨海部のスケボー・シーンは寂しいものになっていった。スケートボーダーたちは金に釣られて現実を見始め、去っていった。いくつかあったクルーは解散した。

「ヤクザだってこの機会に荒稼ぎしようと躍起になってる。景気がよくなったお蔭で、夢なんか見ようって奴、いねえだろ？」

自虐的にそんなことを言って、泰成は笑った。

「ここら辺は、つまんなくなっちゃったよ。遊ぶ相手もいねえ。お前は真面目に仕事やってるしさ」

一時、スケボーにハマっていた仲間の名前を挙げて、泰成は渋い顔をした。

「尚也のグループの奴らの中には、森永《もりなが》組に入ったのが何人かいるらしいぜ」

筋肉バカのリーダーの目見田がスカウトされて入り、数人が釣られていったようだ。

今、ヤクザは金回りがいい。不良少年たちの目にはかっこいいと映るらしかった。どちらも社会からあぶれたアウトローたちだ。自然な成り行きと言えば言えた。暇を持て余し、面白いことに頭を突っ込みたがるバカどもは、大きな顔ができるとか、女にもてるとか、そんなことでヤクザの世界に足を突っ込んでいくのかもしれない。

森永組は、横浜に事務所を構えている。競馬場や競輪場があり、歓楽街の発達した多摩川市は、反社会勢力の縄張りとなる土壌が揃っていた。もともとは、別の組が仕切っていたところを、十年以上前に横浜の森永組が出張ってきてじりじりとその勢力範囲を広げているのだという裏話を泰成はした。

景気がよくなると、ヤクザのシノギも忙しくなる。稼ぎ時というわけだ。暴力団の構成員も足りなくなってきていて、誰かれなく受け入れているとのことだった。目見田は横浜出身だから、率先して末端の組員になったのだろう。

ここのところ、左官の仕事で地元を離れることの多い海は、地元のことには疎くなっている。

那希沙は相変わらずパワーストーン屋の店番をしている。ついでにライザの面倒も頼めるから、海にはちょうどいい。那希沙もライザが故郷に帰ることには賛成だと言った。そのために金がいることもよく承知している。

「ライザさんは寝ていてもうなされてる」この前、悲しい顔で那希沙が言った。「でも何を言ってるのか、わかんない」

夢の中で、ライザは生まれ故郷にいるのだろう。懐かしいタガログ語で誰かとしゃべっているのかもしれない。父か母か、それともライザをかわいがっていて十代で事故死したという姉か。死んだ者と会話をする母親を、海は見ていられない。

「じゃ、俺、行くわ」

海が泰成に片手を上げると、彼はスケボーに乗って階段を滑り下りていった。途中で手すりに飛び乗ろうとして、派手に転倒する。あれじゃあ、プロになんかなれそうにないな。海は小さく笑ってその場を後にした。

コォォォォン――。

背後から、泰成が一人で滑り続ける寂しい音が追いかけてきた。

パワーストーン屋は閉まっていた。店主の女性は、気まぐれに休日を決める。どうせ客はそう来ないのだから、閉めたってあまり関係ない。昼間は閉めて、夜だけ開けるという日もある。商売上手なのか下手なのかよくわからない。

部屋には鍵がかかっていなかった。狭い玄関に那希沙のサンダルと晴の靴とが並んでいた。二人でアニメのレンタルビデオを見ていた。音を絞ってあるのは、隣の部屋で寝ているライザを気遣ってのことだろう。

「あ、お帰り。カイ」

那希沙が振り返って言った。晴はじっとテレビ画面に見入っている。こいつの家にはテレビもないいんじゃないかと思えるくらい、海のところに来ると、テレビを見たがる。

「お袋は?」

「寝てる。さっき雑炊をちょっとだけ食べた。体がだるいんだって」

「そっか」

「ご飯、しようか?」

「うーん。どうする? ユンさんの店に行くか?」

「いいよ!」

那希沙がテレビを消しても、晴は未練がましくテレビの前に座っていた。

「行くよ、ハレ」

那希沙に促されて晴は渋々腰を上げた。

道路を三人で並んで歩きながら、自分たちはいったいどういう関係に見えるんだろうと考えた。どう見たって親子には見えないだろう。年の離れた弟を連れた少女とそのボーイフレンドか。まあ、そんなところだろう。

日が傾きかけていた。海の方は結構明るい。ごちゃごちゃした街並みの向こうににょっきりとベイビュータワーが立っている。

「ねえ！」那希沙が前に出て、くるりとこちらを向いた。長めのフレアースカートがぱあっと広がった。

「展望塔に上がってみない？」

海は面食らって立ち止まった。

「ベイビュータワーに？」

「そ。だってハレはきっと上がったことがないよ。ねえ、ハレ」

晴はぼさっと突っ立ったまま、那希沙を見上げている。こいつの親は、子供を楽しませようなんて、思いつきもしないんだろうな、と海は考えた。

「よっしゃ！　行ってみるか」

那希沙は歓声を上げて晴の手を引っ張った。がくんと首が後ろに倒れるくらい強く引っ張られた晴は、何が何だかわからないうちに走りだした。海はゆっくりとその後を追った。


ベイビュータワーの入場料は、大人五百円、子供三百円だった。

「ハレは子供料金いらないでしょ。まだ小学生じゃないんだから」

那希沙が受付に座っている女性に「ねえ、おばさん」と尋ねると、相手は明らかにむっとした様子で「いらない」とだけ答えた。

アクリル板に空いた穴から、ちっぽけな入場券が二枚滑り出てきた。一緒に差し出された手の甲はくすんで皺が目立ち、どう見てもおばさんの手だった。那希沙はベイビュータワーの写真がプリントされたチケットを、晴に握らせた。晴は、いそいそと薄っぺらい二枚の紙を半ズボンの尻ポケットにしまった。

ここまで来て、やっと晴は、いつも見上げていた展望塔に上れるんだと理解したようだ。弾むような足取りでエレベーターの前に行った。待っていると扉が開いて、数人の男女が降りてきた。那希沙が晴の背中を押してエレベーターの箱に押し込んだ。三人以外に乗る者はいなかった。

展望ルームまではほんの十数秒。晴がえらく緊張した顔をしているのを、海と那希沙は面白がった。

「カイだって初めてのくせに」

那希沙がからかった。

「今仕事してるビルの方がよっぽど高いよ」

「へえ。ビルの中でも左官の仕事あんの？」

「あるさ。高級マンションなんか、部屋の中にちゃあんとした床の間付きの座敷があるんだ」

「うっそー。そんなとこ、一生あたしらは住めないね」

「住めるもんか。一戸が何億もするんだぜ」

「うっひゃーー！」

言っている間に展望ルームに着いた。エレベーターの扉が開くと同時に那希沙が晴の手を引いて飛び出していった。周囲は全面ガラス張りで、三百六十度の景色が堪能できるようになっている。海側の手すりにすがって、那希沙が「きれいーー！」と声を上げた。ちょうど街の向こうに夕陽が沈むところだった。低い雲に下腹をつけたばかりの太陽は、赤く膨れていた。熟れ切って溶けだす一歩手前の甘い果実を思わせた。海面はオレンジ色に照り映えていた。

右手には、銀色に輝く工場群。入り組んだ建物や煙突。煙突のてっぺんに信号灯が点《とも》り始めていた。這い回るパイプすら、美しいと思えた。今日という日を最後に照らしていく太陽が、束の間魔法の粉をまき散らして、汚れた景色を浄化した気がした。

うっとりと夕陽に目を凝らしていた那希沙が、隣に立った海に「カイの言う通りだね」と囁いた。「よくわかった」

「何が？」

「今日の夕陽は、明日は落ちてこない――でしょ？」突っ立っている海に寄ってきて、腕を海の腕に絡ませた。

「お日様も生まれ変わる。あたしたちも生まれ変わる」

歌うようにそんなことを言い、腕を揺すぶった。「今日のあたしたちは明日はもういない」と前に言ったのは、あれは那希沙の願望だった。毎日毎日生まれ変われたら。生まれたての赤ん坊みたいに、まっさらな心と体で人生に向き合えたら。那希沙が身をよじるほど欲しかったものが、はっきりわかった気がした。

そして今、彼女の中に芽生えた不思議な力を海は感じ取った。何もかもに耐え、受け入れ、心を殺して生きてきた少女は、実は内側に強さを蓄えていたのだ。誰にも触れさせない、決して折れない心棒は、確かに那希沙の中にすっくと立っていた。

金色の光の粒に象《かたど》られた那希沙の横顔が、見知らぬ少女のそれに見え、海は腕をしっかり自分に引き寄せた。

「あれ？　ハレは？」

那希沙の茶髪の頭が、海の肩の辺りでぐるりと回った。一緒にエレベーターを降りてきたはずの晴の姿がなかった。二人はぐるっと展望ルームを一巡した。エレベーターを囲むように広がる展望ルームは、そう広いものではない。終業時間が迫っているせいか、他に客はいなかった。小さな晴の背中を見つけるのは簡単だった。

「ハレ、何してんの？」

きょろきょろと辺りを見回す晴は、訴えるように那希沙を見た。

「あー」

海は大げさに身を反らせた。

「何？」

「あれだろ？　あの、女の人を探してるんだろ？　ハレ。ほら、お前のせいだぞ」

那希沙に恨みがましい視線を送ると、那希沙は口に手を当てた。

「ラプンツェル！」かがみ込んで晴を抱き締める。「ラプンツェルを探してるの？　ハレ。すっかり忘れてた」

「見ろよ。自分が作り話しといて、それを忘れてここへ連れて来るんだもんなあ！」

「ああ、ごめん！　ハレ。ほんとにごめん」

きょとんとしたままの晴を、那希沙はさらにぎゅっと力を入れて抱き締めた。

「あれはね、あたしの夢なんだ。ここに長い金髪の娘が住んでるって話。それで自分を慰めてたの。いつか童話の世界のラプンツェルに助けてもらいたいって思いながら」

那希沙の言葉を理解したらしい晴は、「うー」とだけ声を発した。那希沙に抗議したようにも、落胆したようにも取れる声だった。那希沙はひょいと晴を抱き上げた。痩せた子供は、軽々と持ち上げられた。そのまま、夕陽が見える側に連れていく。群青の空とバラ色の雲が、見慣れた街の上に広がっていた。

「ねえ、ハレ。見てごらん。お日様が沈んでいくよ。もう二度と見られない今日の夕陽を憶えておいて。ラプンツェルはここにはいないけど、長い髪で引っ張り上げてもらえないけど——でも——」

「そんなもん、どこにもいないんだ」

二人の後ろ姿のシルエットに向かって海は怒鳴った。

「いなくてもいいんだ。誰かがいつか助けてくれるなんて思うな」

「やめてよ、カイ」

那希沙が振り返って言った。

もう一回晴は「うー」と唸った。ふたつの瞳の中で、夕陽の残照が映えていた。

一度沈み始めた太陽は、急に重さを増したように遠くの山の向こうへ消えていった。最後に放たれた光の矢が、この世界をさっとひと撫でしていく様子を、海が暗さを増していく様子を、三人は言葉もなく見守っていた。

那希沙の父親がひょっこり帰ってきた。たぶん女に愛想をつかされて捨てられたんだね、と那希沙は言った。何もする気がない様子で、家でごろごろしているらしい。何事も受け身な母親はそれを許しているようだ。

「でも兄貴は気に入らないの。父さんに出ていけって詰め寄って、大喧嘩になった」

家の中はめちゃくちゃになって、隣の住人が警察を呼んだという。警察が来たけれど、親子喧嘩だと知ると、口頭で注意して帰っていったらしい。いちいちこんなことで呼ばれたのではかなわないと思ったのかもしれない。

「兄貴はぷいと出ていったきり、当分家に寄りつかなかった。たまに家に帰って来ても、父さんとは顔を合わさないようにしてる」

那希沙は自分の家にいることが多くなった。目見田が入った森永組では、不良集団から人員を補充しようとしているらしいが、尚也はまだヤクザにまでなる根性はないのだと那希沙は言った。だが、時折顔を見せる目見田にへこへことついて回っているらしい。妹にかまう暇はないだろう。父親も家にいるし、晴もたまに那希沙の家を訪ねていくようだ。前ほどではないが、あちこち傷をこしらえて来ることがあると那希沙は晴のことを心配していた。

海は社長である友人の親父に返事をして、正式に雇ってもらった。

「こんな浮ついた景気はいくらも続かねえよ」と言った左官の親方の言葉を信じたわけではないが、地道な稼ぎ方をしたかった。忙しくなったが、実入りはよかった。東京辺りで派手に稼ぐ奴らに比べたら、足下にも及ばなかったが、左官の仕事が面白くなっていた。

「頭のいい奴は頭で稼ぐ。それがない奴は体で稼ぐ。な？　単純なことなんだ。世の中、難しいことなんかひとつもないんだ」

それが親方の口癖だった。猛暑の中、頭を空っぽにして働いた。ライザの体調は少しずつ回復していった。店を辞めて飲酒する機会が減ったことがよかったのかもしれない。楽なパワーストーン屋の店番をライザに譲って、那希沙は歓楽街のスナックで働きだした。

「二人で稼いだお金でライザさんをフィリピンに帰らせてあげようよ。それからうちの借金も減らしたいし」

海にはそんなふうに言った。本当は、帰ってきた父親が競輪場や競馬場に通い始めて、母親の金をむしり取っていくからだと知っていたが、海は黙っていた。どこまでも救いのない家族だ。

「ただカウンターの内側に立って、お客さんと話してればいいんだ」

未成年だし、そう遅くまでは店に出ないという那希沙は、店から支給されたドレスを着て出勤していった。今までのように二人でだらだら過ごす時間は少なくなった。

気になるのは、夜の歓楽街をヤクザが大手を振って歩いていることで、その中に目見田や、たまに尚也もいることだった。景気が上向きになるのと比例して、治安は一層悪くなる。覚醒《かくせい》剤の売買や違法カジノ、ノミ行為も多くなったと聞く。暴力団は勢力を伸ばし、警察と裏取引をしているとの噂も、まことしやかに囁かれた。

子リスみたいにすばしっこい那希沙は、不穏な場所をうまくすり抜けて家路についた。

「時折、暗がりからハレが現れてびっくりするの。あの子は、あれであたしを守ってるつもりなんだよ」

那希沙は笑っていた。

それでも安心はできない。暴力沙汰も増えた。たまにホームレスとか、酔っぱらったサラリーマンが叩きのめされて大怪我をした状態で見つかることがあるが、それが力を持て余した新参の下っ端ヤクザの仕業ではないかと言われていた。悦に入った目見田の顔が浮かんだ。

泰成がやられたのもその流れだったのか。夜の倉庫街で、スケボーをやっているところを襲われた。人通りもなく、仲間もいなかったから、翌朝、倉庫業者が通りかかるまで見つからなかった。孤立した貧弱な在日コリアンの少年を痛めつけることなど、簡単なことだったに違いない。

海は、初めて泰成の家を訪ねた。薄暗く狭い部屋に、頭を綳帯《ほうたい》でぐるぐる巻きにした泰成が、それ以上に暗い顔で座っていた。はっとした。気のいいスケーター少年の表情は影をひそめ、代わりに静かな憤怒と悔しさ、苛立ちのようなものが見て取れた。

「誰にやられたんだよ」

泰成は顔を背けて窓の外を見た。ガタついた窓枠の向こうは、トタン板で囲われた殺風景な隣の家の壁だった。軒下に赤い唐辛子が干してあった。前の道から、韓国語でぽんぽんと言い合う声がダイレクトに響いてきた。

「何でお前がボコられんだよ」

それには、きっと見返してきた。射貫くような視線が海に向けられる。

「俺がコリアンだからだよ」絞り出すような声。「仕事もろくにせず、スケボーやってるコリアンが目障りだったんだろうよ」

けたたましい女の笑い声が外からした。子供たちがわっと上げる歓声。饐えた臭いが鼻腔を刺激した。海はゆっくりと唾を呑み込んだ。

だとすると、相手は日本人だろう。ヤンキーか不良のグループか。まったく犯罪に関わったことのない高校生のグループということも考えられる。遊び半分で、一人で滑る韓国人のスケーターを襲って気晴らしをしたのか。

「ハラボジ《じいさん》は、やり返して来いって言う」

泰成の口から出た初めての韓国語が、海の耳に突き刺さる。何かが変容しようとしている。こいつの中の何かが。

「でもそんなことじゃないんだ。そんなことじゃ、解決しないんだ」

日本人にもコリアンにもなりきれない少年の暗い声が響いた。

「カイ、もう俺はスケボーすんのをやめるよ」

「そうか」

泰成の中に、錆びた金属のような決意が据えられている。海は小さく震えた。ついこの間まで、プロのスケーターになると息巻いていた陽気な少年はどこにもいなかった。

どこへも帰属せず、気ままにボードに乗ったままでいることを、世間は許さない。それが大人になるということなのか。どこかへきちんと納まること、色分けされた何者かになることを、日本の社会は強いるのだ。

誰も泰成を救えない。暗澹たる気持ちで、海は肩を落とした。

泰成の決意を知るのは、一か月後のことだった。泰成は森永組の門を叩いて、部屋住みになった。海の親友は、ヤクザになる道を選んだ。


海が左官の修業に没頭しているうちに、周囲はまた少しずつ変わっていた。

それにしばらくの間は気がつかなかった。

宮本がいなくなったので、先輩たちの誘いを断れなくなって、夜の飲み会に付き合わされることもたまにあった。二次会、三次会と流れる先輩たちをかわして、さっさと家路をたどる海の目に、晴の姿が飛び込んできた。歓楽街から風俗店が軒を連ねる場所に幼児が立っているのは、一種異様な光景だった。海はため息をついた。

「ハレ」

晴は暗がりからけばけばしいネオンの中に一歩踏み出してきた。

「何やってんだ？　お前」

彼が立っているのは、ファッションヘルス店の前だ。海が歩み寄るより先に、ヘルス店の中から黒服が現れた。

「なんだ。お前、まだいたのか」

びくっと体を震わせた晴が一歩下がる。

「さっさと帰れ。お前なんかの――」黒服は、近寄って来る海の方を、目を細めて見た。作業着姿の十代の男を、客かどうか決めあぐねている。

「兄ちゃん、どうだい？　いい子が揃ってっけど。遊んでいかない？」

とりあえずそう声を掛けてきた。嫌な予感がした。男を無視して店の中に足を踏み入れた。黒服が慌てて後を追ってきた。晴は道端に突っ立ったままだ。

「どの子にする？　今なら――」

待合室のようなところに何枚ものポスターが貼ってあって、たくさんの女の子の顔とプロフィールがわかるようになっていた。海は顔写真に目を凝らした。

何番目かの顔は、まぎれもなく那希沙だった。プロフィールには、ピンクの丸文字で「ゆうか」とあった。「ちょっと見十代の現役高校生、ゆうか。テクはまだぎこちないけど、熟れた体を持て余してまーす」という文字が見てとれた。

「この子」

海が指さすと、男は「あ、ゆうかちゃんね。ちょっと今は別のお客さんが指名中なんで、他の子じゃだめ？」と言う。

「お客さん、初めてみたいだから言っとくけど、うちは本番はだめだからね」

それを無視して、奥の通路にずかずかと入り込んだ。狭い通路の両側にドアが六つ並んでいる。手前から一つずつ開けていく。

「ちょっと、お客さん！　困るよ。何やってんの」

男が転げるように追いかけてきた。空っぽの部屋もあれば、施術ベッドに男が寝ていて、半裸の女性がマッサージを施している部屋もあった。いきなりドアを開けられて、女性が「キャッ！」と叫んだ。胸が悪くなるような甘いオイルの匂いがした。

三番目に開けた部屋の中に那希沙がいた。薄いキャミソールにパンティ姿で、ベッドの横に立って仰向けに寝た男の胸にオイルを塗り込んでいる。男は下半身にだけバスタオルを掛けた裸だ。無様に突き出た腹に黒々と濃い体毛が生えていた。シャワーを浴びた直後なのか、部屋は湯気が立ち込めていた。

「ナギサ！」

那希沙は一瞬、ぽかんとして手を止めた。

「カイ……どうして？」

向こうの言葉が終わらないうちに、後ろから黒服が飛びついてきた。客ではなく、やっかいごとが舞い込んできたと、ようやく悟ったのだろう。細い体なのに、結構な力を発揮して、海は危うく引き倒されるところだった。振り向きざま、男の顔に肘を食らわせた。

「ぐっ」

まともに鼻を打ち、男は派手に鼻血を噴き出した。あたふたと客がベッドから飛び起きるのが、目の隅に映った。

「なんだよ、お前」

ぶくぶくと肥えてはいるが、いかつい顔立ちだ。ヤバい筋の男のようにも見える。これからだったお楽しみを邪魔された怒りで、真っ赤に上気している。はらりと落ちたタオルの下から、屹立《きつりつ》した醜い器官が出てきた。それを見た途端、海の頭にも血が上る。押さえつけようとする鼻血男をもう一回殴りつけ、客を蹴り倒した。体中をアドレナリンが駆け巡った。

「やめてよ！　カイ」

半泣きの那希沙の腕をつかんでドアを抜けた。待合室に、騒ぎを聞きつけた別の従業員が飛び出してきた。

「ちょっと、あんた！」

薄い胸を突き飛ばす。ついでに頭突きをかました。男は難なくすっ飛んで、壁に嫌というほど後頭部を打ち付けた。そのまま、キャミソール姿の那希沙を連れて外に飛び出した。往来の人々が、珍しそうに立ち止まってこちらを見ていた。

「オラー!!」

背後から声がしたが、振り向かなかった。腕を引っ張られた那希沙は大声を上げて泣きはしたが、全速力で走る海に必死で歩調を合わせた。かなり離れてパタパタと軽い足音がついてきていた。晴は息切れもせず、どこまでも追いかけてきた。

部屋の片隅で、那希沙は膝を抱えて丸くなっていた。肩には海のGジャンが掛けられていた。部屋の真ん中に海がどっかりと座り、入り口に晴がちょこんと腰を掛けていた。

那希沙はスナックをとうにやめて、ファッションヘルスで働いていた。理由は、父親の借金だった。やばいヤミ金で借りた金が嵩《かさ》み、どうにもならなくなった。母親の稼ぎでは利息も返せない。それで那希沙がヘルスで働くことになったらしい。日銭が稼げるヘルスなら、少しずつ借金を返せると思ったと那希沙は言った。

あのヘルスへ売り込んだのは、尚也だということだった。たぶん、暴力団の一員になった目見田が間に入ったのだろう。ヤミ金も暴力団幹部が経営に関わっていたりするから、那希沙一家はうまくはめられたのかもしれない。

「カイ、黙っててごめん。きっとカイは反対すると思って——」

「当たり前だろ！」

くぐもった怒りの声が、びりっと空気を震わせた。晴が心配そうに二人の顔を交互に見た。晴は知っていたのだ。那希沙に口止めされていたのだろうが、このことを海に知らせるべきかどうか迷っていたに違いない。この子は、誰の心情も素早く読む。

「何でだよ。何であんな親父のためにお前が体で稼がないといけないんだ？」

「体で稼いでなんかいないよ。ただマッサージしてあげたらいいんだよ」

「バカ。性感マッサージだろ？　あんなエロ親父をイカせてやるんだろ？」

尚也のことだ。妹をそのうちソープに売るなんてことも平気でやるだろう。那希沙はどこまであの家族の犠牲になるつもりなんだ。

「ほっとけよ。何でお前が、いい加減な親父の借金を被るんだよ。あの親父は、女を作ってよそに出て行ってたんだろ？」

膝の上に伏せていた顔を、那希沙はぱっと上げた。

「だって、家族だもん」

「家族だと？　お前、親父に何をしてもらった？　クソみたいな兄貴に何をされた？」

那希沙はしくしく泣き出した。大きく見開いた目で、晴はそんな那希沙を見ていた。

「でも家族だよ……家族じゃなかったらこんなことしないよ」

しゃくり上げながら、まだそんなことを言う。

やり切れなかった。

家族って何なんだ？　どんなにしても断ち切れない血のつながりって何なんだ？

歯噛みしたい気持ちで視線を巡らせると、晴の目と合った。思慮深い小さなふたつの目が、海をとらえていた。こいつも同じ疑問を持っているのか。

なあ、ハレ、お前にとって家族って何なんだ？　俺にはもうわからないよ。


ファッションヘルス店が、すんなりと那希沙を解放してくれるはずもなかった。

歓楽街の飲み屋や風俗店は、暴力団にみかじめ料を払っている。みかじめ料は、店が客や他の暴力団とトラブルになったら、仲介をして収めてくれる契約料みたいなものだが、結局はヤクザにたかられているのと同じだ。しかし、そうしないとここではやっていけない。

那希沙を、ライザの知り合いのところで預かってもらうことにした。

そうしてよかったと思ったのは、尚也が血相を変えて海のところに来た時だった。よっぽど焦っていたのだろう。海の働く建設現場までやって来た。

「ナギサを店に戻せ」仕事を終えて帰ろうとした海を、多摩川の堤防に連れ出して、尚也は言い募った。切羽詰まっているのか、目が血走っていた。「でなけりゃ、親父も俺もヤクザにシメられる」

海はふふんと鼻で笑った。

「そりゃあ、ちょうどいいな。お前らナギサをどんだけひどい目に遭わせたら気が済むんだ。自分のケツは自分で拭け」

「ナギサに会わせるだけ会わせろ。そんならいいだろ？　あいつにはあいつの考えがあるんだから」すがりつくようにそんなことを言う。

尚也の腕を振りほどくと、「お前だってただでは済まねえんだぞ」と脅しにかかってきた。「バックには森永組がついてるんだ」

泰成の顔がちらりと浮かんで消えた。

「今ならどうにかなる」海の心が動いたと勘違いした尚也は、続けざまに言った。「ナギサをあの店に入れたのは、俺の知り合いの兄貴分なんだ。日浅《ひあさ》って名前で、結構力のある人なんだぞ。話もわかる人だから、ナギサを戻して詫びを入れればまだ間に合う」

「お前の知り合いって、目見田って奴だろ？　あいつが噛んでるわけ？　あいつもヤバいことになるなら、面白いな」

尚也は唇を噛み、ぐっと海を睨みつけた。そんな尚也に畳みかけた。

「じゃあ、俺はお前らがシメられるのを見物してからどうするか決める」

じりっと尚也が前に出た。出た分、海はさがった。辺りは暗さを増してきたが、のっぺりと広い川面が明るいので、尚也の表情はまだわかった。一重瞼が重く被さっている目の中には、獣性と狂気が見て取れた。

いきなり拳が飛んできた。すんでのところでそれを避けた。延ばされた腕をつかむ。それをひねり上げた。中学時代は、学校に行かないでぶらぶらしていると、否応なしに暴力沙汰に巻き込まれたりもした。上背があってすばしっこい海は、仲間から結構頼りにされていた。殴り合いも気晴らしにはなったが、バカらしくて自分から仕掛けることはなかった。その時の感覚が戻ってきた。喧嘩をさっさと終わらせる方法は、スピードだ。先手を取った方が断然有利だ。力ではない。

後ろに回された腕をほどこうともがく尚也の尻を蹴り上げた。よろめいた相手の背中に覆いかぶさる。尚也は簡単に倒れ込んだ。首筋を押さえて、肘で背中に思い切り一撃を見舞う。これで一瞬息ができなくなるはずだ。案の定、尚也は動きを止めた。体がぐんにゃりと伸びたが、念のため首筋の手は離さなかった。

それで終わりにするつもりだった。延々と殴り合うなんて時間と体力の無駄だ。そもそも尚也が仕掛けなければ、ここまでするつもりもなかったのだ。地面に押し付けられた尚也の顔が、ぐるりと横を向いた。顔の擦り傷に血が滲んでいた。尚也は大きく息を吸い込んだ。

海は手を離してやった。

「ナギサと――」起き上がった尚也は、ぺっと血の混じった唾を吐いて言った。「ナギサとやってもやりがいがないだろ？」

すっと体中の血が冷えた気がした。

「あいつのあそこはゆるゆるだろうよ。何人もの男とやってるからな」

黙り込んだ海の前で尚也は悦に入ってせせら笑った。

「便所と同じさ。あいつはよ。誰も彼もがぶちまけるもんを受けてたからよ」

「やめろ」

「一回お前に言ってやりたかったんだ。あいつは好きでやってたんだぜ。ほんとだって。抵抗なんかしなかった」

「それはお前が力ずくで――」

「あいつの目は、いつだって俺を誘ってた。『やってよ、もっとやってよ』ってな。生まれついての淫乱女なんだ。ナギサは」

獣のような叫び声が自分の喉の奥から出たものだと、初めはわからなかった。尚也の顔が目の前でぐらぐら揺れていた。それも自分が胸倉をつかんで揺さぶっているからだという認識がなかった。まだその時は、尚也は残忍な笑いを浮かべていた。

後ろに押し倒して、その顔を殴った。自分の拳から血が飛び散るほどに。気がついたら、尚也の顔は血塗れになっていた。彼のシャツにも血飛沫《ちしぶき》が飛んで、奇妙な抽象画のようなものを描いていた。

「チキショウ……」

驚いたことに、海の呟きを聞いて、尚也は笑った。笑った——のだと思う。口から漏れた空気が血反吐を風船みたいに膨らませ、確かに「ハハハ」と聞こえた。何かを言いたげだったが、それはかなわなかった。ただ唇を（唇のような腫れた肉の塊を）、わななかせたきりだった。

海はよろよろと立ち上がり、肩で息をした。そのまま、体を引きずるように堤防に上がった。多摩川の水面はもう明るみを失って、黒く淀んでいた。小さなコウモリが水面をかすめて飛び交っていた。一度振り返ったが、倒れた尚也の姿は見えなかった。

結局尚也を痛めつけても無駄だった。

歓楽街には、そこを仕切る暴力団の情報網が張り巡らされている。その中で働いていたライザの交際範囲も筒抜けだった。尚也が海に叩きのめされ、尚也が通じていた元リーダーの目見田からヤクザの日浅まで、顔を潰されたと知った奴らは、すぐに行動を起こした。

ヤクザは頑なに自分たちの流儀を貫き通す。

那希沙は、ライザの友人のフィリピーナの部屋から連れ出された。そのまま取り壊しが決まっている雑居ビルの裏の草地で、若いヤクザや不良少年たちに思う存分凌辱された。そこに尚也はいなかった。洋服を引き裂かれ、次から次へと男に圧《の》し掛《か》かられて体を開かされている間、那希沙は妙に冷めた頭で彼らを観察していた。

こうなったら、もう何をしても無駄なのだと、今までの悲しい経験から知っていた。しかも向こうは、非合法で凶悪な集団の男たちだ。細い体の女が少しばかり抵抗したって、相手をさらに興奮させ、いきり立たせるだけだ。じっと嵐が自分の体の上を通り過ぎるのを待つしかない。

「ほんとだ。尚也の言った通りだ。こいつ、全然暴れねえぜ」

汗と精液の匂いに塗れながら、男たちの会話を耳が拾った。

「いつだってやってもらうのを待ってるって、ほんとのことだったんだな」

「おい、面白くねえ。ちょっとは声ぐらい上げろよ」

そうして下卑た笑いを交わし合った。

耐えてやり過ごそうとした那希沙の思惑は、うまくいかなかった。草地での第一段階が終わった後、別の場所に連れていかれてまた何度も犯された。そこはどこかの廃工場の中だった。

よくわからない機械の残骸に那希沙は縛り付けられた。全裸で大きく足を開かされ、明るい照明の下で体を玩具みたいに弄ばれた。さすがにその時は、体をよじって泣き叫んだ。が、やはり手を緩められることはなかった。

「なんせ、実の兄貴からのお許しが出てるんだからな」

局部を乱暴にいじりながら、男たちは昂っていく。

「尚也だって、妹とやってたって言ってただろ？　信じられねえよな」

「でもそれも頷けるって。かわいい顔していい体してんじゃん、この女」

「尚也があんなボコボコになってなかったら、ここで兄による妹のレイプショーが見れたのによ」

「あ、それいいな！　考えただけでビンビンになるわ」

「どけよ」

草地ではにやにやして傍観するだけだった男が、仲間を退けた。それが日浅という兄貴分だと、下っ端たちの会話で知れた。それから朝まで、日浅だけの餌食にされたらしい。そこのところの詳細は、那希沙は口を閉ざした。日浅が背中から胸にかけて彫り込んだ龍の刺青が、目の前でうねり、汗でぬるぬるになるところを見ながら、那希沙は気を失ったのだった。

朝の光が差し込んだ廃工場で、埃だらけになって目を覚ました時、もう誰もいなかった。

体が自分のものではなくなった感覚がしたと那希沙は言った。足の間から、大勢の男たちが放った精液がだらだらと伝い落ちてきた。倉庫の中に投げ捨てられていた誰のものとも知れぬジャージを着込んで外に出た。またいつあいつらが戻って来るかもしれないと思うと、力を振り絞って、そこだけは離れたかったと那希沙は言った。

しかし、たいして遠くへは行けなかった。そんな体力は残っていなかった。別の倉庫の外階段の下に潜り込むのがやっとだった。そこで出勤してきた倉庫番に発見された。腰を抜かさんばかりに驚愕した倉庫番は、すぐに事務所にすっ飛んでいって警察に通報しようとしたらしい。

それを那希沙は何とか押しとどめた。頼んで海の家まで連れていってもらった。五十年配の倉庫番は、あまりにひどい那希沙の格好を見て、何があったのかしきりに尋ねたが、首を横に振るだけだった。

ライザが飛び出してきて、那希沙を抱きとめた。勘のいいフィリピーナは、那希沙の身に何が起こったのか、即座に見極めた。那希沙がいなくなったことを友人から聞かされて、心配していたのだ。海が仕事から帰って来た時、那希沙は眠ることもできず、血走った目を大きく見開いて膝を抱えて座り込んでいた。小刻みに震える彼女の体を、ライザがしっかりと抱きとめていた。親鳥がヒナを温めるように、ただ包み込んでいるしかなかったのだ。

「何があった?」

那希沙に詰め寄る海に、ライザは目をいからせた。

「訊かないよ、そういうこと。辛いことよ、とっても。わかるでしょ?」

ライザの中では、もう結論が出ていたのだ。警察を始めとする公的な機関に届けてもどうにもならないことを、異国からやって来た女は嫌というほど知っていた。暴力団が仕切る世界にいる以上、法律は彼らなのだ。

警察に通報しようとする倉庫番を止めた那希沙も、今はその世界のことを理解していた。警察が介入すれば、いずれはライザやかくまってくれた女にも迷惑がかかる。自分の家族も愉快ではない事態に追い込まれる。

そんな裏社会のルールを学んでしまった那希沙を、海は悲痛な思いで見るしかなかった。

那希沙がまともに口をきけるようになるのに五日もかかった。そうなってようやく海は那希沙が誰に何をされたのかを把握した。自分が犯した短絡的な行動が引き金になったということも。自分の愚かさと無力さを身に染みて感じた。体が震えて仕方がなかった。

何度も死のうと思った、とかつて言った那希沙の言葉を海は思い出していた。あの時以上の凄絶な行為が、また那希沙の上に行われたのだ。中学の教室で、誰ともつるまず、ぽつんと一人でいた時の那希沙の方が、気高く透徹した存在だった気がした。那希沙を助けてやったとうぬぼれていた自分が、腹立たしかった。

肩の上に載った那希沙の頭にいくぶん乱暴に腕を回した。

「那希沙、よそへ行こう。もっと早くに――」

そうしていればよかった、という言葉が続かない。あまりに苦しくて痛くて、じっとしていられなかった。

「だけど、その前にやっておくことがある」

「カイ」

はっとして那希沙は恋人の顔を見た。海の心を覗き込むように、凝視している。

「ハレのことだ」目に見えて、那希沙の強張った体から力が抜けた。「あいつを連れていくわけにはいかない」

「そうだね」

寂しげに那希沙は答えた。

「あいつのことは、ちゃんとしていく」

「うん。あたしたちがいなくなったら、あの子はどこにも行くところがなくなるよ。どうするの？　親を見つけて話をつける？」

それには海は答えなかった。那希沙もそれ以上は訊かなかった。ここじゃないどこかのことを考えていたのかもしれない。二人で暮らす未来の生活のことを。

那希沙は栗色の髪の毛を指で梳《す》きあげた。細い手首をパワーストーンのブレスレットが滑り落ちた。持ち主を守れなかった護身用のブレスレット。

海はその石をじっと見つめていた。


泰成と会ったのは、二か月ぶりだった。森永組の部屋住みになった泰成には、会いたくても会えなかった。会えるとも思っていなかった。向こうも同じだろう。海がこんな面倒ごとを抱え込まなかったら、泰成が海を訪ねて来ることなどなかったはずだ。

「ナギサを一回店に返せ」彼は尚也と同じことを言った。「後は俺が郭《カク》兄貴に頼んでうまく話をつけてもらう」

「ヤクザの言うことは信じない」

泰成は動じることなく、海を見返した。頰はこけ、鋭い視線は冷たい刃のように感じられた。

「それでもいい。お前とナギサを助けるためには、これしかない」

感情のこもらない声で話し続ける。泰成を森永組に誘ったのは、やはり在日コリアンのヤクザだった。在日三世の郭という男も、長い間差別に苦しみ、生きる道を反社会勢力の中に求めたのだった。彼を兄貴と慕う泰成もまた、そこに居場所を決めた。心の拠り所となったのは、彼が嫌っていたはずの民族のつながりだったわけだ。

「日浅のしたことは聞いたよ」いくぶん、声を和らげて泰成は言った。「郭兄貴は、奴とは違う。あんな狂暴なやり方は好まないんだ。組長にもかわいがられている。だから――」

「ヤクザは皆おんなじだ」

初めて泰成の顔に感情らしきものが浮かんだ。痛苦か悲嘆か。それとも戦慄《せんりつ》か。とらえようとする前に、それはすっと消えた。

「お前、ヤクザでやっていくのか？　これからも」

一度は訊いておきたかった。黙って組に入ってしまった友人に。もしかしたら、これが最後のチャンスかもしれない。

「うん」泰成は弱々しい笑みを浮かべた。「決心して、背中に刺青を入れようとしたんだ。だけど、痛くてよ――」

笑えなかった。

「痛くて我慢できなくて、筋彫りだけでやめた。観音様の刺青だったんだけど」

「根性ねえな」

前の二人に戻れたような気が一瞬だけした。だが、それは幻想だ。母親に「いなくなった妹を探して来い」と言われて、よその赤ん坊を盗んでこようと思い詰めた純真な在日の少年とは、もう遠く隔たれてしまった。

悲惨な子供時代から抜け出し、大人になることをずっと心待ちにしてきた。時が過ぎて成長することは、よりよき方向に向かうことだとばかり思い込んでいた。だが、それは大いなる間違いだったのかもしれない。那希沙にしても、泰成にしても。そして自分にしても。

泰成は顔を引き締めた。

「お前、ヤバいことになるぞ」

「もうここを出ていくことにしたから」

「そうか。うまくやれ」

土砂降りの雨の中、泰成はスカジャンを頭に被って出ていった。海は小さなその背中を見送った。見えない筋彫りの観音様を想像していた。

晴は道端に積まれた土嚢《どのう》の上にちょこんと腰かけていた。夏の初め、多摩川市は豪雨に見舞われた。雨水処理がうまく働かないドヤ街では、多くの家屋が水に浸かった。水が押し寄せてきた時、住人がせっせと土嚢を作って積み上げたのだが、間に合わなかった。その名残が今も道端に積み上げられて放置されていた。

雨風に打たれ続けた土嚢と同じくらい薄汚れた幼児の姿を海はじっくりと眺めた。縫い目がほつれ、穴があいたTシャツに、尻の部分が薄くなった半ズボン。季節に関係なく履いているゴムのサンダルは、もう元の色がわからないくらい汚れてしまっている。髪の毛はいつ散髪したのか、ぼさぼさの伸び放題。また親にでも殴られたのだろうか。右耳から頬にかけて赤黒く変色して腫れている。裸の腕や脛《すね》、太腿にも古い傷が無数にあった。

「なあ、ハレ」くいっと顎を上げて海の方を見る。「俺とナギサはこの街を出ていく」

生真面目な顔で年上の友人の言葉に耳を傾けている。

「お前を連れていってやりたいけど、それはできない」

晴が利発な子だということは、今までの付き合いでわかっていた。海の言っていることを充分に理解しているだろうに、何の表情も浮かべなかった。

「わかったか？　これからはここに来ても、俺もナギサもいないんだ」

言葉を重ねて念を押しても、晴は頷くこともしなかった。

「いいか。ハレ」腰を落として晴の目線と合わせる。「お前は一人で生きていくんだ。いいな？」

悲しい顔も辛い顔もしなかった。ただ真っすぐに海の目を見詰めてくる。これがこいつの意思表示かもしれない。海は思った。泣きも喚きもせず、去る者の背中を見送る。それがこいつが身に着けた生きる術なんだ。この世に生まれ出て、たった数年しか経っていない子が自分を守るために編み出した処世術――期待しないこと。感情を殺すこと。物事に執着しないこと。

ふいに湧き上がってきた感情に、海の方が溺れそうになった。こいつはどんな大人になるんだろう。俺たちが一足先に味わったような悲しみを、こいつには感じて欲しくなかった。だが、いつまでも庇ってやることはできない。晴には晴の人生がある。

激情のうねりが去るまで、海は晴と向き合っていた。晴の両手をつかんだ。あまりに頼りない折れそうな手首と細すぎる指。

「ハレ、自分の人生を他人《ひと》にまかせるな。お前の人生はお前のものだ」

ほんの少しだけ晴の目が見開かれた気がした。

「親でもだ。親だってお前自身とは違う。そんな奴にお前の人生の選択肢を渡すな。絶対に」

やはり晴は何の反応も見せなかった。

「わかったな？　ハレ。逃げるなよ」

それには小さく顎を動かして頷いた。

「よし」勢いよく海は立ち上がった。

「じゃあな、ハレ」

海は歩きだした。一度も振り返らなかったが、晴がじっと見ているのはわかった。海が言ったことを十全に理解したことも。

土建屋は辞めてきた。社長は怒り狂い、理由を問うたが、何も答えずひたすら頭を下げてきた。その頑なさに、ようやく友人の親父も海の秘めた決意のようなものを感じ取ったのだろう。

「好きにしろ」と背を向けた。事務所を出ようとしたら、「餞別《せんべつ》だ」と厚い封筒を投げてよこした。有難くもらってきた。封筒のまま、那希沙に渡した。那希沙は今、荷物を詰めているはずだ。海との新しい生活を夢見て。ライザは、まだしばらくここにいるよ、と答えた。

「住むとこが決まったら知らせて」

息子とその恋人をハグして出ていった。きっと二人が出ていくところを見送りたくなかったのだろう。

角を曲がった時、二人の男がすっと両脇についた。瞬時にヤクザだとわかった。

「ちょっと顔貸せよ」

自分でもびっくりするくらい冷静だった。とうに予測していたのだ。このまま無事に逃げることなんかできないと。泰成の申し出を断った時から。

二人の男は、腕をつかむというようなことはしなかった。だがぴったりと横について歩く。建ち並んだ倉庫の中をいく。海の匂いがきつくなった。途端に倉庫街が途切れる。海に面した野積み場に出る。コンクリート製のテトラポッドがいくつも置いてあった。人の気配はない。テトラポッドは、ここで作られて船で運ばれていき、どこかの沖に沈められるのだ。そばにはごちゃごちゃした廃材も積み上げられていた。殺伐とした風景の中、海風が吹き抜ける。

大きなテトラポッドの陰からぬっと人が現れた。目見田だった。白いジャージに首には金のチェーン。続いてペラペラのスーツに派手なシャツを着た男、それから細いサングラスをかけた奴。笑ってしまうほど、下品なヤクザの格好だ。

海のそばについていた二人も、離れて向こうに立った。最後にまた一人がテトラポッドの後ろから出てきた。一目見て、そいつが日浅だと悟った。

角刈りにピンストライプのスーツだ。細めた目は鋭く、ゆったりと落ち着き払った態度は、ある程度の地位にあるもののそれだった。

しかし海が怯んだのは、男から発せられる邪悪な匂いのせいだった。破壊への欲求と、歪んだ自信、相手への嘲《あざけ》り。それらがないまぜになり、顔をそむけたくなる負の気配をまとわりつかせていた。それは彼の凶暴な風貌をより一層際立たせ、向き合う者を落ち着かない気分にさせた。

「お前、俺の顔を丸つぶれにしてくれたそうだな」

放たれた言葉には、返事をしなかった。

「あの店はうちの組が面倒みてるんだ。金の管理から女の調達まで。店長は堅気《かたぎ》だが、俺のダチなんだ。それに――」

にやりと笑うと、頬に引き攣《っ》れた傷があるのがわかった。

「お前がぶちのめした客は、うちの組の客人だった」

「だから――」風に飛ばされないよう、腹から声を出した。「だからナギサに復讐したわけか」

「復讐じゃない」日浅はまた薄気味悪く笑った。「仕置きだ。女には時にそういうもんが必要なんだ」

「ナギサを無理やり連れだしたのは、俺なんだ。ナギサに罪はない」

「それを判断するのはこっちだ」

何を言っても無駄だ。こんな不毛な会話から、気持ちが通じるとは思えなかった。ヤクザは特殊な人種で、特殊な世界を作り上げている。

「とにかくきっちりケリをつけさせてもらう。こっちのやり方で」いかにも楽しそうに日浅は言った。「つまらん小細工をするなよ」

彼が小さく顎を動かすと、チンピラの一人がテトラポッドの陰に入った。引きずり出してきた男を見て、海は息を呑んだ。

泰成だった。誰だかわからないほど、顔が紫色に腫れあがっていた。

「どうして……」

訊くまでもなかった。泰成は組事務所でリンチに遭ったのだ。連れてきた男が突き飛ばすと、泰成は無様にコンクリートの上に這いつくばった。

「こっちが話をつける前に、こいつがお前のとこに行ったらしいな。お前のダチだから、先回りして知恵をつけにいったんだろ？」

言葉もなく、小さく呻き声を上げる泰成を見下ろした。

「そういうことは、俺は大嫌いなんだ。組に入った以上は極道のやり方に倣《なら》えってことだ」

日浅は先のとがった革靴で、泰成を軽く蹴った。泰成が呻く。

「たとえ部屋住みの若衆でもな。舐めた真似をするなってことだ」

海は、どれだけ自分が間違ったことをしたか思い知った。那希沙だけでなく、無二の親友までも窮地に追い込んだのだ。唇を噛んだがもう遅い。

「郭には、俺から話をつけた。こいつは俺がようく教育してやるってな。郭の奴もそれでいいって言ったよ」

それを聞いて、身が切られるような思いがした。泰成は、自分を蔑視する社会に嫌気が差して、民族のつながりを頼ってヤクザの世界に身を投じたのに、そこでもあっさり捨てられたわけだ。この一人の男の重さはどこに行けば、きちんと認めてもらえるのだろう。

「まだお前にも選べる道はある」もう一回泰成を蹴っておいてから、日浅は言った。「こ日浅は、背筋が凍りつくような笑みを浮かべた。また頬の傷が目に入る。

「俺は人にチャンスをやるのが好きなんだ」

周囲のチンピラどもが笑った。たいして愉快な提案ではないだろう。

「目見田とやれ。こいつはお前とサシでやりたがってる。俺らは手を出さない」

目見田が嬉しそうに一歩前に出た。日浅を始め、ヤクザどもはすっと後ろに下がる。エンターテインメントの始まりというわけか。結末は予測がついたが、海に拒否する権利はなかった。こんな狂人を相手に勝てるとは思えない。だが、極道のルールに従うしかなかった。承知で殴り込んだのは、自分だったから。

目見田の体から、ゆらりと立ち昇る不穏で危険な気配——。獰猛《どうもう》な野生のケモノが舌なめずりをしている。

「来いよ」余裕の笑みを浮かべて目見田がにじり寄ってくる。

海が怯えもせずにぼさっと立っているのが気に入らないのか、脱いだジャージを苛立たし気に地面に叩きつけた。ファイティングポーズを取る。握り込まれた拳におぞましい文字が浮き上がったが、あまりに演出じみていて、恐怖を感じるまでいかない。何もかもに実感がなかった。

地面に伏せていた泰成が襟首の後ろを持ち上げられて、こちらに向かされた様子も含めて。泰成は崩れた顔でじっと海を見やった。ぞっとするほど無表情だった。何もかもから突き放され、何もかもを諦めた顔――。

「お前の女はなかなかよかったよ」目見田は海を言葉で煽る。「一晩かけてみんなで輪姦《まわ》した」

海は静かに目を閉じて耐えた。

「兄貴にもかわいがってもらったしな。なかなかないぜ。日浅の兄貴にあれだけ長い間相手してもらえることは」

周囲から下卑た笑いが漏れた。すんでのところで、噴き上がってくる怒りを抑えた。ここで自分を見失えば、相手の思うつぼだ。

――逃げるな。

さっき晴に言い聞かせた言葉を思い浮かべる。この街を出ていくのは、逃げるんじゃない。きっちり筋を通してから出ていきたかった。

「今までどんだけ男をくわえ込んだんだよ、ナギサはよ。たっぷりかわいがってやったのに、うんともすんとも言わなかったぜ」

虚ろな目を工場の天井に向けている那希沙の姿が浮かんできた。押し殺した声を出した。

「ぐちゃぐちゃしゃべってんじゃねえよ」

声も出さずに目見田が殴りかかってきた。殺気は感じない。ただ空気が押しやられるように拳が飛んできた。尚也とは大違いだ。避けようとしたが、その動きを読まれていた。跳び退《すさ》った方向にまた拳が来る。今度はまともに腹にくらった。体をふたつに折ったところで、後頭部に組んだ両手が振り下ろされた。声も出なかった。すんでのところで倒れるのを踏みとどまった。下から蹴りが入った。両手でかばっていたのに、鳩尾《みぞおち》にもろに入った。

目見田の膝に寄りかかるように落ちた。吐物《とぶつ》をまき散らしながら。

「汚ねえな」

ひどく落ち着いた口調で目見田が言った。その冷たさとは裏腹に、彼は手を緩めなかった。地面に接する前に襟首をつかまれて立たされた。背の低い目見田にもたれかかる。

「だから、汚ねえって言ってるだろうが！」

片手で何度も顔を殴ってくる。襟首をつかまれているので、避けることはできない。歯が何本か折れてぼとぼとと地面に落ちた。血液が目に流れ込んできた。

「俺が手加減すると思うなよ」

顔をぐいと引きつけて、耳のそばで囁かれた。途端に後ろに引かれて体が反った。何とかその手を払い、至近距離から一発見舞った。手応えはあった。だがまともに目が見えないせいで、どんなダメージを相手に与えたかはわからなかった。

「おう！　なかなかやるじゃねえか」

心底嬉しそうに目見田が吼えた。言葉が終わらないうちに、やみくもに腕を振り回す。どこかに当たる感触はあったが、たいした衝撃ではなかった。もう一回拳を突き出した。ガスッというふうに肉をとらえた。ぐりっとのめり込ませる。なぜか目見田が黙ってやられている。

「おら、もっとやれよ、おら」

含み笑いの声がする方に腕を振り回し、蹴りを繰り出した。その合間に汗と血でふさがれた目を拭う。赤い視界に目見田の胸が見えた。そこをめがけて思い切り頭突きした。

「ググッ」と呻き声はしたが、その直後に笑い声が上がる。絶望的な気分になる。膝に手を当てて、息を整えた。その間も目見田は何もしてこない。海の体力が回復するのを待っているという風情だ。

「そんだけ？　つまんねえな」

大仰に両手を広げ、肩をすくめた目見田に最後の力を振り絞って跳びかかった。左肩の関節の下あたりに嚙みついた。必死で歯を食い込ませる。両手を相手の太い首に食い込ませながら、海は肩の肉を食いちぎった。

「うおう!!」さすがに苦しみに満ちた声が目見田から発せられた。

海は口の中から肉片を吐き出した。その横顔を思い切り殴られた。視界が真っ白になる。両肩をつかまれて、滅茶苦茶に腹を蹴られた。リズムよく動くピストンみたいに、目見田の硬い膝は胸にまで上がってきた。そのまま肩を押されて倒される。圧し掛かろうとする男の憤怒の表情が見てとれた。

こいつ、本気で怒ってやがる。ハハハと笑おうとして血反吐を吐いた。目見田が振りかぶった拳が後ろに引っ張られる。目見田は緩慢に首を回した。体も回ったので、彼の腕に晴がぶら下がっているのが見えた。

「ハレ」声にはならなかったと思う。「バカ、何やってんだ」それはきっと心の中で呟いただけだ。晴は必死の形相で、丸太のように太い目見田の腕にしがみついている。

「何だよ、お前」

一瞬わけがわからず、きょとんとした目見田は、虫けらをつまむみたいに晴の首の後ろをつかんだ。晴の足が宙を掻いた。サンダルの片っ方が飛んで、目見田の鼻に当たったが、人間離れした肉の塊は、せせら笑っただけだった。すると晴は、もう片方のサンダルを足からむしり取り、思い切り目見田の顔を引っぱたいた。周囲のヤクザたちがどっと笑い声を上げた。思いもかけない闖入者《ちんにゅうしゃ》に、手を叩いて受けている。海も笑いたかったが、笑うと胸のどこかがねじられるように痛んだ。目見田は落ち着いた仕草で、晴を投げた。小さな体はゴムまりのように飛んでいって、廃材の中に落ちた。

「ギャッ！」

晴の右肘の上に、トタン板の鋭い切り口が刺さっている。ざっくりと切れた腕から、まだ食い込んでいるトタン板の切れ端を、自分で引き抜いた。

首を回してそっちを見ている目見田の前で、海はがばりと起き上がった。相手が振り返る前に顎を下から蹴り上げた。絵に描いたようにきれいに目見田の首がのけ反った。反動で後ろに倒れ、後頭部を思い切り地面に打ち付けた。朦朧としている目見田に跳びかかる。馬乗りになって数発殴りつけ、おもむろに髪の毛をつかんで頭を持ち上げた。ガンガンと頭をコンクリートに打ち付ける。ガラス玉のような目見田の瞳が、あらぬ方向を見ていた。

その時だった。ズンッと重たい衝撃を背中に受けた。目見田の上に倒れかけ、すんでのところで持ち直した。衝撃を受けた場所が、燃えるように熱かった。ゆっくりと振り返る。誰かの髪の毛が見えた。そいつの震えが伝わってくる。

泰成だった。泰成が体を引くと、両手が真っ赤に染まっているのが見えた。そこに握られた匕首《あいくち》も血塗れだ。

「ヒャッ！」というようなかすれた叫びを上げて、泰成が尻餅をついた。自分の手から匕首を放そうとするのに、指が固まって動かないのか、むやみやたらに振り回すだけだった。そのたびに意味をなさない叫びが口から漏れた。

目見田が海の体を押しのけて立ち上がった。まだ泰成は尻餅をついたまま、匕首を振り回し続けている。海はずるずると崩れ落ちながら、泰成の虚ろな目をまともに見詰めた。

刺されたんだな、と海は冷たく凍りついた心持ちで思った。コンクリートに両手をつき、悲しい気分でコリアンの友人を見た。自分が生きる隙間を見つけるために、こうしなければならなかったのだ。もうここしかない。ヤクザの世界しか。こいつに残された唯一の場所。ここにしがみついて生きるしかない。

——俺は人にチャンスをやるのが好きなんだ。

——このバカなコリアンにもな。

泰成は試され、それに応じた。今選び得る最良の選択がこれだ。

脈動とともに、夥《おびただ》しい血液が流れ出し、コンクリートに黒く広がった。

「よっしゃ！　いいぞ。お前の根性は認めてやる」

日浅が言うと同時に車が走ってきて、海のそばに停まった。大型のワンボックスカーのスライドドアが引き開けられたかと思うと、バラバラとヤクザどもが乗り込んだ。最後に茫然自失状態の泰成が引き込まれた。グラグラ揺られながら、引っ張られるままに泰成はドアの向こうに消えた。スモークのかかったウィンドーの中は見ることができなかった。

そのまま、海は横ざまに倒れた。排気ガスを浴びせ、ワンボックスカーは走り去った。

海はただ地面に横たわったまま、それを見送った。

晴が飛んできた。晴も肘の上の裂けた傷から激しく出血していた。そこへ手を延ばそうとするのに、指一本動かせなかった。恐る恐る晴が海を覗き込む。丸く見開かれた目が潤んでいた。

「カイ……」

「何だ。お前口がきけるじゃないか」

そう言おうとしたが、やはり声は出なかった。口を開くと、ガバッと信じられないほどの血を吐いた。息も苦しい。たぶん折れた肋骨が肺に突き刺さっているのだ。晴がそろそろと手を延ばして、海の頭を抱え持ち、自分の膝の上に置いた。それで周囲が見渡せた。

ベイビュータワーが遠くに見えた。

展望ルームのガラスが開いて、するすると何かが下りてきた。金色に輝く長いもの。

ああ、あれ、ラプンツェルの髪だ。ハレ、見てみろ。俺たちを引っぱり上げてくれるんだ。あそこに行けば皆幸せに暮らせるんだ。

晴に向かって微笑もうとしたが、もう晴の顔を見上げる力は残っていなかった。

ベランダに干した洗濯物は、まだ少し湿っていた。海から来た霧が、時々こうやって街の中を覆う。三階のベランダにも這い上がってくる。もう少し高い階層の部屋を買えばよかったかもしれない。

いや、そうしたら、向かいの家の様子がわからない。毎日こうして石井家を見張ることが、郁美の日課になった。ヨガ教室や横浜の漢方医へ通うこともやめた。人工授精を五回失敗して、不妊治療も中断した。主治医は、体外受精を勧めてきたが、返事は保留にしてある。今までは圭吾も何とか協力してくれたが、体外受精に関しては頑として首を縦に振らないのだ。

「費用の問題じゃない」きっぱりと圭吾は言った。「人工授精までは自然の摂理に従った治療法だと思う。だけど、体外受精は絶対に起こり得ないことを人間が無理に為す行為だ。そこまでする必要性を僕は感じない」

反論はいくらでもできた。だが、郁美は黙って夫の言葉を受け入れた。しかし諦めたわけではない。年齢だってまだ余裕がある。夫の気が向くまで、しばらく休んでみようと思っただけだ。

矢継ぎ早にことを進め過ぎたのかもしれない。ひとつの段階から次の段階へ向かう時は、急くことなくゆったりした気分で向かった方がいい。体外受精でも、夫の精液を採取することは必要だ。彼が嫌々ながら採った精液では、妊娠する可能性が低いのかもしれない。ほとんど自分の気持ちを治めるためにそんな理由をこじつけた。ちょっと不妊治療から離れた間に、ひょっこりと妊娠したというのはよく聞く話だ。

でも――郁美の場合は、それは絶対にない。圭吾との間の夫婦の交わりは、人工授精の初期の段階から絶えたままだ。かすかに湿りが残る洗濯物を取り入れながら、郁美は肩を落とした。どうしてなのだろう。体外受精に踏み込まないとあれほどきっぱり言うのに、なぜ圭吾は私を抱かないのだろう。

洗濯カゴを足下に置いて手すりに頬杖をついた。もちろん、面と向かって問うてもみた。

「今仕事が忙しくて、疲れてしまってね。そういう気にならないんだ。悪いけど」

夫はそう答えた。納得できるといえば納得できる答えだ。この秋から、圭吾は建築事務所でひとつのチームを率いる立場になった。都内でもあちこちで再開発が行われていて、大きなプロジェクトを請け負っているのだと説明した。そのせいで帰りも遅い。

そう言われると、無理は言えなかった。こんな状態では、体外受精のための精液採取もうまくいかないだろう。漢方医通いもヨガもやめたので、郁美は暇を持て余している。いつ体外受精をする方向にいくかしれないから、仕事に復帰する気も起こらなかった。

ガラス戸がガラガラと乱暴に開く音がした。石井家の掃き出し窓が開いた。曇ったガラスの向こうに、パジャマの上にだらんとしたカーディガンを羽織った父親が現れた。ガラス戸を開けたのとは別の腕で、子供の手をつかんでいる。

「なんで盗み食いをするんだ！」

部屋の中から男の子を引きずり出した。男の子は、腰を落として部屋から出されまいと抵抗しているが、体格のいい父親に対しては無駄なようだ。すぐに庭に押し出される。縁側にすがりつこうとする子の指先を、無情にも父親が踏みつけた。

「勝手に冷蔵庫を開けるなと言ってあるだろうが。いいか？　今度またやったら二日間、飯抜きだからな」

それだけを言い渡して、父親は部屋に戻った。ガラス戸をぴしゃりと閉め、色褪せたカーテンを引いた。男の子は、庭に突っ立って閉まったガラス戸をしばらく見ていたが、諦めて縁側に腰かけた。いくつかの板が腐ってはずれた縁側で足をぶらぶらさせている。最近、あの子は泣くということをしない。どんなに叱られてもただ耐えている。

風が出てきた。ベランダにいるのも寒い。だが、郁美は部屋に入ることができない。いつまであの子は外にいるのだろう。母親はどうしているのだろうか。家の中にいるのか。息子がひどい目に遭っているのに、黙認しているのか。

うつむいて裸足の自分の足先をみていた子が、ふっと顔を上げた。郁美と目が合った。

遠いのに、澄んだ瞳のような気がする。郁美は目を合わせたまま、いつまでもそこに立っていた。夫はまた夜遅いに違いない。


「どんなビル？」

「え？」

圭吾が新聞から顔を上げた。

「今手がけているビルよ。そのプロジェクトにかかりっきりだって言ったじゃない」

「ああ」圭吾はがぶりと味噌汁を一口飲んだ。「なんてことないオフィスビルだ。亀戸《かめいど》の、明治通りに面したとこ。一階と二階にはテナントが入る――」

「そう」

もう少し詳しく聞きたかったが、夫はそれきり口をつぐんでしまった。郁美が用意した朝食を黙々と口に運ぶ。このところ、和風の朝食に変えた。白米に魚の干物、漬物に味噌汁という献立だ。漬物もテレビの料理番組を見て、自分で漬けた即席漬けだ。時間があるので、少し手のかかるものも食卓に載せてみようと思った。

些末なことだが、和食の朝食に変えたことで、夫との会話が弾むのではないかと期待した。だが、メニューを変えても、圭吾は何も言わなかった。ただ淡々と食べ物を口に運んでいる。ただでさえ帰りが遅く、一緒に夕食を摂ることが少なくなったので、朝だけが夫婦が向かい合う貴重な時間だというのに。

「コーヒー淹れようか？」

「うん？　いいや」

せかせかと圭吾は立ち上がった。

「じゃあ、行って来る」

「行ってらっしゃい」

玄関までの見送りが間に合わない。慌てて箸を置いて立ち上がった時には、もう夫の姿はドアの向こうに消えていた。もういちいち帰宅時間を問うこともない。きっとうるさがるだろうし、答えは決まっている。

「遅いと思う。先に食べておいていいよ」

用意しておいた夕食も、「食べてきた」の一言で無駄になることが多い。皿を重ねて持ち上げ、ため息をついた。一人で食事をしたって、砂を嚙むようで味が全然しない。今日もこの部屋で昼と夜、一人で食卓に向かわなければならない。

実家の母に相談しても、「男なんて、そんなもんよ。圭吾さんの仕事が忙しくて有難いと思わなくちゃ。このご時世、苦労してる人はたくさんいるよ」と言われるだけだ。

実家の父は小さな印刷工場を経営している。大手の印刷会社と競合しても金額面では勝てない。昔からのお得意さん相手に細々と続けているが、いつまで耐えられるかわからないという状況だ。母親も手伝う自営業の厳しさが身に沁みているのだろう。

「そのお蔭であんたは専業主婦なんて、贅沢なご身分でいさせてもらえるんだからね」と続き、電話を切る前には必ず「子供はまだなの？」という言葉が付け足される。

だからこのところ、母にも連絡を取っていない。不妊治療の詳細も伝えていない。なかなか妊娠しないので、二人で検査を受けたけれど、どちらも異常なしだったとしか言わなかった。

バタンとベランダの方から音がした。郁美は壁の掛け時計を見上げた。午前七時二十五分。石井家の小学生の男の子が学校へ行く時間だ。あの子は乱暴にドアを開け閉めするから、出ていく時はすぐわかる。ランドセルをカタカタいわせながら、マンションの前の緩い坂道を駆け下りていく姿が目に浮かんだ。ランドセルの蓋がカタカタいうのは、留め金をきちんと留めていないからだ。いつもだから、留め金が壊れているのかもしれない。

郁美は急いで食器を洗い、洗濯機を回した。洗濯物を干し始めるのは八時過ぎ。その頃にベランダに出ていると、下の男の子を母親が保育園に連れていく様子が見られる。こちらは毎日というわけではない。保育園に行く日もあれば、行かない日もあるといった具合だ。親の気分次第ということか、支度が間に合わないのか、そんなずぼらな通園だ。学齢の子だって、自分で起きて支度して、朝食も食べずに飛び出していくのかもしれない。

暗澹たる気持ちでそんなことを思った。

たいして汚れてもいない部屋の床に掃除機をかけていると、洗濯が終わった。洗濯物を取り出して、急いでベランダに出た。石井家にちらちら視線を送りながらゆっくりと洗濯物を干した。時計は八時半を指している。今日は保育園には連れて行かないつもりなんだろう。真面目に出勤していかない父親ともども、まだ寝ているのか。

保育園児にもかかわらず、男の子はよく町中を一人でほっつき歩いている。こうして観察しているうちに、ひどい扱いをうけている子の顔を憶えてしまった。彼は親に罰として外に放り出されても、泣くこともなく、ぷいとどこかへ行ってしまうのだ。たくましいといえばたくましいが、郁美は気になって仕方がない。夜遅くに帰って来ることさえある。そのことで、また叱られるのかと思うと、いたたまれない気持ちになる。

この部屋から見ている人のことなんか、あの子は気にもしていないだろう。でもどうしても見張らずにいられないのだ。石井家を見張って、どうしようという気もない。圭吾が言うように、よその家に干渉したってろくなことにはならないだろう。特にあの退廃的で粗暴な雰囲気をまとった父親に忠告しようなどとは、思わない。口をききたくもなかったし、そんなことをしても何の効果もないだろう。

ただ見張っているのだ。この行為に、郁美は確かな意味を見出し始めていた。この前、あの子を養子にもらったらなどと、興奮したあまりつい口にしてしまった。自分でもどうかしていたと思う。追い詰められていたのだ。人工授精はうまくいかないし、すがろうとした漢方医も頭から圭吾に否定されたから。案の定、圭吾は慄《おのの》き呆れてすぐさま否定した。自明のことではあった。己の子もたいして欲しがらない夫が、よその子を養子にもらおうなんて決心するはずがない。

圭吾は当分の間、常軌を逸した考えに囚われる郁美を警戒していた。あれから様々なことがあって、郁美も冷静になった。よく考えれば、そんなことが実現するわけがない。だがあれ以来、石井家の虐待を受けている子のことが頭から離れなくなった。ちょっとしたはずみで口にしたことが、郁美の頭の中でどんどん大きくなってきた。

直接介入することはしない。だけど、見張るのだ。あの子が誰にも傷つけられないよう。無事に大きくなって自分の足で歩いていけるよう。それこそが、子を持つことがかなわない自分の責務のような気がしてきた。

夫を送り出した後、こんなことに妻が傾倒しているとは、圭吾は知らない。知らなくていい。これは私だけの秘密の生きがい。生活の彩り。人生の目標。日々の楽しみ。いつかきっとあの子は私に感謝する。じっと見守り続けた他人の私に。

ある特定の子に対する、母親とは別の役割を得たことで、郁美は自分の存在意義を確認した。圭吾は何も知らないけれど、妻の中の何かがそっと変容していくのを感じてはいる。向かいの家の他人の子を養子にもらうという狂気じみた発案を聞いて以来、表面上は平静だが、妻との間にそっと距離を取った。その距離は少しずつ開いていくような気がする。

目下の郁美の興味は、向かいの名前も知らない男の子に向けられている。夫とのことは、そのうちゆっくり考えればいい。仕事が一段落すれば、また寄り添えるだろう。郁美は洗濯カゴをベランダに置いたまま、部屋の中に入った。少しだけガラス戸に隙間を開けておくのを忘れずに。物音や声がすれば、すぐに気がつくように。今日もどこかへ出かける用はない。目と耳をあの子に向けていなければならない。

ダイニングテーブルの上の携帯電話が鳴った。ディスプレイには、木谷瑤子の名前が表示されていた。

「もしもし、郁美？」

張りのある声が耳に流れ込んでくる。横目でベランダを見てから、郁美は椅子に腰を落とした。

「この間はあなたが来なくて残念だったわ」

大学の同窓会があって瑤子に誘われたのに、郁美は出席しなかった。東京まで出ていく時間が惜しかった。ここから離れたくなかった。瑤子は恩師や友人の名前を挙げて、近況や噂話をひとしきりした。郁美が乗ってこないので、同窓会の話は中途半端に途切れた。

「最近、どうしてるの？」

「別に」

素っ気ない郁美の受け答えに、ちょっと口ごもる。それから思い出したように、イタリア旅行のお土産の礼を言った。五月の連休に行ったフィレンツェやリオマッジョーレが遠い過去のことに思えた。

「いいなあ。旦那さんと海外旅行なんて」そう言う瑤子の言葉にも、心は動かない。

「また計画してるの？　今年の年末年始あたり」

「いいえ。今、主人はすごく忙しくて海外旅行どころじゃないのよ」

圭吾が新しいプロジェクトの責任者になって、仕事一辺倒な生活なのだと付け加えた。早く電話を切りたかった。いつ石井家の乱暴な父親が起き出してきて、男の子を怒鳴りつけるかわかったものじゃない。

「ああ、そうなんだ。そういえば――」郁美の気持ちも知らず、瑤子はのんびりした声を出した。「万世《まよ》があなたの旦那さんを見かけたって言ってた。九月に。あれ、出張か何かだったのかなあ」

「え？　金沢で？」

池尻《いけじり》万世は、金沢に住んでいる同窓生だ。地元に帰って結婚したが、五年半ほどで離婚して、今は小学生の子供を連れて実家で暮らしている。

「そうそう」

瑤子は金沢の名の知れたホテルの名前を挙げた。

「そこのロビーで。誰かを待ってるみたいな感じだったって。声を掛けようかと思ったんだけど、仕事中だったらいけないから、遠慮したって言ってたよ」

「九月の――いつ?」

「ええと――」頭の中を探るように、瑤子は言葉を切った。「九月の敬老の日だったって言ってたわ。確か。ああ、そうだ。万世のご両親と子供さんとでホテルのレストランで食事をした日だったから間違いない。いつもお世話になっているおじいちゃん、おばあちゃんにいいものでも食べさせようと思ったんだって」

まだ二か月前のことだから、万世の記憶に間違いはないだろう。だがその日、夫が出張したとは聞いていない。今度は郁美が記憶を探った。時々夫は、仕事が立て込んだ時、都内のホテルに泊まることがある。クライアントの都合で、休日でも出勤しないといけない日もあるということだった。九月の敬老の日が日曜日だったので翌月曜日が振替え休日になった日、夫は都内のホテルに泊まった。ホテルは、建築事務所が用意してくれるビジネスホテルだということだった。

いつものことだから、郁美も気にしなかった。ホテルの名前なども訊かなかった。それが急遽《きゅうきょ》金沢への出張に変わったのだろうか。だが連休明けに帰ってきても、夫はそんなことは言わなかった。

「それ、ほんとにうちの夫だったの?」

尋ねながら、たぶん間違いないだろうと思った。結婚する前も後からも、万世は圭吾と何度か会っている。結婚式にも招待した。面と向かって言葉を交わしている相手を、見間違えることはまずない。

「えっと――」瑤子は言葉に詰まった。「もしかしたら、違う人だったのかもね」

妻の郁美が、金沢行きのことを承知していないと、勘づいたのだ。

「圭吾さんって、特に目立つ特徴のある人じゃないしね」

そう続けてから「あ、ハンサムじゃないってことじゃないからね」と取って付けたように言い、笑った。その笑いには同調できなかった。瑤子は気まずく電話を切った。

携帯電話を手にしたまま、郁美はぼんやりと座っていた。これはどういうことなのだろう。夫は自分に黙って金沢に行った。ホテルのロビーで待ち合わせをした相手とは、誰なのだろう。圭吾に何が起こっているのか。自分が石井家の子供にかまけている間、あの人も変容していたのだとしたら――？

「じゃあな！　ちゃんと面倒みとけよ！」

ベランダの方から怒鳴り声が聞こえてきた。郁美ははっとして腰を浮かせた。急いでベランダに出る。玄関の引き戸に手を掛けて、家の中に向かって父親が大声を出している。母親が車のそばに立っている。普段着のままの格好で、連れだってどこかに出かけるところらしい。

「いいな！　この前みたいに吐いたもの塗れにさせてたら、承知しないからな！　紙おむつも替えてやれよ！　夜までには帰るからな」

思い切りピシャンと引き戸を閉め、車に乗り込んだ。母親が一言も発することなく、助手席に乗り込んだ。すぐに車は出ていった。

夜まで——？　夜まで幼児と赤ん坊とで留守番をさせる気なのか。まだ朝の九時半だ。三時過ぎには上の子が学校からは帰って来るだろうけど、非常識にもほどがある。ご飯はどうしてあるのか。赤ん坊のミルクは？　まさかあの子が作って飲ませてやるのか？

郁美はベランダの手すりから身を乗り出した。家はしんと静まり返っている。赤ん坊の泣き声もしない。子供たちだけで何時間も家で留守番させるなんて、立派な育児放棄ではないのか。

それから手にまだ握ったままになっている携帯電話を見下ろした。夫は、私に隠れて別の女性と付き合っているのだろうか。私がここを動けないのをいいことに。でも、どこへも行けない。あの子を放っては。

圭吾に問い質すのは怖かった。さりげなさを装って訊くこともできなかった。もしはっきりした事実を突きつけられたら、どうしたらいいのだろう。いや、浮気ならいい。郁美が本当に怖いのは、圭吾が自分と別れてその相手と一緒になろうとすることだった。口ではあんなことを言ったが、彼は本当は子供が欲しいのではないか。もう自分との間に子をもうけることを諦めて、別の方法を試すことにしたとか。想像するだけでも身が凍るような気がした。

郁美は夫の生活をそれとなく観察するしかなかった。

圭吾は相変わらず忙しくしている。休日出勤も増えた。夜が遅いのは接待もあるようで、ある晩、背広から香水の匂いがしたので、半分からかうように訊いてみた。

「今日は六本木のクラブで接待だったんだ。ほら、あのオフィスビルを発注してくれた貸しビル業の社長」

こともなげに圭吾は答えた。嘘をついているようではなかった。六本木だろうと銀座だろうと、水商売の女との遊び半分の浮気なら許せると思った。嫌な気はするけれど、妻に隠れてする女遊びなら、目をつぶろう。忙しい仕事によるストレスを解消するために必要なことかもしれない。いろいろと気を揉んだ。たいした解決策は浮かばなかった。

そのまま年を越した。年末年始は、圭吾はずっと家にいた。二人揃って初詣に行き、両方の実家を一日ずつ訪ねた。昨年と少しも変わらない年越しだった。ただひとつだけ変わったことといえば、ずっと一緒にいるのに、一度も体の交わりがなかったことだった。

こんなふうに何もないまま年を取るのだろうか。それとも仕事のけりがつけば、夫の気が変わるのだろうか。このまま現状に耐えて、体外受精のことを持ち出せば応じてくれるのだろうか。一人で思い悩んでも、何も答えは見つからなかった。

その答えは、意外な方法で確認できた。悶々としながら二月も下旬になった頃だった。郁美の携帯電話に見知らぬ番号からかかってきた。

「もしもし」

「もしもし？　落合圭吾さんの奥さんですか？」聞いたことのない女性の声だった。

「そうですけど」

「私――」女は一拍置いた。「私、落合圭吾さんとお付き合いさせてもらっている者なんですけど。志摩真由美《しまゆみ》といいます」

意味がよくわからなかった。

「お付き合い？」おうむ返しに言った。「お付き合いってどういう――？」

「つまり、男女の関係ってことですよ」

頭が覚醒した。だが、言葉は出てこなかった。

「奥さん、もう私たち、離れられないんです」しゃあしゃあと女は言った。「去年の六月からお付き合いさせてもらっています。愛し合っているんです」

郁美が黙っているのもお構いなしに、女はしゃべり続けた。圭吾とは、知人の紹介で知り合ったこと、知り合ってすぐに圭吾から申し込まれて付き合いだしたこと、圭吾は自分にぞっこんで、一週間に二度は会うようになったこと、仕事が終わって疲れていても、会いに来てくれること、たまには二人で一泊旅行に出かけること、始めは押し切られて付き合い始めたけれど、今では自分も彼なしでは生きていけないと思っていること。

耳をふさぎたくなるような内容だった。万世が金沢のホテルで圭吾を見かけたと聞いた時から、もしかしたらこんな日がくるかもしれないと漠然とは思っていた。だが、実際その日がきてみると、絵に描いたように無力で無策だった。

「そんなこと――信じられない」

心の呟きがそのまま言葉になる。

「だって本当のことですよ」真由美と名乗った女は勝ち誇ったように言った。「この前も二人で温泉に行きました。伊豆の湯ヶ島へ」

二月初旬の土日には、圭吾はやはり都内に泊まると言って出ていった。

「仕事で家に帰れないから、仕事場の近くのホテルに泊まるって圭吾さん、言ったんでしょ？」

郁美の頭の中を読んだみたいに真由美が畳みかける。

「それ、嘘ですよ。私と過ごすための嘘」

いくぶん楽し気にそんなことを言う。かっと頭に血が上った。

「そんなことないわ。でたらめを言うの、やめてください」

こんな電話に付き合う筋合いはないと思った。これは夫を貶《おとし》めるための中傷に違いない。仕事に打ち込むあまり、敵のような人ができて――。

「圭吾さん、おへその下に手術の痕があるでしょ? 縦に並んで二か所。子供の頃、腹膜炎になって一回手術したのに腸閉塞を起こしてもう一回切ったのよね」

立っていられなくなって、フローリングの上にしゃがみ込んでしまった。

「圭吾さんに聞いてくださいよ。私のこと」

そんなことをしなくても、この女と夫が関係しているのは明らかだと思えた。それでも腹の底から声を絞り出した。

「圭吾さんは、そんなことする人じゃありませんから」

「そんなこと、する人よ。奥さんがどんなに否定しても、これは既成事実なの」

いかにも嬉しそうに真由美は言った。初めて相手の悪意のようなものを感じた。

「あの人、私がいないとやっていけないって。ちょっとの時間でも空いたら会いに来てくれるの。圭吾さんの激しさときたら――」

「やめて!」

どうして電話を切れないのだろう。いつまでも女の話に耳を傾けるのはなぜなのだろう。

夫に女がいた。自分を裏切っていた。そのピースをはめると、すべての辻褄が合うのだ。

圭吾が不妊治療への熱意を急速に失っていったこと。自分を抱かないこと。仕事を口実に自分と向き合わないこと。

「ねえ、奥さん」真由美が声のトーンを落とした。「圭吾さんは、いずれ奥さんに話すと言ってるわ。そう言い始めてもう一か月になるんです。あの人にまかせていれば、それでいいと思ってたんだけど、そうもいかない事情ができて」

その先は聞きたくなかった。体の全細胞が、女の声を拒絶していた。だが固まった腕は、携帯を耳に当て続けていた。

「私、妊娠したんです、奥さん」一番恐れていたことを真由美は言った。「産みたいんです。どうしても。圭吾さんの子を」

渇ききった喉からは、息が漏れただけだった。隙間風に似たかすれた音。

「あの人は、少し待ってくれって言うだけ。でももう待てない。だからこうして奥さんに電話を。番号は、圭吾さんの携帯電話を盗み見て知りました。この前の金曜日、ホテルで。あの人が眠っている間にそっと」

「冗談じゃないわ」自分を奮い立たせる。「子供を産むなんて、そんなこと許されると思ってるの？」

言ってしまってから、相手の術中にはまったことを知る。夫の浮気も愛人の妊娠も認めた上での話に移ってしまう。

「奥さん、これはもう起こってしまったことなんです。驚かれたとは思いますけど」

電話の向こうで、女が大きく息を吸い込む気配がした。

「圭吾さんと別れてくれませんか？」

危うく叫び出すところだった。女は言葉を継ぐ。

「圭吾さんは、奥さんのことを思って言い出せないでいるんですよ。あの人、優しい人だから。でも私が一番だとも言ってくれてます。ねえ、お願いだから、圭吾さんを私にください」

「お断りします」まとまらない頭で言葉だけがこぼれていく。「勘違いしないで。私たちは夫婦なのよ。あなたは自分の立場がわかっていないのね」

話しているうちに、次第に落ち着いてきた。

「夫とは別れませんから」

ぴしゃりと言い放つ。しかし、言葉尻がいくぶん震えた。

「圭吾さんの心が離れているのに？」

今度こそ、携帯電話を切った。

――圭吾さんの心が離れているのに？

最後の真由美の言葉が、頭の中で反響していた。

郁美は、悄然《しょうぜん》とうなだれた夫を見やった。真由美からの電話のことをすべて圭吾に話した。夫が仕事から帰ってくるまでに、様々なことを考えはした。だが結局、真正面から当たってみるしかないという結論にたどり着いたのだ。

真由美が妊娠したと言ったことが決定的だった。もう時間がない。

食事の支度もせずに遅くまで待っていた妻に問い詰められ、圭吾は真由美と関係を持ったことを告白した。ああ、やっぱり——と全身の力が抜けていく気がした。ほんの数パーセントの割合だが、「何だって？　そんなこと嘘に決まってるだろ？　真由美なんて女も知らない」という答えが返ってくるのではないかと期待していたのだ。

真由美が電話で告げたことは本当だった。去年の六月に、仕事の流れで行ったスナックで真由美と知り合った。同僚と偶然顔見知りだったのだ。お客として来ていた真由美だったが、彼女も横浜のスナックで働いているのだと自己紹介した。「横浜のどこ？　僕も神奈川なんだ」というところから話が弾んだ。

「知人の紹介」がそういういきさつだったわけだ。ますますあの女に嫌悪感を抱いた。

「じゃあ、水商売の人なのね？」

念を押すと、圭吾は小さく頷いた。

「そうだけど、伯母さんがやってるスナックを手伝っているだけで——」

変に愛人を庇おうとする夫を睨みつけた。

「酔った勢いで関係を持った。その後もずっと――」

仕事と称して愛人に会いに行っていたわけだ。多摩川駅を素通りして、横浜まで行って。都内のホテルに泊まると嘘をついては、小旅行にも連れ出した。

「ねえ、これだけははっきりしておきたいんだけど――」妙に落ち着いている自分に驚いていた。「私との間に子供が生まれないから、他の人に産んでもらおうと思ったの?」

「まさか!」圭吾はすぐさま否定した。「そんなことはこれっぽっちも考えていないよ。君との間に子供が得られないということと、今度の浮気とは全然関係ない」

「浮気――本気じゃないってこと?」

「すまない」

もう何べん目かになる詫びの言葉を、圭吾は口にした。

「君を裏切ることになってしまったことは、申し開きができないよ。真由美とのことはほんの遊びのつもりだった。ただ、そのう――彼女の体に溺れてしまったというか」

言葉が消え入るように小さくなっていく。

「私が不妊治療で苦しんでいる間に、あなたは女の人と遊んでいたんだ」

それくらいのことは言ってもいいだろうと思えた。圭吾はますます小さくなる。

「私と別れるつもり?」

それには激しくかぶりを振った。その子供じみた仕草にため息が出た。どうしてそんな愚かなことをするのだろう。私にばれなければいいと考えていたのか。

「ただ——」圭吾が上目遣いに郁美を見た。「なんか、くしゃくしゃしてたことは事実なんだ。君と不妊治療について意見が合わなくて。僕は本当に二人だけで生きていくのでいいと思ってたのに、君は狂ったみたいに不妊治療にのめり込んでいくし。そんな時、真由美と出会った」

「そう」

そうだった。あの時は、子供が得られないと生きている値打ちもない、希望もないと思っていた。こうなって初めて、それは間違いだったと気づいた。己だけでなく、夫も追い詰めていたのだった。憑き物が落ちたような気がした。

「じゃあ、あの人とは別れてくれるのね？」

「そうする。きちんと話して別れてくる」

「でも、あの人は——」言いにくい言葉を絞り出す。「妊娠してるって言ってたわ」

「頭を下げて堕胎してくれるよう、頼むよ」

「そうね。それしかないわね」

「本当に僕はバカだった。君を苦しめることをしてしまうなんて」圭吾は涙ぐんでいるようだった。「このことにけりがついたら、体外受精に踏み切ろう。君が望む通りに——」

「いいえ」夫の言葉を郁美は遮った。「もういいわ」

圭吾はぽかんと妻の顔を見返した。

「もういいの。体外受精はしない。自然に子供に恵まれるのを待つわ。それでだめなら、あなたと二人で生きていく。それでいい」

「郁美――」

圭吾は立って近寄ってきて、郁美の手を握った。

そうだ。子供は欲しいけど、何もかもは手に入らない。欲張ってはいけない。今あるものに感謝しなければ。夫と、彼との落ち着いた生活。マンション。たまに行く海外旅行。すべては夫がいるからこそ価値がある。圭吾の子が欲しいと願うのは、夫を愛しているからだ。不妊治療に没頭するあまり、肝心なことが頭から抜け落ちていた。

石井家のかわいそうな子供のことを思った。あの子には、最低限の生活も保障されていない。親に見捨てられ、暴力を振るわれ、理不尽な要求をされ、飢えている。あの子から目を離さないでいよう。あの子がいつか幸せに笑う日がくることを祈ろう。少しでも手助けできることがあれば、機会を逃さずそうしよう。

今日は一日、石井家は平穏だった。怒鳴り声も泣き声もしなかった。そう思うと、郁美も幸せな気分に浸れた。

夫と真由美との話し合いはうまくいかないようだった。相手は感情的になり、泣き喚いたという。それでも圭吾の意志が固いと知ると、「私も泣き寝入りはしない」と宣言したらしい。別れ話は完全にこじれ、泥沼化しそうな様相だった。

だが、ことを急がなくてはならない。真由美は妊娠しているのだ。堕胎できる期間を過ぎてしまう。話し合いの過程で、真由美のバックには不穏な輩の影がちらつき始めた。どうやらまっとうな女ではなさそうだと気づいた時にはもう遅かった。圭吾の携帯に、真由美の代理人を名乗る男から電話がかかってきた。

「堕胎費用に鼻くそ程度の金を上乗せしたくらいで済むと思うなよ」いかにも脅迫をし慣れたという態で、男はすごんだという。「お前は真由美の体を好き勝手に弄んだんだろ? それで腹に子を仕込んでおいて、ぽいと捨てるとはどういう料簡なんだよ」

要するに、法外な慰謝料名目の金を要求してきたのだ。

「いくら払えばいい?」

腹をくくった圭吾は尋ねた。

「まあ、一千万と言いたいとこだけど、半分で許してやるよ」相手はすらすらと金額を提示した。もとから決めてあったと窺い知れた。もちろん、圭吾は拒否した。

「なら、いいさ。真由美は初めから子供を産む気だったんだ。子供を産んで養育費をもらい続ける。お前の会社にも乗り込んで事実をぶちまける」

圭吾は震え上がったことだろう。男との会話を詳細に郁美に伝えながら、青ざめていた。

「ほんとにあなたの子供なの？」

同じように青ざめながら郁美は尋ねた。

「それは間違いない――と思う。僕と付き合って半年ほどしてから妊娠の事実を告げられたから」

「その間、あの人があなた一人だけとそんな関係に陥っていたと誰が保証するわけ？」

名前を言うのも汚らわしい気がした。言いつつも、それを証明する手立てはないとわかっていた。一番確実なのは、生まれてきた子のＤＮＡ鑑定をすることだが、それは子供が生まれてくることを前提としての話だ。

圭吾の血を引く赤ん坊がこの世に生まれ出る――？

不妊治療をしていた時、想像したことがあった。もし、体外受精もうまくいかなかった時、誰かの子宮を借りて子を産んでもらうこと。あるいは健康な若い女性の卵子と圭吾の精子とを受精させ、自分の子宮に戻してもらうこと。あの頃は、いろんな可能性を考えていたものだ。でも、こんなことが起こるとは、まったく想像していなかった。

なにもかも現実味がなかった。日々の暮らしは惰性で流れていくが、実際に生きている感覚がなかった。じりじりと日だけが経った。

向こうも焦っているのだろう。ある晩、いきなり真由美がマンションに訪ねてきた。日曜日の晩だった。圭吾が家にいると目星をつけて来たようだ。玄関で見覚えのない女を見た時に、郁美は迷うことなく、真由美だと思った。

郁美の背後で圭吾が息を呑んだ。真由美は当然家に上げてもらえるものといった態度で、玄関内に入ってきた。押しとどめようとした郁美がたたらを踏んだのは、真由美の後ろから入ってきた男の顔を見たからだった。

「旦那さん、この前はどうも」男は後ろ手にドアを閉めた。「電話では何だから、やっぱ直接話しに来たんだ」

有無を言わせず、二人並んで玄関に立った。肉感的な体を派手で安っぽいドレスで包んだ女と、革ジャンを着込んだいかにもその筋の男。

「ここで話していいのかな？　込み入った話になると思うけど」

仕方がなくリビングに通した。

「へえ、いいとこに住んでるじゃん」

奥に通りながら男は言った。郁美は、こみ上がってくる吐き気を必死にこらえた。まず、圭吾と肉体関係にあった女と実際に向き合ったことでショックを受けた。その上に、まともな生活を送っていれば決して交わることのないような邪悪でアウトローな雰囲気をまとった男を、家の中に招き入れねばならなくなったことに打ちのめされた。

リビングのソファで向き合った。真由美はここへ来てから一言も口をきかない。だが、怯んでいるわけではない。正面に座った郁美の顔を真っすぐに見詰めてくる。世間ずれしていて、横柄で奸悪《かんあく》。どこをどう見ても、人間的な美質を見つけることはできない。どうしてこんな女に夫は引っ掛かったのだろう。身悶えするほど悔しい思いが湧き上がってきた。

向かい合うと、付き添いで来た男は案外若いとわかった。痩せて枯れた印象のせいで、実際の年齢より上に見えるようだ。頬骨が飛び出し、目が落ちくぼんでいる。顔色もひどく悪い。覚醒剤かドラッグか、そんなものの常習者ではないかと怖気立《おぞけだ》った。女は着てきたコートを脱いだが、男は革ジャンの前をぐっと掻き合わせた。温かい部屋の中でも、寒さに耐えているといった風だ。

「用件はわかってってだろ？」外貌とは裏腹に声には力があった。

「まず名乗るのが筋だろう」

圭吾が必死で威厳を保とうとしているのが手に取るようにわかった。

「おう、そうだな」

人懐っこいと取れないこともない笑みを、男は浮かべた。前歯が一本欠けていた。

「俺は黄泰成《ファンテソン》。この辺りじゃあ、ファンで通っている」

この辺りで？　ではこの男は多摩川市界隈を縄張りとしているということか。自分たちの住まいの近くで？　郁美は眩暈を起こしそうになり、ぐっとこらえた。いったい自分たちはどんなおぞましい罠に足を突っ込んでしまったのか。

「今日は真由美に頼まれてここに来た」

「どういう関係であなたがここにいるわけ？」

どうにか虚勢を張った。こんな訳のわからない男にへりくだることはない。

「ただの知り合いだ。相談を受けたからな。古い付き合いだし、ひと肌脱ぐことにした。まあ、立ち合い人てとこだな」

黄は横浜に事務所がある森永組という暴力団の名前を出して、自分はそこの組員だと告げた。暴力団の名前なんか、ひとつも知らない。ただのはったりなのか、実在するのかも判断できない。

「今日けりをつけたいって、こいつは言ってる」親指を立てて真由美を指し示した。

真由美は黙ったまま、バッグから一枚の書類を取り出して、表面を夫婦の方に向けた。

「妊娠届出書。産婦人科でもらってきました。これを市役所に持っていけば、母子手帳がもらえるの」

母子手帳――決して私の手の届かないもの。郁美は声を漏らさないよう、唇をきつく噛んだ。

「私は――」書類をしまいながら、真由美は言葉を継いだ。「圭吾さんと真面目にお付き合いをしてたんです。そりゃあ、奥さんがいらっしゃることは知ってましたよ」

きんきんした耳障りな声だ。

「でも、ここまで来たら退《ひ》けませんよ。いくらなんでもひどいじゃないですか。いきなり別れてくれだなんて」

「そうだな。孕まされた挙句、ぽいじゃあな」

黄がソファの上でそっくり返った。貧弱な体で懸命に相手を威嚇しようとしているようだ。

「とにかく私は別れませんから」

一息にそこまで言って、真由美は黙った。どうする？　と問うように黄は片眉を上げた。

「そう思っているのはあなただけよ」

郁美が怒気を含んだ声を出すと、圭吾がはっと目を見張って妻を見た。ここはどうしても強気に出たかった。愛人に乗り込まれてあたふたする正妻という場面を演じたくなかった。しかも、圭吾の気持ちはもう確認してある。彼はこの女より私を選んだのだ。

「夫はあなたとは別れると言っているわ」

「あ、そう」あっさりと真由美は頷いた。「でも、はいはいと引き下がるわけにはいかないわ」

「お金でしょ？　結局」

相手を思い切り侮蔑したつもりだったが、真由美も黄も動じなかった。

「お金じゃないわよ。私はこの人の子供を妊娠しているんですからね。奥さんとの間にお子さんはいらっしゃらないんでしょ？　堕《お》ろしちゃっていいの？」

郁美は目を閉じた。こんなことで動揺するわけにはいかない。深呼吸をして自分を落ち着かせた。目を見開いて、真由美を見た。相手も射貫くような視線を送ってくる。しばらく睨み合った。

「じゃあ、産んだ子を私にくれるの？」

その一言で室内の空気が凍りついた。

「郁美……」

絞り出すような声が夫の口から出たが、隣を見ることはなかった。

「私たちには子供がない。不妊治療も長い間続けたけれど、結果は出なかった」

「それなら――」

言葉を挟もうとする真由美を無視した。

「子供が欲しいとどれだけ願っても得られなかった。あなたは簡単にそれを手に入れようとしているわ。私の夫の子を。そして、簡単に『堕ろしてもいいの？』と訊く。そして、あなた方は、その子を金儲けのタネにしようとしている。命をよ」

真由美は、居心地が悪そうにソファの上でもぞもぞと尻を動かした。

「不妊治療に明け暮れている時――」妙に冷めた口調でこんなことを言う自分が信じられ

なかった。ただ言葉が溢れてきた。「街を歩いていても、レストランで食事をしていても、よその子が目について仕方がなかった」

黄が、ソファの背もたれからゆっくり身を起こした。一心に郁美の言葉に聞き入っている様子だ。

「あの頃、よっぽどベビーカーの中の赤ん坊を盗んでこようかと思ったものよ」

驚いたことに、黄が「くっ」と短く唸った。

「あなたは子を宿しながら、その命の重さを量ろうともしない。あなたは母親にはなれない」

厳《おごそ》かにそう言い放つ。誰も何も言わなかった。真由美でさえ、言葉を失っている。

「だから——あなたが産むというのなら、私がその子をもらうわ。夫の子をあなたなんかに育ててもらいたくないから」

「郁美……」

圭吾がまた言ったが、その後が続かない。

いきなり黄が立ち上がった。

「今日は帰る」

「何？」真由美が訊き返した。「何だってあんた——」

そう言う真由美の腕を取って、無理やり立たせた。薄い体のどこにそんな力があるのかと思うくらいの勢いで、真由美を引きずって玄関に向かった。

「また連絡する」

短い言葉を残して、玄関のドアがバタンと閉まった。郁美も圭吾もソファから動かなかった。長い間、放心したように座っていた。

しばらく音沙汰がなかった。圭吾も真由美とは連絡を取り合っていないし、会ってもいないと言った。それは本当だろう。

もう二度とあの二人の声を聞きたくなかった。本当に真由美は圭吾の子を身ごもっていたのだろうか。あれは金を強請《ゆす》り取るための嘘だったのかもしれない、妊娠届出書も偽造されたものかもしれない、と思い始めた頃、まったく別の人物から連絡がきた。圭吾が家にいる時に、彼の携帯にかかってきた。

相手は森永組の日浅と名乗った。

「真由美はうちの組にちょっと関係がある女なんだ」低いが、よく通る声で日浅は言った。「泣きつかれて相談に乗った。それでファンをつけてそっちにいかせたわけだ」

夫の携帯から漏れ聞こえる声に、郁美は聞き入った。声だけで、この男が冷酷で非道な人間であると知れた。おそらく黄の上に立つ男なのだろう。

「だが、うまく話をつけられなかったみたいだな」禍々《まがまが》しい男の声が携帯から流れ出てきた。すべてのものを損ねて腐らせる瘴気《しょうき》のように。「真由美は子供を堕ろしたよ」

圭吾は一言も発することなく、携帯を耳に当て続けている。相手は苛立って「もしもし、聞いてんのか？」と確認した。

圭吾が答えると、急いで後を続けた。「だけど手術の後、体の具合が悪い」

郁美は、すっと血の気が引く気がした。真由美が子供を堕胎してしまったことに対してか、それとも次に続くであろう言葉を予測したせいか、自分でもわからなかったが。真由美への堕胎費用と慰謝料とを相手は要求してきた。

「こういうことはさっさと済ませた方がいい」日浅は早口で言った。「話を大きくすれば、あんたの社会的地位に傷がつく。そうだろ？　真由美と長い間楽しんだのは、お宅なんだからな」

ああ、と思った。予測していたのだ。こういうことになることは。でも、なぜかこのまま終わると信じてしまった。いや、信じたかった。

「いくら出せばいい？」

「いくらなら出せる？」

本当にさっさとことを済ませたいように、日浅は詰めてきた。

「二百万」

前に五百万円を要求された時に、圭吾と郁美は、ぎりぎり出せる金額をすり合わせたことがあった。その金額を圭吾は口にした。

「それでいい」受け渡す場所と時間を、日浅は指定してきた。「こっちから出向いてやるよ。ファンがその辺を仕切ってるから」

彼が伝えた場所は、多摩川市内、駅から南の歓楽街。それもかなりはずれの荒んだ地域だ。風俗街も近い。郁美たちは、足を踏み入れたことはない。

「私も行く」

圭吾は猛反対した。これは自分の責務だと言い張った。けれど郁美も退かなかった。

「あなたの問題は、夫婦の問題よ。あなた一人で行かせない」

郁美に押し切られた格好で、夫はとうとう了承した。

三日後の夜遅くに、二人は指定された店に足を運んだ。圭吾のジャケットの内ポケットには、封筒に入れた二百万円が納まっていた。恐る恐る足を踏み入れた店はプールバーだった。もうもうと立ち昇る煙草の煙の奥で、ビリヤードに興じる男たちが動き回っていた。カウンター席から黄が立ち上がった。隣に座った男が振り向いた。質のよさそうなスーツを着込んでいる。だがどこからどう見てもまっとうな人間には見えなかった。あの声を発するのにふさわしい奸悪で荒んだ雰囲気をまとっている。頬が醜く引き攣れていた。

暖房が利きすぎているのか、郁美はもう汗ばみ始めていた。だが、コートを脱ぐ気にはなれなかった。日浅は、夫婦が二人揃ってやって来たことに、ちょっと驚いているようだった。黄の方は無表情だった。血色のいい日浅の隣にいると、黄はさらに病的で萎縮して見えた。

圭吾と郁美が立ち止まったので、仕方なく日浅も椅子から滑り下りてやって来た。

「金、持って来たか？　真由美は手術の後、感染症にかかったみたいだ。微熱があって、だるいって言ってる」

夫婦ともに答えなかった。わっと大きな歓声が上がる。ビリヤード台にたかっているのは、どう見ても十代にしか見えない少年たちだ。口々に互いを罵り合い、笑い合っている。煙草をくわえた者もいる。

「まあ、座れよ。何か、飲むか？」

日浅の言葉に、二人は頑なに首を振った。

「じゃあ、もらうもん、もらって――」

「その前に、もうこれでおしまいにしてくれるって約束してもらわないと」

打ち合わせた通りの文言を、圭吾が言った。

「それは状況次第だな」やはり、という気がした。「こっちとしては――」

また少年たちが騒がしい声を出した。同時にバックミュージックの音量が上がった。

日浅はチッと舌を鳴らす。

「ちょっと外に出よう」

ひんやりした夜気に当たって、郁美はほっとした。きっちり話をつけておかねばならない。今後一切、びた一文出す気はないということを、この男にも真由美にもわからせておかないと。気が急いた。日浅は、店の横の路地を入ろうとしている。ついて行きかけた黄に「お前はここにいろ」と命じる。黄は黙ってそれに従った。ずんずん路地の奥に進んでいく日浅の背中を追った。今夜ですべてを終わらせようと焦る気が強くて、人気《ひとけ》のない場所に誘い込まれたことに気がつかなかった。

日浅がくるりとこちらを向いた。陰険で不穏な笑いを目の当たりにして初めて、本能が警鐘を鳴らした。圭吾にそっと寄り添う。路地の片側は崩れかけた塀で、もう片側は、閉店してかなり経ったと思しき荒れた店舗だった。入り口のガラスが割られていた。

「あのな――」日浅は仁王立ちになってポケットに両手を突っ込んだ。「あんたら、わかっていないから教えてやるけど、真由美はうちの組長の女だったんだ。今は別れてるけど、組長、まだ未練たらたらでよ。だから、あんたがあの女にしたことがわかったら、どんな目に遭わされるかわかったもんじゃないぜ」

地面がぐらりと揺れた気がした。圭吾のジャケットの裾をつかむ。

「だからよ、俺がそういうことにならねえようにうまくやってやろうとしてるわけ。真由美だってそういうことは望んでない。いっぺんは愛し合った仲だもんな、落合さんよ。だからさ、時々小金をよこすくらいは我慢してくれよ。経費ってことで。身の安全のための経費」

もうおしまいだ、と思った。こういう輩にたかられたら、一生寄生されて蓄えを吸い取られていくのだ。巣の中に落ちてきた獲物の体液を吸い尽くすアリジゴクみたいに。私たちは、大きなアリジゴクの巣に落ちてしまった……。

「断る」

夫の決然とした声がしんとした路地に響き渡った。日浅は残忍そうに目を細めた。

「何だと？」

「お前らの魂胆はわかった。もう言いなりにはならない。今日も一円だって渡さない。真由美にもそう伝えてくれ。今後もし話し合いたいなら、弁護士を入れるからって」

圭吾は呆然と立ち尽くしている郁美の腕を取った。

「行こう」

二人で踵を返す。黄が立って見張っているのとは逆の方向に向かった。遠くに路地の出口が見えた。明るいネオンサインで照らされた出口が。異世界からの脱出口のように輝いていた。そっちに視線を移した途端、隣を歩いていた圭吾が前のめりに倒れた。勢いよく倒れる体に頭がついていけず、首が反り返った。つかまれていた腕が引っ張られる。郁美も体勢を崩しそうになった。

「えっ⁉」

日浅が後ろから殴りかかってきたのだとわかった。倒れた圭吾の背中を、日浅が踏みつけた。圭吾はもがいて立ち上がろうとするがうまくいかない。ゴミが散乱する路面に顔を押しつけられて、呻いた。日浅が唇を歪めて笑った。

「いい度胸をしてるから、特別に俺が相手してやるよ。しかし、こんな素人相手じゃあな」

言い終わる前に、横ざまから頭を蹴った。圭吾はひとたまりもなく、道路上を転がった。日浅はうつ伏せの圭吾の背中を押さえつけると、首に腕を回して思い切り絞め上げた。圭吾は声すら出すことができない。みるみるうちに唇が紫色に変色していった。

その時になって、ようやく郁美は動いた。獰猛な男の肩に手をやって、なんとか夫から引きはがそうとする。解き放たれたように暴悪な行為に没入している男の体は、びくともしなかった。郁美の頭にも血が一気に上って、激しい脈動に揺さぶられた。突っ張っていた圭吾の四肢が、ぐったりと力をなくす。

「やめて!」

このままでは夫は死んでしまう。どうにかしなければ。

気がついた時には、手が何かをつかんでいた。固くて冷たい何か。確かめる暇もなく、頭の上に持ち上げて、思い切り振り下ろす。

ガスッ!!

鈍い音。日浅が頭を持ち上げようとしている。顔が自分に向くのが怖くて、狂ったように、彼の後頭部を打ちつけた。何度も何度も。

路地の入り口から、駆け足の音が近づいてくる。黄が騒ぎに気がついたのだろう。

「うぐー！」

よろよろと立ち上がろうともがく日浅の頭は、血塗れだ。郁美は最後の一撃を、首の後ろめがけて振り下ろした。衝撃で手にしたものが飛んでいった。その時になって初めて、それが塀から崩れたコンクリート片だとわかった。圭吾が咳き込みながら息を整えている。体に腕を回して引き起こした。案外確かな身のこなしで夫は立った。コンクリート片の向こうで、男が立ち止まった。

「ファン……」

あれだけ殴りつけたのに、日浅は手下の顔を認めて声を絞り出した。頭を振りながら立ち上がろうとしている。

「兄貴――」黄は立ちすくんだままだ。

「やれ。こいつらを――」

声は弱々しいが、強い命令口調で日浅は言った。もうこれで本当に終わりだ、と郁美は思った。

日浅を見下ろしていた黄がゆっくりと顔を上げた。郁美と目が合った。兄貴分がこんな目に遭わされて怒り狂い、残忍な影を宿しているに違いないと思ったが、彼の目からは、悲しみしか見て取れなかった。

「行けよ」

ぼそりと黄は言った。意味がわからなくて、圭吾も郁美も動けない。

「ファン……」日浅が畳みかける。

「いいから、行けよ」

圭吾の手が郁美を引っ張った。ぐいと身を引きはがされるように後ろを向いた。急いでその場を後にした。走りたくても、足が震えて走れない。

ガチャンッ！

大きな音が背後から響いてきた。思わず振り返る。黄が日浅の体を、閉店した店舗の扉に向かって突き飛ばしたのだ。さらに激しくガラスが割れた。日浅の襟首をつかんで、黄は何度も何度もガラスに頭を打ちつけている。赤い血飛沫が噴き上がるのを、圭吾と郁美は抱き合うようにして見ていた。目を逸らせなかった。

やがてぐったりした日浅を、黄は店舗の中に放り込んだ。ふと二人の方を振り返る。革ジャンの下の彼の白いシャツが、真っ赤に染まっていた。茫然と見やる夫婦を遠くに認めたはずなのに、黄は落ち着いた仕草で革ジャンとシャツを脱いだ。赤く染まったシャツを丸めて店舗の中に捨てると、再び革ジャンを着込んで、郁美たちとは反対の方向に歩き去った。

夢から醒めたように、どちらともなく歩きだした。路地の出口の夜空に、ライトアップされたベイビュータワーが見えた。輝く展望塔が二人を導いていた。

郁美の瞼の裏には、さっき見た黄の背中に浮かんだ刺青が残像として焼きつけられていた。観音様のように見えた。細い線だけで彫り込まれた観音様ははっきりとはわからなかった。それでも慈悲に満ちた顔だった、と郁美は思った。

性的虐待を受けている疑いのあった坂本梨美は、結局自分から申し出て、婦人科の検査を受けた。その結果、かなり長期にわたって性暴力の犠牲になっていたことが明らかになった。警察が介入し、捜査の結果、虐待を行っていたのは父親だと判明した。父親は逮捕された。

母親も取り調べの対象にされて、梨美と弟は祖父母のところで暮らすことになった。今、家庭裁判所で手続きが行われていて、父親の親権喪失が認められる見込みだ。

志穂から連絡が入ったのは、そんな時だった。

「石井壮太君が、もう二週間も保育園に通園していないそうです」切羽詰まった口調だ。

「今まで保育園から連絡をもらえなかったんです」

保育園に対しても憤慨している。

すぐ近くの市役所の前で志穂を拾い、石井家に飛んでいった。両親ともに在宅していた。昼間の時間帯に父親がいるということは、また仕事を辞めたのかもしれない。しかし、今はそんなことに拘泥していられない。

「壮太君に会わせてもらえませんか？」

「いないよ。今は」

仏頂面の父親がうるさそうに対応した。

「どこにいるんですか？」

「そんなこと、いちいち言う必要ないだろ？」

今までは、壮太の居場所をあれこれごまかして答えていたのに、妙な態度だった。怒りの裏に隠された狼狽が見て取れた。

「保育園にはもう二週間も行ってないそうですね」

志穂の声がいくぶん震えている。最悪の事態を想像したのか。

「奥さんと話をさせてもらえませんか？」

「何でうちのと話す必要があるんだ」

父親は、もう話を打ち切りたくてたまらない様子だ。玄関の引き戸を閉めにかかった。閉まりかけた引き戸に、悠一が外から手をかける。父親がぎょっとしたように手を止めた。その隙に、悠一は大きく引き戸を引き開けた。立ちすくむ父親を押しのける。一度はよろめいた父親が体を張って阻止しようとするので、二人は玄関先でもみ合いになった。はずみで引き戸のガラスが割れた。ものものしい気配に、赤ん坊が奥で怯えた泣き声を上げる。

悠一は、渾身の力で父親を突き飛ばした。

「ちょ、ちょっと！　松本さん！」

志穂が背後で戸惑った声を上げた。これは児相に認められている立ち入り調査の範疇《はんちゅう》に入るのか、それとも裁判所の許可状を取らねばならない「臨検」というものに入るのか、判断に迷っているに違いない。背中をしたたかに壁にうちつけた父親が、低く唸った。悠一は意に介することなく、玄関で靴を脱いでずかずかと上がっていった。覚悟を決めた志穂がそれに続く。

廊下を進むと、突き当りに台所と居間があった。そこに赤ん坊を抱えた母親が、大きく目を見開いて立ちすくんでいた。赤ん坊は激しく泣きじゃくっている。悠一は一言も発することなく、居間の隣へ続くドアを開けた。寝室として使っているらしく、三組の布団が乱雑に敷いたままになっていた。布団を踏み越えていった悠一が、奥の襖に手をかけると、母親が「あっ」と小さく叫んだ。後ろからついてきた志穂がはっと息を呑む。

厚いカーテンが窓を覆った薄暗い部屋は、むっとする臭いに満ちていた。腐った食べ物と糞尿の臭い――。フローリングは剝げて、えぐれた部分もある。家具は一つもない。隅の柱からロープがだらんと垂れていて、その先に犬の首輪がつながっていた。皿が二枚あって食べ残したご飯やパンが載っていた。

「壮太君は――？　ここで監禁していたんですか？」

悠一の問いに答える者はない。いつの間にか玄関から来た父親も、うなだれて立っているだけだ。

「おい‼」悠一がその胸倉をつかむ。「答えろ！　子供をどこへやった⁉」

父親は、抵抗することなくぐらぐらと揺すられた。

「やめてください！　松本さん」

志穂が割って入り、悠一の手を押さえつけた。

「壮太はいなくなったんだ……」ぼそりと父親は言い、無断で入ってきた児相職員を見返した。

「勝手に出歩くから、ここに閉じ込めておいたけど――五日前に逃げだして――どこへ行ったかわからない」

言葉は尻すぼまりになる。

「ここで暴力を振るってたんじゃないのか」

「違う！　ただ外に出さないようにしてただけだ」

「本当です！　ちゃんと世話はしてました」寝室に入って来た母親が後を引き取った。

その母親を志穂はきっと睨みつけた。

「これが世話してたって言えるんですか？　ロープと首輪で自由を奪って、食事もこんなふうに――」

言葉に詰まったと思ったら、志穂の片目から涙がつーっと流れ落ちた。

「探したけど、見つからなかった……」

「なぜいなくなった時に知らせないんだ」

そう尋ねた悠一の言葉は、もう落ち着いていた。志穂は涙を手の甲で乱暴に拭った。悠一は踵を返して大股に玄関に向かった。

「警察に知らせて探してもらいましょう」

追いかけて言い募る志穂には、何も答えず外に出た。石井夫婦は呆然と見送るだけだった。車に向かって歩きながら、志穂はスマホを取り出した。操作しようとした志穂の手を、悠一が止めた。悠一が見上げた先に、ヴィラ・カンパネラⅡがあった。三階のベランダに出ていた女性が、慌てて部屋に入る姿が見えた。車に向かいかけていた悠一は、マンションに足を向けた。

「どこへ行くんですか？」

「ちょっとあの人に訊いてみよう」

「そんなことしている暇、ないでしょう？　子供が五日も行方が知れないんですよ」

抗議の言葉を無視して道路を渡る悠一に、志穂は大きくため息をついた。

三〇三号室のドアは、また細目にしか開かなかった。用心深くチェーンもはずさない。

「お尋ねしたいことがありまして」

ドアの向こうの女性は黙りこくっている。

「石井さんのところの子供さん、六歳の壮太君っていう子なんですけど、いなくなってしまって探しているんです。五日前に家を出たらしいんですが、気がつきませんでしたか？」

「知りません」細い声が返ってきた。

「何か聞こえたとかってことは？」

「ありません」

「何でもいいんです」

悠一はしつこく食い下がる。

「松本さん、もういいじゃないですか」

志穂が焦れた声で言った。

「壮太君！　壮太君！　いるんだろ？」

いきなりドアの隙間に顔を寄せて悠一が叫んだ。志穂が驚いて悠一の上着の裾を引っ張った。

「何してるんですか？　松本さん！」

暗がりに立つ女性も、怯んでドアを閉めようとした。その隙間に悠一は手を突っ込んだ。

「やめてください！　警察を呼びますよ！」

怒りと怯えが混じった声が返ってきた。

「いいですよ。呼んでください。警察に部屋の中を捜索してもらいます」

「正気ですか？　松本さん！」

志穂はさらに慌てふためいた。悠一をドアから遠ざけようと必死に彼の腕を引っ張る。それを悠一は払い除けようとした。逆に部屋の中はしんと静まり返っている。しばらくして、チェーンが外される音がした。キイッとドアが大きく開けられた。玄関に立った女性がすっと身を引いた。児相の職員が無遠慮に上がり込んでいくのを、じっと見つめている。

一瞬だけ逡巡した志穂も、靴を脱いだ。

悠一がリビングのドアを開け放った。そこに壮太がいた。

「壮太君――」

駆け寄ったのは、志穂だった。壮太は真新しい服を着て、ソファに腰かけ、プリンを食べていた。悠一は、リビングの入り口で振り返った。玄関土間に立ったままの女性は、悲しい目をしてこちらを見返した。

「何であの家の中に壮太君がいるとわかったんですか？」

壮太を保護して児相へ連れ帰った後、志穂は悠一に質問してきた。

「初めは本当に何か見ていないか訊きに行っただけだった。だけど、ドアを挟んでやり取りしているうちに、見えたんだ」

「何が？」

「玄関の靴の収納扉に、鏡が嵌め込んであっただろ？　あれに子供の手形がついてた。ちょうど壮太君くらいの子供の手の――」

「呆れた！　それで落合さんを脅すようなことを言ったんですか？　もし間違ってたら大変なことになってましたよ」

壮太は一時保護所で保護されることになった。警察に児相の方から通報したので、石井夫婦に対しては、厳しい取り調べが為されている。落合郁美という名前だとわかったヴィラ・カンパネラIIの住人も事情聴取を受けているはずだ。夫は出張で家を空けていて、その間に彼女は逃げ出してきた壮太を家で保護していたようだ。

幼い子を家に連れて来て、五日もどこへも知らせずに家にいさせたのは、どういう考えなのだろう。が、以前から虐待される壮太を見かねていたようだし、落合家では、壮太は手厚く世話を受けていたようだったから、そのへんの事情を警察も汲んでくれることだろう。

驚いたことに、落合郁美は悠一たちにこう言ったのだ。

「壮太君のお父さんをあまり責めないでください。あの人も同じように親から虐待を受けていたんです。私はずっとこの部屋から見ていたからよくわかるの」

悠一はまじまじと郁美の顔を見返した。目尻に刻まれた細かい皺、やや垂れた頬、白髪がわずかに混じった髪の毛――どこにでもいる五十代後半の女性だった。

「松本さんっていったいどういう人なんですか？」志穂の声に我に返った。

「私、松本さんがよくわからなくなりました」

市役所まで歩いて帰るという志穂を見送るために、悠一は児相の廊下に出た。ゆっくりと玄関に向かって歩く。

「初めは、あんまりこの仕事に熱を入れているようには見えなかった。嫌々ながら、児相の仕事をしているのかと思ってました」悠一が何も答えないので、志穂は一人でしゃべり続けた。「そしたら今日は、壮太君を助けるために石井さんの家や落合さんの家に無理やり押し入るし――」

それでも飄々としている悠一をちらりと横目で見た挙句、「ほんと、ひやひやしました」と付け加えた。玄関まで来た。広い玄関ロビーは閑散としている。

「あの後、脇坂園長先生にあなたのことを聞きました」

悠一は、初めて話に興味を持ったように志穂を見た。

「あなたもわかたけ園に来た時、一言も口をきかなかったって」

「うん。そうだった。確かに」

志穂はほんの一瞬迷うように視線をさまよわせた。が、心を決めたのか、先を続けた。

「園長先生はこう言ってました。もしかしたら、あなたの両親は、無理心中を図ろうとしたのかもって。車ごと海に突っ込んで。直前になって親の気が変わったか、すんでのところで逃れたかしたあなたは、心を閉ざしてしまったんじゃないかって」

「参ったな。なんで園長はそんなことを言ったんだろう」

「たぶん、私が知りたがったからだと思います」

二人は黙って見つめ合った。小さく嘆息して志穂が言葉を継いだ。

「庄司奈々枝さんが無理心中を図った時、あなたは海に飛び込んで母子を助けましたね。あれは――」

悠一はすっと目を逸らせて、前を向いた。玄関前にシンボルツリーとして植えられたあすなろの木が風に揺れていた。

「あの時、『自分の都合で子供を道連れにするなんてあり得ない』なんて言って、すみませんでした」

志穂は深々と頭を下げ、玄関から出ていった。背筋をぴんと伸ばして歩き去る後ろ姿を、悠一は黙って見送った。


石井壮太の父親は、児童虐待で逮捕された。虐待を知っていて漫然とそれを許していた母親だが、起訴猶予処分になった。夫に黙従するよう心理的コントロールを受けていたこと、乳児がいることなどが考慮された。だが上の子供は三人全員保護されて、わかたけ園に入った。彼女が上の子らを引き取ることができるよう、児相では支援を行っていくことになった。

　壮太は、兄弟と一緒に暮らせるようになって落ち着きを取り戻した。児童心理司による厚い対応が功を奏して、少しずつ言葉をしゃべるようになったらしい。

　壮太を保護していた落合郁美は、穏便な処分で済んだようだ。出張から飛んで帰ってきた夫とまた元の暮らしに戻った。

　悠一と志穂は、相変わらず仕事に忙殺される毎日だ。次々と新たな事案に対処しなければならない。時には協力し合って問題を抱えた家庭を訪問し、保育園や学校や病院に出向いた。

　その日も祖母に預けられた女の子の養育状態がよくないということで、家庭訪問を二人で行った。祖母だと聞いていたが、実際は曽祖母で、足が悪くて子供を養育するには不適だと判断した。早いうちにケース検討会議にかけることにして、一度引き上げることにした。

「あの子、健気ですよね。足の悪いひいおばあちゃんを助けて一生懸命やってる。引き離すのはどうかと思います」

「そうだね。なんとか今のままで生活改善できないか、会議で検討してみよう」

「でも、深刻じゃなくてよかった！」志穂は助手席で体の力を抜いた。「そう思ったら、お腹が空いてきました」

「お昼、どっかで食べていく？」

「はい、おまかせします」

悠一は、海の方向にぐいっとハンドルを切った。ベイビュータワーが正面に見える。

「あの展望塔から外壁が剝がれて落ちてきたってニュースで言ってましたね」

「ああ」

「もう古いですもんね。去年いっぱいで閉鎖されて入れなくなっちゃったし。一回上がっとけばよかった」

悠一からの答えがないのにも、志穂は慣れてしまった様子だ。

彼が車をつけたのは、小ぢんまりした食堂だった。『おひさまキッチン』と小さな看板が出ていた。そう広くない店内は、ぎっしりと客で埋まっていた。地元に根ざした食堂という感じだ。若い夫婦が、カウンターの中できびきびと働いていた。席の空きはない。入り口付近で立って待った。カウンターの中の夫の方が気がついて、笑いかけてきた。

「ちょっと待って。もうすぐ忽那《くつな》さんが終わるから」

「なんだよ、俺を追い出すのか？　ひどい店だな」

楊子をくわえた男性客が、冗談めかして文句を言った。コップの水をがぶりと飲んで鷹揚に立ち上がる。勘定を払いながら、「今日、ママは？」と妻の方に訊いた。

「ママ、今日はこども食堂があるから、そっちの準備に行ってるの」

彼女は、釣りを渡して出て行く忽那に「ありがとうございましたー」と頭を下げた。

「え？　こども食堂？　ここのママって福寿町で子供たちに無償で食事を提供してくれている方？」

「ええ。週に一回だけですけどね」カウンターの中で、夫がフライパンを振りながら言った。

「そうなんだ！　すごく助かってます。あのこども食堂」

「この人は、多摩川市のこども家庭支援センターの前園さん」

悠一が紹介した。夫はぺこりと頭を下げる。

「初めまして。兄貴がお世話になってます」

「兄貴!?」志穂が目を丸くした。

「そうなんですよ。うちの人は松本瞬二、私は妻の千夏《ちなつ》です。それにしてもお義兄《にい》さんが女の人、連れてくるなんて初めてでね」レジから戻ってきた妻が笑った。

志穂を、悠一は空いたカウンター席に座らせた。自分はカウンターの中に回り込み、シンクの前に立つ。腕まくりをして食器を洗い始めた。瞬二も千夏もすっと体をずらせて、自然に受け入れる。悠一の手際はいい。腕まくりした右肘の上辺りに、引き攣れた醜い傷痕があるのを、志穂が唖然と見詰めている。

『おひさまキッチン』の客層は地元の労働者や自営業者が多い。皆、そそくさと食事をして席を立つ。ものの二十分ほどで店内は落ち着いた。悠一も志穂の隣に腰を下ろして、千夏が勧めるままにエスニック風の焼きそばを二人で食べた。

「すごく美味しい！　これ」

「ありがとうございます」千夏が嬉しそうに言った。「これ、ママからの直伝なの。パンシットカントンっていうフィリピンの焼きそば」

「お二人はここで雇われているんですか？」

「そう。ママにこき使われてます」千夏が答えたと思ったら、ぱっと顔を輝かせた。「あ、ママが来たわ」

「ごめーん！　忙しい時に抜けちゃって」明るい声が店内に響いた。「子供たちに栄養つけさせようと欲張ると、ついついメニューに凝っちゃうのよね」

常連客に一言二言声をかけてカウンターの中に入る。細い体にエネルギーを漲らせた五十歳前後の女性だ。カウンターの二人に気がついて、ケラケラと笑った。

「悠一、珍しいね。お昼時に来るなんて。それも女性同伴で。何？　デート？　なら、もっと雰囲気のあるところに行きなさいよ」

悠一がうろたえて否定し、瞬二と千夏が噴きだした。

「ママ、この人はお義兄さんのお仕事の仲間だって。相変わらず早とちりねえ」

「ありゃ！　ごめんなさい」ママはぺろりと舌を出した。「私は、大政《おおまさ》那希沙。ここの店と、それから――」志穂の方へ首を伸ばしてしげしげと見た挙句「前に会ったことあったっけ？」と尋ねる。

「そうです。私、市のこども家庭支援センターからの視察で、一度こども食堂にお邪魔したことがあります。そうだった！　こども食堂は『ナギサ食堂』って名前でしたね。いつもありがとうございます。子供たちにあったかいご飯を提供してくださるだけでなく、居場所をこしらえてくれて」

悠一が改めて志穂を紹介し、二人の女性はこども食堂の話題で盛り上がった。小一時間後、志穂は市役所からの電話で呼び戻された。

「後でナギサ食堂を覗いてみます」悠一は那希沙に片手を上げた。二人は急いで店を出た。

車に乗り込むと、志穂はすぐさま運転席の悠一に話しかけた。

「こども食堂を作るために、合田課長と大政さんを引き合わせたのは、松本さんだって言ってましたよね？」

「うん、そうなんだ」

素っ気なく答える悠一の方を、志穂は助手席で身をひねるようにして向いた。

「あなたは、かなり強引で非合法な手法を取っても、子供を救いたいと思っているんですね。だから児相にいるんですか？　自分の生い立ちから、同じような身の上の子を増やしたくなくて」

「そんなご大そうで立派なもんじゃないよ」

悠一が否定すると、志穂は食ってかかった。

「だって、そうじゃないんですか？　子供のために働いてくれる大政さんと親しくしてるし。あなたのその意識の高さは――」

「違うね。君が考えているようなもんじゃない」

冷たく言い返されて、志穂は明らかに傷ついた顔をする。これでこの話は終わりとばかりに悠一は口をつぐんだ。そのまま、市役所の前で志穂を降ろした。降り際に、志穂は何かを言いたそうにしたが、結局適当な言葉が見つからなかったのか、目を伏せて背を向けた。

その後悠一は、児相の執務室に帰って、家庭訪問の報告書の作成に没頭した。二、三本かかってきた電話に対応した。緊急通報も入らず、比較的穏やかな午後だった。弁護士事務所へ相談に行った帰り、悠一はナギサ食堂へ顔を出した。

ちょうど仕込みが一段落したところだと、那希沙はぼんやりと上がり框《がまち》に腰を下ろしていた。ナギサ食堂は、潰れた小料理屋を借りて営まれている。那希沙が『おひさまキッチン』で余った食材を持ち込んで切り盛りをしているのだ。消費期限が切れかけた食材を持ち込んでくれる同業者や地元のマーケットなどもある。わずかだが寄付金も寄せられ、ボランティアの手伝いにも頼る。いつもぎりぎりだが、那希沙はこども食堂をやめる気はない。これが彼女の生きがいなのだ。

「ちょっと海を見に行こう」

那希沙は悠一の顔を見ると言った。海の方向に二人で並んで歩く。倉庫街を抜けて海風に吹かれると、那希沙は子供のように歓声を上げた。一人走り出して、くいっと振り返る。

「ハレ！」

風に嬲《なぶ》られた髪の毛を押さえながら、大きな声で呼びかけてくる。

「あんたと二人になったら、ついこう呼んじゃうのよね！」

ベイビュータワーを背にして朗らかに笑ったと思うと、また駆け戻ってきて、悠一の腕にすがった。

「ほら、あそこ」古びた倉庫を指さした。「あんたを見つけた場所だ」

悠一は顔を上げて、廃倉庫の横の階段を見上げた。

「あそこでカイと双眼鏡を覗いてて、あんたを見つけた。チビで痩せてて震えてたあんたを」

那希沙は笑いを引っ込めて、階段の踊り場をしばらく見詰めた。

きっと海のことを思い出しているのだ、と悠一は思った。海が死んだ時、悠一はそばにいた。那希沙とこの街を出ていく寸前だったのに、海は殺されたのだ。海と親しかった泰成という男に。

彼は暴力団員になった。スケートボードを海と競って練習していた気のいい男だったのに、自分の居場所を暴力団事務所に決め込んだ。極道の世界で生きていくために、海を殺さざるを得なかった。あの後、泰成は凶器の匕首を持って自首した。少年刑務所に入れられて、数年後に出所した。出所してまた暴力団に戻った。そこしか帰る場所がなかったと思うと憐れな気もするが、海を殺したのは泰成だ。その事実は変わらない。

そして二十数年前にうらぶれた路地の奥で、また人を殺した。相手は同じ組の組員だった。おそらく、海を刺すよう命じた兄貴分だと思われた。それが何を意味するのか、悠一にはわからなかった。泰成は刑に服している途中で病死した。彼は背中に刺青を筋彫りしていたと海が言っていた。あの頃は、まだ刺青に使う針を使い回ししていたようで、それが原因でヤクザにC型肝炎が蔓延したことがあるという。それで皆肝臓病にかかるのだということだった。泰成の死因もそんなところかもしれない。

那希沙の最低な兄もどこかよそへ行ってしまった。家族ごと離散してしまったのだ。しかし那希沙はここに踏みとどまった。海が出て行こうとしていた街に、意地でしがみついて根を張った。食べ物屋を始め、成長した瞬二を雇い入れた。瞬二が千夏と一緒になった時には、我がことのように喜んで、彼らに店をまかせて自分はこども食堂を開いた。

五十歳になるまで、ずっと独身を貫いている。

「ねえ、ハレ」那希沙が首を回らせて悠一を見た。「あの頃さ、カイが住んでた家の一階にパワーストーン屋が入ってたでしょ？　憶えてる？」

悠一は小さく頷いた。忘れるはずがない。海の家は、悠一にとって唯一の心の拠り所だった。あそこがなければ、きっと早い段階で道をはずれ、泰成とそう変わらない人生を歩んでいたはずだ。

「あそこの女主人が占いやってて、あたし、一回占ってもらったことがあるの」

那希沙は下を向いてくくっと笑った。踝《くるぶし》まである長い木綿のスカートが強い風になびいて、パタパタ鳴った。

「そしたらさ、その人、何て言ったと思う？」

返事をする代わりに悠一は首をすくめた。

「あなたはいいママになるって、そう言ったの。それ聞いた時、ああ、この人の占いはインチキだって思った。だって、あたしはもうその時、子供を産めない体になっていたからね」

那希沙の兄が為した最低の所業――。

那希沙は空に向かって「ははは」と笑った。ぐいっと腕に力を入れて悠一を引き寄せる。

「でもさ、それって当たってるよね。だってあたし、今、お客さんにも子供たちにも『ママ』って呼ばれてるもんね」

　那希沙は、自分の子を持つことができなかったけれど、ナギサ食堂に集まってくる子たちには慕われている。食堂がない日にも、ナギサ食堂を開放して行き場のない子らの憩いの場にしている。かつて彼女は、悠一を「ハレ」と呼び、自分の弟のように面倒をみてくれた。海と一緒に。あの経験が今の那希沙を作っているのかもしれない。海が愛した場所に残って。

　那希沙は乱れた髪を指で掻き上げた。細い腕には、そのパワーストーン屋がくれたブレスレットがはまっている。

「あ、そうだ。昨日、ライザさんからハガキが来たの。元気にしてるって。あんたにもよろしくって書いてあったよ」

　ライザは海が死んだ後、フィリピンに戻っていった。そこで友人と日本の中古品を売りさばく商売を始め、なかなか繁盛しているという。七十歳を超えた今も意気軒昂《けんこう》だ。ライザにとって日本での日々はどんな意味を持っているのだろう。たった一人の息子を亡くした土地への思いは――？　いつも明るいフィリピーナの真意は窺い知ることはできない。

「ねえ、あのラーメンタワーに上った時のことを憶えてる？　カイとあたしとハレとで」

「うん」

「あの時のハレの顔っていったら――」ぷっと那希沙は噴き出した。「あそこにラブンツエルが住んでいると思ってたんだね。あたしがあんなことを言ったから」

「子供だったんだ。でも、あれって結構効いたよ」

「何が？　ラプンツェルがいつか長い髪を垂らして助けてくれるって、あたしの作り話が？」

悠一は真面目な顔をして頷いた。

「僕は結構信じてた。あの話。それでやっていけたとこ、あったもんな」

「そっかあ。じゃあ、まんざら悪いことしたってわけじゃないんだね、あたし」

那希沙はほっとしたように言い、ベイビュータワーを見やった。

「あれ、危ないから多摩川市が撤去することになるらしいよ。市職員のお客さんが言ってた」

「そうなんだ」

建設されてからもう四十年以上が経った展望塔は老朽化が激しい。建設した地元出身の事業家はとうの昔に亡くなり、子供たちも受け継いだ財産を使い果たしたと聞く。誰もあんな建造物を引き継ぐ気がなく、よって取り壊し費用も捻出できない。できた当初は、多摩川市の観光資源だと言われていた展望塔は、今や市のお荷物になってしまった。とうとう税金を投入して取り壊すことになったのか。

「一九八六年」那希沙が呟く。「あんたとあたしたちが出会った年」

二人海のそばで立ち止まってベイビュータワーを見上げた。

「カイとあたしは、あの倉庫の階段のとこでハレー彗星を探してたんだ」

一九八六年——ハレー彗星が地球に大接近した年。

「彗星は見つからずに、あんたを見つけた。親に虐待されて逃げてきたあんたをさ。何にもしゃべらない怯えた子。名前がわからないから、海が『晴』って名付けた。ハレー彗星から取ってね」

「晴れた海の渚——」

「そうね。カイは初め乗り気じゃなかったけど、あたしはどうしてもハレをほっとけなかったの。このごみ溜めみたいな地域には、あんたみたいな子なんか掃いて捨てるほどいたけど、どうしても、あんたをひどい親から救い出してやりたかった……。たった一人の子にそれができる自分に酔ってたんだね」

自分も筆舌に尽くしがたい目に遭いながら、それでも誰か一人を救うことで自分も救われると信じていた十七歳の少女。悠一は、痛みを感じたように固く目を閉じた。ちらりとそれを横目で見て、那希沙は続けた。

「ねえ、ハレ。あんたはひどい環境で育って、家庭を持つのが怖いのかもしれない。親になる自信がないのかもしれない。でもね、このまま一人で生きていくのは間違ってる」

那希沙は自分の言葉に「うん」と頷く。「間違ってるよ」もう一回繰り返した。

「あたしみたいに子供が産めない体じゃないんだよ、あんたは。どうして誰かと一緒に人生を歩こうとしないの。家族を作ろうとしないの」

悠一の頭の中に、落合郁美の顔が浮かんできた。あの人は、長い間の不妊治療で結果が出ず、それで石井家の子供に目がいくようになったのだと言った。

「あの子はどうなの？　ほら、今日連れてきた市役所の子。あの子は、あんたに興味があるよ、絶対」

確信を持った言いように、悠一は苦笑した。

「ああ、もうすぐ子供たちがやって来る時間だ。もう行かないと」

那希沙は「じゃあね！　また寄ってね、ハレ！」と言い置いて、倉庫街の方に駆けだしていった。那希沙が駆けていく先から、スケートボードを走らせる音が響いてきた気がした。倉庫と倉庫の間のコンクリートの通路から、スケボーに乗った海が現れるのではないかと、悠一は目を凝らした。キャップを後ろ向きに被り、腰を落として風を切っていく海が。

だが、那希沙が消えた通路からは、茶色い紙きれが風に乗って虚しく舞い上がっただけだった。

悠一は、那希沙が去った後の岸壁に一人たたずんでいた。足下のコンクリートブロックを黒い波が洗っていた。

一九八六年、悠一が六歳の時、彼は悲惨な状況に置かれていた。海と那希沙に救われた。それは確かだ。あの二人こそ、悠一にとってはラプンツェルだったのだ。

母親の乃利子《のりこ》はシングルマザーだった。ここの地区の出身で、乃利子自身も愛情深く育てられたとは言い難い境遇だったと思う。彼女が望まない妊娠をした時、悠一の祖父母は怒り狂った。二人ともが飲酒に関して問題を抱えた人物だった。祖父は飲み過ぎて体を壊し、祖母は格安の飲み屋に昼間から入り浸っていた。乃利子は実家（といってもツギハギのバラック小屋のような体裁）から叩き出された。このいきさつは、悠一が後に母親から聞いたことだ。

子供を抱えて、乃利子は路頭に迷うことになる。生活能力のない女だった。一応、仕事を見つけはするが、熱を入れて働くということをしなかった。常に貧しく、食べる物にもこと欠いた。悠一は幼稚園にも通わなかった。子供をきちんとした施設に預けるという社会通念が皆無な母親だった。

自堕落で放蕩で、自らの親を口汚く罵る割には、彼らとあまり変わったところのない女だった。飲酒癖がなかったところだけが救いだった。子供の面倒はみず、生活は乱れていた。悠一は常にネグレクトの状態だった。

仕事をきちんとするよりも、手っ取り早く生活が成り立つ方法は、男と暮らすことと、それだけは心得ていたようだ。ひっきりなしに男が変わった。悠一を連れて男のところに押しかけることもあれば、男の方が母子のところに転がり込んでくることもあった。住むところも狭いアパートだの、飲み屋の上の一部屋だったりした。青白くぼってり肥えた母が、男の下に組みしかれている横で、悠一は眠った。

世の中はバブル期真っ只中で、景気のいい話で溢れていたようだが、まったく無縁な生活だった。

そんな生活も、男が変わるたびにレベルが落ちていった。簡易宿泊所を転々としたりもした。気分次第で悠一に暴力を振るったり、陰湿ないじめをして憂さ晴らしをしたりする男もいたが、乃利子は知らん顔をしていた。子供より、生活を共にする男の方が大事だった。悠一の言葉が遅れていることも意に介さなかった。やがて男との間に第二子が産まれた。瞬二だ。

瞬二の父親である男と乃利子は、早々に別れてしまった。子供が生まれたことで、相手の気持ちが急速に冷めていったのだ。瞬二の養育状況は、さらに過酷だった。乃利子は、瞬二の世話を幼い悠一にまかせて、男と遊びにいった。放埒《ほうらつ》で自分勝手な性情は、子供が何人生まれようと変わらないのだった。

その頃、乃利子が出会った男というのが、最低の男だった。乃利子以上に生活能力がなかった。ギャンブル好きで、常に金に困っていた。松本邦夫《くにお》という名前だった。どういう事情か知らないけれど、松本と乃利子は籍をいれて正式に夫婦になった。そのせいで、悠一の名字も松本になった。夫婦になっても生活はルーズなままだった。松本はとうとう家賃が払えなくなり、アパートから追い出された。それから後は、彼のたった一つの財産である車の中で寝泊まりをするしかなかった。松本が日雇い仕事をしたり、乃利子が飲食店の手伝いをしたりして金が手に入ると、二人でパチンコ店に入り浸った。

その間、悠一は車の中で瞬二を抱いてあやしていた。乃利子は満足に乳が出ず、ミルクを買う金もパチンコにつぎ込んだので、瞬二は痩せて泣き声も弱々しかった。パチンコで負けて帰った松本は、腹いせに悠一を殴った。我が子が血を吐くほど殴られ、蹴られても、乃利子はぼんやりとそれを見ているだけだった。定住していないので、虐待は誰の目にも止まらなかった。車はたいてい人目につかない海のそばに停めてあった。

悠一はますます自分の殻に閉じこもった。物言わぬ瞬二だけを相手に一日を過ごした。金が尽きて狭い車の中で家族がいる間、松本の気晴らしの対象にされるのが怖くて、悠一は車から逃げ出して町中をふらついた。

そんな時に海と那希沙に出会った。そこは悠一にとって別世界だった。腹いっぱいものが食べられるという経験を初めてした。彼らといる間は楽しかった。言葉は出なかったが、彼らの言うことはわかった。那希沙は悠一をかわいがり、海も遊びを教えてくれた。小さな自分を対等に扱ってくれた。本当のダチだった。

それでも松本の車に戻るのは、瞬二が気になるからだった。姿を消して戻ると、松本は怒り狂ってまた暴力を振るうのだった。殺される、と思った。自分もだが、瞬二の方に生命の危険が迫っていると思えた。車に戻るたび、瞬二は弱っていった。もはや泣く元気もなかった。不潔な衣類といつまでも交換されない紙おむつ。皮膚が炎症を起こしている部分を自分で掻くので、ただれて血が滲んでいた。

「汚ねえな、こいつ」

松本は瞬二にまで手を出すようになっていた。声も出せずに痛めつけられる弟をかばうと、悠一が殴られた。言葉を操れない悠一は、誰に訴えることもできなかった。たまに乃利子が乳をふくませても、もう瞬二には吸う力が残っていなかった。

「こいつ、死んじゃうんじゃねえの?」

半笑いで松本が言い、乃利子が「あー、かもね」と同調した時、瞬二を抱いて海のところへ行こうと思った。こいつらには子供を育てる能力が端から備わっていなかったのだ。それどころか人間じゃなかった。乃利子を親だと思っていたのが間違いだった。

ようやくそれに気づいた時、海が死んだ。悠一の目の前で泰成に刺し殺された。悠一は、己の力で自分と弟を救うしかなくなった。

海が死んだ日の夜、海のそばに停められた車に戻った。むっとする暑い晩で、車のエンジンをかけ、エアコンをつけたまま、松本と乃利子は眠り込んでいた。悠一は車にそっと忍び込んだ。ぐったりした態の瞬二をまず引っ張り出した。ルーム灯に照らされた瞬二は、目を大きく見開いて、兄の顔を見ていた。

離れた地面に弟を寝かせ、車に戻った悠一は、思い切り足を延ばして車のブレーキを踏み込み、ギアをニュートラルに入れた。車の運転をする松本のそばで見ていたから、だいたいのことはわかっていた。自分が何をしようとしているのかも明確に自覚していた。それからゆっくりとハンドブレーキを下ろした。ドアをそっと閉めて瞬二のところに駆け寄った。弟をしっかりと抱き上げ、少しずつ動き出した車を見詰めた。海に向かって緩く傾斜したコンクリートの上を、車はゆっくりと滑っていく。

――自分の人生を他人にまかせるな。お前の人生はお前のものだ。

海の言葉が頭の中で響き渡っていた。

――わかったな？　ハレ。逃げるなよ。

松本の車は、頭から海にダイブした。悠一は瞬二を抱いたまま、岸壁に寄っていった。暗い海に、車が浮いていた。結構長い間浮いていたように思う。中からは、何も聞こえなかった。恐ろしいほどの沈黙だった。ふいに車はフロント部分から沈み始めた。逆立ちした格好で真っすぐに沈んでいった。車の姿が消えた後、大きな黒い水の渦が生まれた。それが消えてしまうまで目を逸らさなかった。渦だけが幼い子の犯した罪を知っていた。

それ以来、悠一は水が怖いのだった。

悠一は、海に背を向けて歩き始めた。

こんな自分がなぜ児童相談所の職員を続けているのだろう。もう何度も自問したことだが、答えは出ていない。育ての親ともいえる脇坂園長の言葉に従って、安定した公務員になったと思ったら、児相へ配属になった。目の前には、かつての自分に似た子供たちが次々に現れた。慄き、怯え、自責の念にかられながらもこの仕事から離れられなかった。なぜなんだろう。

こういう場に身をさらしておくことが、贖罪《しょくざい》になるとでも思ったのか？　いや違う。もっと陰湿で卑劣な感情が根底にあるということに、気づいている。自分はあの頃為し得なかった復讐を行っているのだ。誰にということではない。あの頃、自分を取り巻いていた環境に対する復讐だ。目の前の子供を救う行為の裏には、助けを求めて声なき声を上げていた自分を無視し続けた周囲への報復がある。

海や那希沙のような存在には、到底なれないと思う。無垢で無償の愛を注ぐなどということは、自分にはできない。だから、極力感情を抑え込み、ただ機械的とも思える仕事を続けた。そのせいで、他のワーカーのように疲弊することも、燃え尽き症候群になって職場を去ることもない。

――あなたはすごく冷静よね。時々、ぞっとするほどに。

合田にいつか言われた。あの言葉は正鵠《せいこく》を射ていた。このまま、運命に導かれた児相に身を置き、淡々と仕事をこなしていくことが自分に課せられた責務だと思っていた。何も考えず、先の人生を思わず、ただ目の前の事案に立ち向かうことが。

児相のワーカーとして働き続ける理由をもうひとつ挙げるとすれば、家族という不思議な集団への興味である。自分の手で葬ってしまった家族とは何だったのか。様々な家族の形態を見ながら、探究を続けている。悲惨な目に遭う子供たちが、それでも帰りたがる場所とはどんなところなのだろう。

――だって、家族だもん。

父親の借金を返すためにファッションヘルスで働いていた那希沙が、かつて言った言葉。あれがずっと悠一の中にあった。そばでそれを聞いた海もショックを受けたようだったが、悠一の心にも突き刺さった。血のつながりはそれほど重要なものなのだろうか。ただ産んだというだけでろくな養育をしなかった母、乃利子と、次々と変わったパートナーからは、そんなつながりの深さを感じることはなかった。

明確な答えを得ないまま、なるべく子供を元の家庭に戻してやることを心掛けてきた。それはとりもなおさず、自分が行ったことが間違いだったと認めることになるのだけれど。

自分が取った究極の選択が――。

たった一人の家族である瞬二が家庭を持った時、それでもう満足してしまった。自分には幸せになる資格がないと思っていた。その考えを頑なに守ってきたのだ。

ふと足を止めた。ゆっくりと振り返る。海のそばに立つベイビュータワーを見やった。近いうちに取り壊される運命にある展望塔。あそこから金色の長い髪がするすると下りてくることを、夢想していた幼い自分を思い出す。あれだけでどれほど救われたことか。那希沙の作り話が、逃げ場のない自分を支えていたのだ。

ジャケットの内ポケットから財布を取り出した。中からよれよれの紙切れを取り出す。ベイビュータワーの入場券二枚。海と那希沙と三人で上がった時にもらったもの。まるでお守りのように今まで大事にしてきた。財布をしまい、色褪せたチケットを、じっと見つめた。

変われるかもしれない。不意打ちのようにそんな考えに囚われた。自分を罰し、痛めつけるような人生から足を洗い、もっと人生を楽しめるような――。そうすることが許されるなら――。

――今日のあたしたちは明日はもういないんだもの。

那希沙は変わった。自分の力で自分の人生を取り戻し、己の足で歩き始めた。海は、恋人の中に萌《きざ》したたくましい力を感じていたのかもしれない。

この岸壁で、ベイビュータワーの展望台で見た夕陽は、あれからずっと日々生まれ変わっていた。それから目を背け、変わることを頑なに拒んできた自分がちっぽけに見えた。あの時の夕陽は、遠い未来であった「今」を照射し、ひとつところに留まる愚かな男を笑っている。

ポケットの中でスマホが鳴った。反射的にそれを取り出して耳に当てる。

「もしもし」志穂の声が耳を打った。「さっきはすみませんでした。松本さんのことをよく知りもしないのに、生意気なことを言って」

「いや、いいんだ。ああ言ってもらえて嬉しかった」

「ほんとに?」

悠一は、スマホを耳に当てたままベイビュータワーに視線を移した。もう誰も上がらなくなった空っぽの展望塔。悠一には救いだったが、あんなものに頼らなくても生きる術を子供たちに示してやることはできるかもしれない。

「君、ラプンツェルの話、知ってる?」

「え?」

指でつまんだ二枚のチケットが、風にさらわれて飛んでいった。

郁美はベランダに椅子を持ち出して座っていた。後ろのガラス戸ががらりと開いて圭吾が出てきた。片手にハイボールのグラスを持っている。

「寒くない？」

「いいえ、全然」

圭吾は隣の椅子に腰を下ろした。ハイボールを一口飲む。随分前にせり出した夫の腹を見て、郁美は微笑んだ。

柔らかな風が吹いてきた。どこかで咲いている花の香りを含んでいる。

とうとう私たちは子供を持つことができなかった。郁美はゆったりした気分でそんなことを考えた。狂ったように不妊治療にのめり込んだこともあったが、それも遠い昔のことだ。夫婦は還暦に近づき、子供のない生活に馴染んだ。あの頃圭吾が言ったように、子供がいなくても二人だけの生活も悪くなかった。どうしてあんなに子供を持つことに固執したのか、今となってはよくわからない。

圭吾が浮気をして、初めて大事なものは何かに気がついたのだ。夫婦の危機を、二人で乗り切った。相手の女のバックに暴力団が付いていて、脅迫されるという恐ろしい事態になった。あの時、何とか暴力団員から逃れようとして、弾みで男の命を奪うことになってしまった。恐ろしい罪を犯したものだが、もうそれも過去のことだ。

あの後、一度もそのことを圭吾と話し合ったことはない。罪は消えることはないが、それに引きずられて怯えた生活を送るのはごめんだった。男に向かってブロック片を振りかぶった瞬間、郁美は何かを捨て去ったのだ。

翌日の新聞に、男の死を告げる小さな記事が載ったのを、びっくりするほど冷静な気持ちで見た。男は路地に面した店のガラス扉の内側で、息絶えていたそうだ。ガラスで頸動脈を切ったことによる失血死ということだった。

犯人が自首したことが、その日の夕方のニュースで流れた。黄泰成という名前と写真が映し出された。背中に観音様の刺青を入れた男。郁美がブロック片で殴りつけた傷で意識朦朧となった兄貴分の男を、黄は助けることなく、とどめを刺した。同じ暴力団事務所のヤクザ同士の間に何があったのか、郁美たちには知る由《よし》もなかった。

腹を据えて何もかもを受け入れようと決めていたが、郁美たちに捜査の手が延びることはなかった。あの事件は、暴力団事務所内の内輪もめだと片付けられたようだ。黄が自分たち夫婦のことを一言もしゃべらず、すべての罪を被って刑に服したのはなぜか。それも未だにわからない。もはやあの事件は、記憶の奥底に沈んでしまっている。

あれは一九九七年のこと。街をアムラーと呼ばれる女の子たちが闊歩し、援助交際と名を変えた売春行為に女子高生が手を染めていた時代。

郁美はちょっと首を伸ばして向かいの地所を見下ろした。もうそこに家はない。石井家には大きな借金があったらしく、父親が児童虐待の罪で逮捕された後、裁判所が差し押さえた。今はどこかの不動産会社のものになって、先月家は解体されて更地になった。

あの家から逃げ出してきて、郁美がかくまっていた子はどうしているだろう。児童養護施設に兄弟で入ったようだが、幸せにしているだろうか。逮捕された父親は今、どんな気持ちでいるのだろう。

石井家の父親も虐待された子供だった。郁美が不妊治療がうまくいかず悩んでいる時、向かいの家では、子供だった父親が、やはりひどい目に遭っていたのだ。それを目の当たりにするのはやり切れなかった。自分にはどうしても子供が恵まれないのに、石井家ではせっかく得た子を虐待しているのだ。

二十年以上経って、あの時虐待されていた子が父親になり、同じ家で我が子に同じことをし始めた時、心が痛んだ。前の時は、どうしても助けてやれなかった。自分も不妊に悩み、治療に専念している時期だったから、あの子を養子にもらったらどうかなどという突拍子もない考えに囚われたりもした。具体的な救済策を知らなかったし、実行にも移せなかった。

しかし今回は自分も年を取り、子供を得ることへの執着心もない。石井家を客観的に観察することができた。何度か市のこども家庭支援センターや児童相談所に匿名で通報も行った。だが、石井家の環境は好転したとは言い難かった。

圭吾が出張をしている時、真夜中に男の子が家から逃げ出してきた。思わず自室にかくまった。咄嗟の行動だった。壮太と後で名前を知った子は、ぶるぶる震えるだけで、一言も発しなかった。痩せ細り、体も着ているものも汚れていた。

フラッシュバックのように過去の映像が浮かんできた。同じだ、と思った。二十二年前にされたことを、長じて子を持った男は、我が子にも為している。そんなやり方しか知らなかった不幸な子。私が助けてやれなかった子。

壮太を抱き締めた。腕の中で消えてしまいそうなほど、はかなく、頼りない手応えだった。

壮太に食べさせ、風呂に入れ、新しい衣服を与えた。ただれた皮膚には軟膏を塗ってやった。こんなことは間違ったやり方だとは知っていた。いつまでもよその家の子を家に置いておくことなんか、できない。しかるべき機関に連絡しなければ――。そう思いながら五日間を過ごした。

壮太も帰りたい素振りを見せなかった。少しずつ言葉も口にした。美味しいものを食べて微笑み、安心しきった顔ですうすう寝息をたてる幼子。一度も手にすることがなかった至福の時を味わった。かりそめの母という名がもたらす多幸感と高揚感。

児相の職員が訪ねて来た時、終わりがきたのだと静かに悟った。来てくれてよかった。自分では手放せなかった。

「あそこ、今度はどんな人が家を建てるんだろうね」

のんびりとした口調で圭吾が言った。もうそんな会話もすんなりとできるようになった。どんな家族が来ても、もう動揺しない。よその家はよその家だ。夫と自分はここで穏やかな時を刻んでいくのみだ。よその家の庭に咲く花は、よその家のものだ。決して手を延ばしてはいけない。大事なものは、自分のところにあると今は知っている。

またそよ風が吹き渡り、郁美の前髪を揺らした。

圭吾が手にしたハイボールのグラスの中で、氷がかすかな音を立てた。

夫婦は顔を見合わせて、そっと笑い合った。

むかしあるところに、このないふうふがいて、ながいあいだ、ひとりでもこどもがほしいとおもいくらしていました。ふうふのいえには、ちいさなにわがあって、ふたりは、ゆうがたになると、にわのテラスにでて、くれていく　そらを　ながめました。また、そこからは、となりの　おおきなにわが　みえました。そちらのにわには、いつも　きれいなはなや、りっぱなやさいが　どっさり　つくられていました。

「ながいかみのラプンツェル」グリム童話
訳　瀬田　貞二
福音館書店

解説

円堂都司昭《えんどうとしあき》（文芸評論家）

「こども家庭支援センター」の前園志穂は、児童相談所の松本悠一とともに問題のある家庭への対応にあたっている。最近の彼女の気がかりは、親からの虐待が疑われ、五歳児なのに家の外を徘徊することが多いらしい石井家の壮太だ。

兄と彼の仲間から性的虐待を受けてきた那希沙は、フィリピン人の母を持つ海とともに、街をふらついていた幼児と出会う。自分たちもまだ大人になっていない那希沙と海は、話すことをしないその子を「晴」と名づけ、面倒をみるようになる。

不妊治療を続ける落合郁美は、夫の圭吾がそのことに自分のように熱心ではないことを感じとっていた。彼女は、自分たちの住むマンションの向かいの家で小さい子が虐待されていることに気づき、ベランダから見張るようになる。

二〇一九年に刊行された単行本の文庫化である本書『展望塔のラプンツェル』は、以上三つのパートが並行して進んでいく。それぞれのストーリーがどのようにつながり、全体としての絵を見せるのか。そこにこの作品の面白さがある。

舞台となるのは、東京都と川を境に接し、労働者相手の娯楽の街として発展した多摩川市という架空の都市だ。ヤクザや不良少年が闊歩し、貧困と暴力で混沌としたこの街では家庭崩壊も珍しくない。だが、近年は再開発で他地域から流入した住民が増え、街は変わりつつある。経済的に不自由のない暮らしをしている郁美のマンションと、親があまり働いている様子のない児童虐待の家が向かいあっているのも、街の変化を反映している。

そして、物語で重要な場所となるのが、海のそばに立つ「ベイビュータワー」だ。多摩川市出身の事業家が観光の目玉にと建設したものだが、その人がラーメン店の全国チェーンを展開していることから、地元民には「ラーメンタワー」と呼ばれていた。この呼称に地域の雰囲気があらわれているようにも感じられる。那希沙は、街をうろついてばかりで親にまともに育てられているようにはみえない晴に対し、タワーの上にはラプンツェルというきれいな娘が住んでおり、すごく長い自分の金髪を垂らし、「かわいそうな子」を引き上げてくれる。そこでは幸せになれると話す。『展望塔のラプンツェル』という書名は、このエピソードに由来するのだろう。小説の冒頭と最後には、グリム童話「ながいかみのラプンツェル」の一部が引用されている。

本作では、「かわいそうな子」を救いたいと思っている女性が、三人登場する。その意味では、那希沙がグリム童話を自己流にアレンジして語った救いの女神的なラプンツェルに近い役割を演じようとする人物が、三人いるともいえるだろう。一人は、晴にラプンツエルの話をして希望を与えようとした那希沙だ。彼女は、それまでに児たちから受けたひどい仕打ちのために子供を産めない体になっている。児童への支援を仕事する志穂も、虐待される子供を保護したいと努力する。また、妊娠を望んでもかなわない郁美は、せっかく生まれた子供を虐待する親がいるのは理不尽だ、私が育てた方がいい、少なくとも監視する必要があると考えるのだ。

しかし、三人それぞれのそばにいる男性たちの考え方は、彼女たちと同じではない。那希沙と一緒に生きようと思っている海は、ずっと晴の面倒をみていられるわけではないと、現実をみようとする。圭吾は、妻の郁美に向かいの家の子のことなど気にかけてほしくない。虐待への対応で志穂と組むことの多い悠一は、なにかと慎重で彼女を苛立たせる。かといって、彼は児童支援に消極的なわけではなく、多くの事案を抱えながら淡々と対応し、他部署への異動を希望するのでもない。この小説の一つのポイントとなるのは、なかなか本心を覗かせない悠一が、本当はどんな人間なのかだ。

並行する三つのパートは、それぞれ主要な登場人物である男女の考え方の差を浮き彫りにしつつ進む。特に違いがみられるのは、家族観である。自分をひどい目にあわせる親のことなどかまう必要はないと海は思うが、那希沙は「だって、家族だもん」ともらす。夫婦二人の暮らしでもいいと考える圭吾は、不妊治療にこだわり子供を欲しがり続ける郁美が理解できない。子供は虐待する親から一刻も早く離すべきだと志穂が憤っても、悠一は子供にとっての親と一緒にいる重要性を説く。互いの考え方の違いを露わにしながら三つのドラマが展開し、やがてそれまでのあれこれが一つにつながって物語の意外な全体像が現れる。

三つのどのパートにも「ベイビュータワー」を見る場面がある。多摩川市のどこからでも見えるランドマークなのだろう。作中には、那希沙と海が晴を連れて「ベイビュータワー」に上る場面もある。だが、それぞれのパートの登場人物は、ほかのパートでどんなことが起きているかを知らないまま、物語は終盤まで展開していく。タワーの上から街の周辺全体を眺めることができても、登場人物は物語全体を見渡せない。また、三つのパートを追う読者は、全体を知っている気になるだろうが、その多くはラストで自分が見落としていたことをつきつけられ、驚くだろう。

ミステリー小説的な発想によるこの仕掛けは、ラプンツェルの塔というより、ディズニーランドのシンデレラ城に近い。ディズニーランドでは中心にシンデレラ城があり、それを囲む形で西部劇風のウエスタンランド、おとぎ話的なファンタジーランド、SFの未来社会的なトゥモローランドなど、テーマに基づいてそれぞれ風景が異なるゾーンが配置されている。テーマパークのどこからでもシンデレラ城は見えるが、来場者は城の最上層へは行けないため、ゾーニングされた複数の異なる風景のすべてを展望することはできないのだ。

ラプンツェルが「かわいそうな子」を助けてくれるというのは、自身をなぐさめるために那希沙が夢想した作り話だ。元々の物語が違う内容であることを知る読者は、少なくないだろう。グリム童話では、長年子供がいなかった夫婦のようやく授かった子が、魔女に連れて行かれてラプンツェルと名づけられ、高い塔の上に閉じこめられたまま育つ。魔女は、ラプンツェルが下に垂らす長い髪をはしご代わりにして、塔を出入りする。だが、ラプンツェルが王子と出会い、愛しあったことで魔女の怒りを買い、塔から出ることとなる。

現在では、グリム童話をアレンジしたディズニー映画『塔の上のラプンツェル』のヴァージョンの方が、さらによく知られているだろう。同作では、王家に生まれた赤ん坊が魔女にさらわれ、塔で育てられる。だが、泥棒の青年と出会ったことで真実を知り、魔女である養母から自立することにつながっていく。グリム童話でもディズニー映画でも、ラプンツェルは本来の父母から引き離された設定なのだ。つまり、那希沙は、本人自身も「かわいそうな子」であるラプンツェルが他の「かわいそうな子」を助けることを夢見ていたのであり、そのことがとても切ない。

著者の宇佐美まことは、二〇〇六年に「るんびにの子供」で第一回『幽』怪談文学賞の短編部門の大賞を受賞しデビューした。これまでホラーやミステリーの作品を主に執筆しており、二〇一七年に『愚者の毒』（二〇一六年）が第七〇回日本推理作家協会賞長編及び連作短編集部門を受賞している。同作には四歳になるのにほとんど喋らない子供、鉱山の閉鎖に伴う貧困といったことがらも描かれていた。また、二〇一八年には、昔ながらの歓楽街が残りつつ、再開発でタワーマンションが乱立する神奈川県多摩川市を舞台に連続殺人事件が起きる『聖者が街にやって来た』を発表していた。そのように過去の作品にもみられたテーマ、モチーフも引き継ぎながら書かれた『展望塔のラプンツェル』は、優れた社会派ミステリーになっている。惜しくも受賞は逃したものの、二〇二〇年に第三三回山本周五郎賞候補作になったほか、「本の雑誌が選ぶ2019年度ベスト10」の第一位になるなど、高く評価された。

『展望塔のラプンツェル』では、三つのパートのつながりが明らかになる終盤で、ミステリー的な意外性だけでなく、虐待は連鎖するという状況への理解も訪れる。著者はこの小説を発表した際の自作に関するエッセイで、「『展望塔のラプンツェル』は、生きることを諦めない物語である」と書いていた（「小説宝石」二〇一九年十月号 https://www.bookbang.jp/review/article/585619）。主要な登場人物のすべてが、救われて幸せになるわけではない。宇佐美まことは、『熟れた月』（二〇一八年）刊行時のインタビューにおいて、ハッピーエンドかバッドエンドかという小説の終わり方をめぐる話題で、こう語っていた。

でも、私は、ひとつの物語の中に救われる人が一人か二人でもいたらそれで十分なのではないか、と考えています。現実ってそんなものですし、真っ暗闇の人生でも何か小さな光があれば人は生きていける。

（「小説宝石」二〇一八年三月号 https://www.bookbang.jp/review/article/548034）

同作の後に刊行された『展望塔のラプンツェル』も同様の姿勢で書かれたといえるだろう。特に海が晴に与えた次の言葉は、印象的だ。

「自分の人生を他人《ひと》にまかせるな。お前の人生はお前のものだ」

生きることを諦めないために、追いつめられた作中の人物たちは、各自の決断をする。それが正しいとは、限らない。だが、自分の人生を自身のものにしようと決断するところに、光は感じられるはずだ。

参考文献

『ルポ　児童相談所』大久保真紀（朝日新書）
『児童相談所はいま　児童福祉司からの現場報告』斉藤幸芳・藤井常文　編著（ミネルヴァ書房）
『ルポ　児童相談所――一時保護所から考える子ども支援』慎泰俊（ちくま新書）
『殺さないで　児童虐待という犯罪』毎日新聞児童虐待取材班（中央法規出版）
『ソーシャルワーカーの仕事と生活　福祉の現場で働くということ』杉本貴代栄・須藤八千代・岡田朋子　編著（学陽書房）
「メディカルノート」https://medicalnote.jp
その他、不妊治療外来のあるクリニックのホームページを参考にさせていただきました。

この物語はフィクションであり、実在の人物、団体、事件とは一切関係がありません。

※本文中に、「ドヤ街」「土建屋」など、今日の観点からすると不快・不適切とされる呼称が使用されています。また、登場人物が自らの生い立ちを語る場面で、特定の民族やその国民性について、偏見や、これに基づく侮蔑ととられかねない表現が用いられています。しかしながら、物語の根幹に関わる設定と時代背景（一九八〇年代半ば）を考慮した上で、これらの表現についても、そのまま使用しました。差別の助長を意図するものではないことを、ご理解ください。

（編集部）

二〇一九年九月　光文社刊

光文社文庫

展《てん》望《ぼう》塔《とう》のラプンツェル

著　者　宇《う》佐《さ》美《み》まこと

2022年11月20日　初版1刷発行

発行者　鈴木広和
印　刷　新藤慶昌堂
製　本　ナショナル製本

発行所　株式会社 光文社
〒112-8011　東京都文京区音羽1-16-6
電話　(03)5395-8149　編集部
8116　書籍販売部
8125　業務部

落丁本・乱丁本は業務部にご連絡くだされば、お取替えいたします。
ISBN978-4-334-79444-6　Printed in Japan

組版　萩原印刷